suhrkamp taschenbuch 3514

Claire, Mitte Vierzig, erfolgreiche Handlungsreisende, nimmt Reißaus. Sie kehrt nicht mehr nach Hause zurück, läßt den Beruf schleifen, nistet sich in fremden Hotelzimmern ein. Claire »taucht ab«, macht sich unerreichbar für Gatten, Therapeuten und Arbeitgeber. Vor drei Jahren hat Claire ihren Sohn durch einen Unfall verloren. Die Trauer darüber hat sie verdrängt, nur manchmal kommen Bilder hoch, für die anderen hat sie sich eine Legende zugelegt: Ihr Sohn ist 18 Jahre alt, Collegeanwärter und ein guter Sportler.

Im Alter eines Collegeanwärters ist auch Zach, den sie am Hotelpool trifft. Sie verführt ihn und bald darauf seinen Vater. Aus Leidenschaft wird Freundschaft und der reife Mann und Rechtsanwalt ein Begleiter auf Zeit, der ihr hilft, ihr Leben wieder in Ordnung zu bringen.

Spannend, provokativ, ergreifend: *Zwischenstop* erzählt eine mitreißende Geschichte über Liebe, Schmerz und leere Hotelzimmer: das unvergeßliche Porträt einer starken Frau in einem schwachen Moment.

Lisa Zeidner, geboren 1955 in Washington, D. C., Schriftstellerin und Professorin für Englisch an der Rutgers University in Camden, New Jersey, lebt mit Mann und Sohn in New Jersey. *Zwischenstop* ist ihr vierter Roman.

Lisa Zeidner

ZWISCHENSTOP

Roman

Aus dem Amerikanischen von
Adelheid Dormagen

Suhrkamp

Die amerikanische Originalausgabe erschien 1999
unter dem Titel *Layover*
bei Random House, Inc., New York,
und Random House of Canada Limited, Toronto

Umschlagfoto: Mark Stetler

suhrkamp taschenbuch 3514
Erste Auflage 2003
Deutsche Erstausgabe

Satz: Hümmer GmbH, Waldbüttelbrunn
Druck: Ebner & Spiegel, Ulm
Umschlag nach Entwürfen von
Willy Fleckhaus und Rolf Staudt
Printed in Germany
ISBN 3-518-45514-1

1 2 3 4 5 6 – 08 07 06 05 04 03

Liebe heißt, jemandem, der nicht existiert,
etwas zu geben, was man nicht hat.

Jacques Lacan

I

Ich packte für die Obdachlosigkeit wie für eine Woche Europa – Knitterfreies in ein Bordcase. Mit wenig Gepäck zu reisen fällt im Sommer nicht schwer. Alles, was ich in diesem Jahr besaß, schien beige oder grau zu sein, die Palette römischer Grabsteine, und leicht genug, um in einer Brise oder mit Ventilator in einem fensterlosen Hotelbadezimmer zu trocknen. Die Obdachlosen in den Städten, die mit dem breitfüßigen Gang Hochschwangerer ihren Einkaufswagen schieben: Ich sah keine Notwendigkeit, an meine Vergangenheit gekettet und von ihr niedergedrückt zu werden, wo mir so wenig geblieben war. Ich driftete ohne Bedauern davon. Ich war sowieso schon ein Gespenst im eigenen Leben.

Ich hatte keinen Plan. Das erste Mal verpaßte ich einfach einen Flug. Ich war auf Geschäftsreise und hatte einen Badeanzug für die Hotel-Swimmingpools in Scanton, Pittsburgh, Philadelphia dabei. An Wochentagen waren die puppenstubengroßen Schwimmbecken vormittags immer leer, sahen aus wie die Kulissen in düsteren ausländischen Filmen. Keine Flirterei, keine Kinder. Ich versuchte genügend Runden zu schwimmen, um nicht mehr zählen zu müssen.

Ständig bekam ich den Ratschlag, die Fitnessräume zu nutzen. Selbst die Hotelangestellten priesen die Geräte, immer vertraulich und mit einem anzüglichen Grinsen, als ließen sie mir die Adresse des hiesigen Sado-Maso-Clubs zukommen. Ich kannte diesen Typ von Mann genau, der dort sein Bankdrücken praktiziert, aber weder zu ihm noch zu sonst jemandem suchte ich Kontakt. Ich wollte nur die Freiheit, nicht zu denken. Das Chlorwasser hatte etwas angenehm Medizinisches. Und eines Tages schwamm ich zu lange und verpaßte ein Flugzeug.

Erst als ich wieder auf meinem Zimmer war und unter der Dusche stand, dachte ich an die Zeit, aber ich beeilte mich nicht übermäßig. Sogar als ich sah, daß es zu spät war, um rechtzeitig am Flughafen zu sein, geriet ich nicht in Panik. Meine Flugbahn war unendlich variabel.

Zu solcher Einstellung als Vertreterin hatte man mich nicht gerade ermuntert. Doch seit einiger Zeit hatte ich meine Einstellung zu meinem Beruf stillschweigend einer neuen Wertung unterzogen. Meine ›Karriere‹ war alt genug und ausreichend verwurzelt, um allein wachsen zu können oder auch nicht, so wie es mein Kind getan hätte, wenn es nicht gestorben wäre. Ich war nicht weniger engagiert bei meiner Arbeit, *weil* mein Kind tot war, obschon das alle glaubten – ich spürte ihre gereizte Nachsicht, ihr angestrengtes Wohlwollen und die voraussagbare Gegenreaktion, ihre Überzeugung, daß sie mir eine Chance gaben, selbst dann, wenn es geschäftlich bestens bei mir lief.

Also redete ich jetzt mit niemandem darüber, der nicht schon im Bilde war. Es gab nichts zu sagen, es sei denn, ich wollte mit Fremden in Flughafen-Wartehallen über Theologie diskutieren, erörtern, ob man irgendeinen Sinn aus den Statistiken über Straßenverkehrsopfer herauslesen konnte, und mir war so wenig danach zumute, daß ich, gezwungen, meinen Familienstand zu offenbaren, einfach log: Ich hatte einen erwachsenen Sohn auf dem College und litt an einer harmlosen Form von Leerem-Nest-Syndrom.

Er war am Brown. Er hatte sich noch nicht auf sein Hauptfach spezialisiert. Wenn man weiter in mich drang, fügte ich hinzu, daß er Tennis spielte. Hätte ich Kinder bekommen zu dem Zeitpunkt, wie es früher üblich war, gleich nach dem Studium, wäre mein Sohn jetzt tatsächlich im College-Alter gewesen.

Nichts wurde verdrängt. Kenneth, mein Mann, und ich hatten die notwendigen Therapiesitzungen abgesessen, einzeln und gemeinsam, die Kohle des Leids in verbrannten Händen gehalten und unser Leid geschürt, als es zu Asche wurde. Der Therapeut war ein großer Mann mit sehr schlechten Augen. Ich konnte sie durch seine Brillengläser kaum erkennen, und ihr Blick wie aus Fruchtwassertiefen war seltsam tröstlich. Ich dachte manchmal beim Schwimmen an ihn. Ich konnte immer noch seine Nummer auf meinem Laptop abrufen, und er hatte gesagt, ich könne ihn jederzeit, wenn mir nach Reden war, anrufen.

Aber zur Zeit ging es mir gut. Ich rief die Fluglinie an und buchte um. Mit einem leichten Prickeln, das ich noch vom Schwimmen und Duschen verspürte, legte ich mich hin und schlief ein.

Rückblickend ist mir klar, daß meine innere Uhr offenbar schon nicht mehr funktionierte, entweder die Batterie zu schwach oder die Sprungfeder überdreht. Da es keinen Grund für eine eilige Rückkehr gab, um rasch noch ein Kind der Tagesstätte zu entreißen, hatte ich meine angesetzten Termine überprüft; hatte einige Rückreisen gestrichen, so daß ich direkt von Stadt zu Stadt fliegen konnte und meine Tage weniger vollgestopft waren. Das Flughafengehetze vermeiden. Vormittags schwimmen und ein Nickerchen halten bis zur Abmeldung im Hotel oder nicht mal schlafen, sondern sich nur treiben lassen und warten, bis der Hunger fürs Mittagessen da ist.

An dem Tag aber schlief ich über die Abmeldezeit hinaus. Das Mädchen erschien in weißer Uniform, wie eine Krankenschwester. Ich wachte auf, das Hotelzimmer kam mir wie eine Krankenstation vor, und ich schreckte vor ihrer Schale mit all den Spritzen und fürsorglichen Heilmitteln zurück.

Ich kannte Ignacia aus drei Geschäftsjahren in dieser Stadt, in diesem Hotel. Sie wußte über meinen Sohn Bescheid. Wir hatten eine richtige Szene gehabt – das war früher, als ich meinte, mich erklären zu müssen, weil ich immer noch unvermittelt losheulte –, als ich ihr von dem Unfall erzählte und sie mich in den Armen hielt, nach Gardenien und Ammoniak riechend. Dann hatte sie einen Schnappschuß ihrer Enkelkinder herausgezogen und jedes einzelne anhand seines Namens und Alters identifiziert, was ich recht interessant fand. Die meisten Leute bemühen sich ja, ihre eigenen Familien nicht zu erwähnen, und man kann ihren Stolz spüren, daß sie angesichts eines Unglücks so verhalten sind, sie aber schien das Gefühl zu haben, es werde mir helfen, wenn ich Zeuge ihres Reichtums wurde. »Wie hieß der Junge?« fragte sie. Ich sagte ihr den Namen. Sie wiederholte ihn, lächelte und erwähnte ihn mir gegenüber nie wieder. Aber sie war immer gut gelaunt.

Ich muß angeschlagen ausgesehen haben. »Oh, Miss, ist okay, Miss«, versicherte sie mir. »Müde«, entschuldigte ich mich, und sie sagte: »Oh, Arbeit hart«, womit sie meine eigene, die ihre oder unser beider Arbeit meinte. Dann zog sie, mir zunickend, sich und ihren Reinigungswagen aus dem Zimmer zurück.

Ihre stumme Anteilnahme wirkte fast übernatürlich, als wäre sie über Ken im Bilde, verziehe ihm seine völlig verständliche kleine Affäre, so wie ich, wäre sich aber darüber im klaren, daß ich eine Extraportion Fürsorge benötigte.

Sie hatte die Rezeption offenbar nicht gewarnt, daß ich noch da war. Ich auch nicht. Als ich die Hotelhalle früh am Abend betrat, waren die Angestellten beschäftigt. Ich ließ meine elektronische Schlüsselkarte in mein Portemonnaie gleiten und ging hinaus. Kein Gedanke daran, mich vor den Kosten des zusätzlichen Tages zu drücken. Aber ich wußte gleich, daß man mir nichts berechnen würde.

Ich war ein todsicherer Gehaltsempfänger, die Sorte, auf die es die Hotelwerbung abgesehen hat. Mein Mann war Herzchirurg. Meine Brieftasche war ein Garten voll knospender Kreditkartenmöglichkeiten, die holographischen Vogelschwingen glitzerten, wie zum Fluge bereit. Niemand würde mich je eines Betrugs verdächtigen, obwohl ich genug über die regelmäßigen Abläufe des Hotels wußte – wann es rund ging, wann Personal fehlte, das geheime Innenleben –, um mir das zunutze zu machen.

Im Laufe der nächsten Woche stellte ich fest, daß ich immer wieder auf diese Idee zurückkam, während ich Termine vereinbarte und meine Runden machte, Hausdamen und Angestellte höflich begrüßte wie schon in all den Jahren, in denen ich, zuständig für dieses Gebiet, medizinisches Gerät verkauft hatte. In dem Streifen Land, auf Wetterkarten als aufziehende Unwetterfront hervorgehoben, war das Hotelpersonal doch so freundlich zu sagen: »Ken hat angerufen, wollte sich erkundigen, ob Sie eingetroffen sind. Hat gesagt, es sei dringend.« Und ich konnte antworten: »Kein Schmorbraten heute abend«, obwohl Ken immer der Koch in unserer Familie gewesen war; er mochte Gerichte, wo er so richtig loshacken und etwas in die Luft schleudern durfte, Gegenmittel zur Präzision der Chirurgie. Ich konnte dem Geheimdetektiv im Foyer zuwinken, der, bloß um unauffällig zu sein, die neueste Ausgabe von *Security Management* las, mit aufschlußreichen Artikeln über Methoden, um »zutrittsbezogene Zwischenfälle« auszuschalten, die zu Verlust von »Hotelgast-Eigentum« führen.

Dollars und Vielfliegermeilen sammelten sich an. Ich war auf dem aufsteigenden Ast, ein wahrer Freund des »Beherbergungsgewerbes«. Aber immer häufiger versäumte ich es wohl, meine Schlüsselkarte an der Rezeption zurückzugeben, bis ich mir eine beträchtliche Kollektion zugelegt hatte – eher peinlich, wie Leute, die in Restaurants die Streichholzbriefe mitgehen lassen.

Unterdessen hatte ich angefangen, bis zu den Terminen am Vormittag und frühen Nachmittag immer länger zu schlafen, hielt eine Siesta und schwamm um zehn oder elf Uhr abends in den Hotelpools. Dann um Mitternacht. (Die Schilder verboten dies zwar, aber zu der Stunde gab es dort keine Wache.) Rief den Zimmerservice um zwei Uhr nachts an und hörte die Voicemail im ersten Morgengrauen ab.

Ken: »Wo bist du?« Ken: »Ich habe Pittsburgh angerufen, einfach so.« Flirtend (»Ich würde ja Blumen schicken, wenn du mir nur den anvisierten Staat angibst«) und müde (»Das finde ich nicht komisch«). Bei jedem Anruf waren Krankenhaus-Piepser als monotones Hintergrundgeräusch zu hören, stetig wie die Brandung. Ich konnte mir seine blutigen Hände vorstellen, aus einem Brustkorb auftauchend, während er sich beeilte, auf meinen Piepser zu antworten. Ich hatte einen chirurgischen Eingriff unterbrochen, als bei mir die Wehen einsetzten, und es war immer noch verlokkend, ja romantisch, sich auszumalen, wie Ken jene aufgehebelte Brust im Stich läßt, in die Entbindungsstation stürmt, im Metzgerkittel und die Gesichtsmaske noch auf. Wieviel Zeit haben wir beide in Krankenhäusern verbracht! Der Geruch haftete uns an, keineswegs sterilisiert, sondern ordinär, schwulstig: von Blut, Pisse, Zigarettenrauch aus Fluren und Badezimmern.

Jeden Tag hinterließ ich eine beruhigende Nachricht. Unnötig, ihn zu quälen. Unnötig aber auch, darüber groß zu reden. Eigentlich gänzlich unnötig, mit irgend jemandem zu sprechen. Zwischen Fax und Voicemail konnte ich meine Arbeit erledigen, unsichtbar wie der Zauberer von Oz. Warum ins Flugzeug steigen, den Zubringerbus zum Mietwagen nehmen, die schnell anfallenden Kosten und die Flugscheinkontrolle ertragen? Wäre es möglich, bloß stillzuhalten und sich zu konzentrieren – tantrische Verkäufe?

Daß es meinem Mann nach acht Tagen eingefallen war, meine Reiseroute über den Einsatz meiner Kreditkarte herauszufinden, war es vor allem, was dem ein Ende setzte. Ich hatte meine Nachrichten auf dem Anrufbeantworter zu Hause hinterlassen, wenn ich wußte, daß er Visiten machte, aber er war hartnäckig, und als er mich um drei Uhr morgens in der Hoffnung anwählte, noch ganz benommen würde ich den Hörer abheben, tat ich es, denn ich wartete auf den Zimmerservice mit dem Cheeseburger und dem Bier, denn die Bestellung war schon eine Weile her.

»He«, sagte Ken und gab sich forsch.

»Ken, was ist los?«

»*Was los ist?* Das mußt du mir schon sagen.«

Ich reagierte nicht schnell genug. »Ich hätte einfach gar nichts sagen sollen, oder?« fuhr er fort. »Aber verdammt noch mal, ich war erledigt. Es ist nicht so –«

»Ist gut, Ken«, sagte ich aufrichtig.

»In welcher Hinsicht? In welcher Hinsicht ist es ›gut‹? Ich habe Kramer angerufen. Du bist da in einer Phase, erinnerst du dich? Er hat uns gewarnt. Wie mit Rauchen aufhören – du glaubst, es ist geschafft, du glaubst, du bist in Sicherheit. Du rennst vor dir selbst davon. Ich will sagen, was brauchst du – Vergeltung? Nur zu. Es wird aber nichts nützen.«

»Sex?« sagte ich, zu überrascht, um die Worte herauszubringen: »Ist es das, was du – ?« Worauf Kenneth sich wohl Paarungsszenen im Hotel vorstellen mußte, beruhigend anonym. Vielleicht hatte er gerade das bei seiner Kardiologentagung gesucht, obwohl ich den Eindruck hatte, daß er die Frau aus seiner Studentenzeit kannte und die sorglose Wiedervereinigung ihm wie eine vielversprechende Möglichkeit erschien, die Vergangenheit mit der Zukunft zu vernahten und die unangenehme Gegenwart herauszuschneiden. Soviel ich begriff, hatte er nie die Absicht gehabt, mich zu umgehen. Er hoffte nur, sich an der Wucht des Autounfalls vorbeizudrängen, am verbeulten Blech. Für ihn war es keine Erinnerung. Er war nicht dort. Dennoch. Das Kind auf dem Autositz blutete kaum, war aber ohne Herzschlag. *Hatte nie vor, das Kind mit dem Bade auszuschütten* – das war, was ich dachte und nicht in einen

Satz bringen konnte, *eine unglückselige Redensart unter diesen Umständen*, außerdem war ich noch verdutzt, *Sex*?

Ich konnte es bloß so zusammenzufassen: »Ich liebe dich. Ich komme bald nach Hause.«

»Wann?«

»Muß jetzt schlafen«, sagte ich, ging zur Tür und öffnete sie.

Ein in seinen Ferien jobbender Student nickte mir zu mit der Skepsis, die einer einsamen Frau gebührt, die mitten in der Nacht den Zimmerservice verlangt. (Nach flottem Aerobic-Sex hatte ich wohl ein Recht auf reichlich Kohlenhydrate.) Der Sohn von Unbekannt mit riesigen Füßen in Turnschuhen, die aussahen wie futuristische Barkassen. Das weiße Uniformjackett war ostentativ eng, um zu betonen, daß das Hotel keinesfalls sein wirkliches Leben war. Er schob den Servicewagen ins Zimmer und hob mit chaplineskem Schwung den Metalldeckel vom Teller, wobei er den Burger in gespielter Freude anstrahlte. Ich lächelte zurück und gab ihm ein Trinkgeld.

Tatsache war, ich liebte den Metalldeckel mit seinem Bullauge, die Stoffserviette, die Nelke in der Ziervase. Ich liebte den Zimmerservice, selbst wenn das Essen lauwarm war, die Serviette nach Ammoniak roch. Die Mängel waren fast rührend. Meine Begegnungen mit den Angestellten und Hotelpagen hatten zur Folge, daß ich mich eigentümlich vergeistigt fühlte, als bereiteten wir uns darauf vor, eine Überschwemmung oder eine Hungersnot zu meistern und über die Trampel vom Land hinauszuwachsen, die wir im Alltag meist waren.

Besonders die Begegnungen mit den Hausdamen. Vom Trinkgeld abgesehen, hatte ich ein reales Verhältnis zu ihnen. Wie sie wußte ich, was es heißt, anderer Leute Betten zu machen. Und ich wußte mein spärliches Spanisch zu gebrauchen – nicht um sie mit *hola* oder *gracias* zu beleidigen, als könnten sie diese Worte nicht auf englisch verstehen, sondern wenn ich etwas Spezielles benötigte: Handcreme, Nähgarn. Vielleicht schrieb ich ihnen zuviel Scharfblick zu, aber ich hatte das Gefühl, daß viele der Hausdamen, selbst die ganz jungen, mich als eine Mit-Exilierte anerkannten, als eine vor dem Unglück Getürmte, die dankbar dafür ist, daß sie unauffällig in ihre Honigwabe hinein- und hinausschlüpfen kann.

Also fast Schicksal, daß der nächste Tag mich wieder in Ignacias Hotel brachte.

An der Rezeption begrüßte mich eine eindrucksvolle Ansammlung von Nachrichten. Etliche längst überholte Erkundigungen meines Mannes, eine von Kramer, Diplomtherapeut, den man mit Ausspionieren und Nachforschen betraut hatte, genau wie meinen Bruder, der schon die Telefonnummer seiner Wohnung in Maine auf meinem Piepser hinterlassen hatte, den ich allerdings wegen Ken meist nicht abhörte. Und so war ich nicht darüber im Bilde, daß meine Hauptkundin für diesen Tag wegen einer dringenden Familiensache abgesagt hatte.

»Wissen Sie was?« sagte ich zu dem Angestellten, der meine Anmeldung gerade in den Computer eingab. »Eigentlich muß ich nicht hier sein.«

Er lachte. »Versetzt?«

»Yup. Frei und ungebunden in Cincinnati.«

»Sie könnten mal checken, ob das Air-Force-Museum in Dayton lohnt.«

»Danke für den Tip. Genau das mache ich, auschecken.«

Er lachte, als er mir meine Kreditkarte zurückgab.

Ich steuerte auf die Toilette zu, und kaum außer Sichtweite der Rezeption, ging ich zur Treppe. Stieg die Stufen hoch, griff mir ein paar Handtücher von einem Reinigungswagen im Flur und fuhr mit dem Aufzug nach oben. Der Swimmingpool gehörte mir. Ich drapierte zum Schutz ein Handtuch über Bordcase, Aktenmappe und Laptop, zerrte meinen noch feuchten Badeanzug aus der Seitentasche des Bordcase und zog mich schnell aus. Sobald ich sicher im Badeanzug steckte, faltete ich den Rock zusammen, stopfte die Strumpfhose in den einen Schuh und schob die Uhr in den zweiten, stellte beide Schuhe unter den Stuhl und hängte die Kostümjacke über die Lehne, wo sie seltsam munter wirkte.

Ich schwamm, bis ich Gesellschaft bekam. Schlagartig, wie durch Spontanerzeugung, erschien eine Großfamilie auf der Bildfläche – mehrere Schwestern, ihre Nachkommenschaft, alle zu einer Hochzeitsfeier in die Stadt gekommen. »Kein Spritzen!« mahnte eine Mutter und warf mir dabei einen verschleierten Blick zu – teils entschuldigend, teils trotzig –, wie ihn Frauen haben, um die gegenseitige Toleranz Kindern gegenüber abzuschätzen.

Sobald es die Höflichkeit erlaubte, stahl ich mich davon und versuchte, beim Zusammenklauben von Kleidung und Computer möglichst unbeschwert auszusehen und nicht wie auf der Flucht.

Ich blieb auf der Feuertreppe stehen, um mit nackten Füßen in die Pumps zu gleiten. Die Laptop-Tasche wie bei einem Sari über die linke Schulter gezogen und im nassen Badeanzug, sah ich wie ein Genexperiment aus, das schiefgegangen ist, Miss Universum, gekreuzt mit einem Versicherungsvertreter.

Ignacia war auf dem fünften Stockwerk, dem Nichtraucher-Stockwerk. Vom Flurende aus beobachtete ich, wie sie ihren Reinigungswagen in ein Zimmer schob, das oft meines gewesen war. Ich folgte ihr.

»Guten Morgen«, sagte ich und legte meinen Computer auf den Schreibtisch, als gehörte er dort hin.

»Oh, hi, nicht fertig, tut mir leid«, sagte sie und reichte mir ein trockenes Handtuch vom Wagen.

»Macht nichts, lassen Sie sich Zeit.«

Ich ließ mich in einen der Sessel fallen und legte die Füße aufs Bett. Ignacia überprüfte die Liste an ihrem Wagen. »Sie hier in diesem Zimmer, ganz sicher?« fragte sie.

»Nein«, sagte ich.

»Wie bitte?«

»Ich bin nirgendwo. Nicht angemeldet.«

Sie zuckte mit den Achseln, um zu zeigen, daß sie nicht verstand.

In der letzten Nacht hatte ich mich nach Kens Anruf im Internet schlau gemacht, was Hotel-Sicherheitsvorkehrungen betraf. Trotz all der auf neuesten Stand gebrachten elektronischen Schließ-Systeme schien es, als bekäme man auf dem Schwarzmarkt Generalschlüssel im Überfluß und als könnte zudem jedermann in irgendein Zimmer, das gerade saubergemacht wurde, hineinspazieren und die Arbeiten unterbrechen: »Ich muß sofort ins Bad.« Offiziell verlangte daraufhin das Personal den Zimmerschlüssel des Eindringlings zu sehen oder Ausweispapiere, aber die meisten Hausdamen hatten nicht das Gefühl, daß man ihnen genug zahlte, um Wachposten zu spielen. Vom technischen Fortschritt mal abgesehen, war es immer noch wie in *Der unsichtbare Dritte*, wo Cary Grant sich ins Hotelzimmer des imaginären FBI-Agenten schleicht. Man könnte schnurstracks da hineinmarschieren und die Jackentaschen eines Mannes durchwühlen. Ich wollte weder Kameras noch Bargeld; ich wollte mich nur wie *Goldlöckchen* aufs Bett von *Winzigbär* legen.

»Muß bloß trocken werden«, sagte ich zu Ignacia. »Mache ein Nickerchen, nehme dann ein Flugzeug. Ich bleibe nicht.«

Sie warf mir einen prüfenden Blick zu. »Nicht arbeiten?«

»Heute nicht.«

»Mann gut?«

»Oh, dem geht's prima, Ignacia.«

»Wie lang?«

»Nur ein paar Stunden.«

»Nein. Armer kleiner Junge.«

»Oh, das ist es nicht. Ich will bloß –«

»Jung«, sagte sie und zeigte auf meinen Bauch. »Keine Sorgen. Zu Hause besser. Reisen nicht gut –«, sie malte leichte Kreise in die Luft und zerstörte sie dann, um die Schwangerschaft anzudeuten, die mir nicht gelingen wollte, da häufiges Reisen meine Menstruationszyklen durcheinanderbrachte.

Ich lachte. Ich konnte nicht anders. Sie hatte natürlich recht. Ich hatte den 24-Stunden-Rhythmus einer Zikade.

»Ausruhen«, sagte sie, »aber dann schnell nach Hause. Flugzeug, Hotel – Luft nicht gut.«

»Das stimmt, Ignacia.«

Als sie zum Bettücherwechseln an mir vorbeiwischte, stand ich auf, um ihr zu helfen. Diesmal lachte sie. »Keine Bezahlung gut wie – Sie helfen«, sagte sie, und wir standen uns gegenüber am Bett und entfalteten gemeinsam die blanke Fahne des Lakens.

Ich blieb, nachdem ich es mir anders überlegt hatte, zweieinhalb Tage in diesem Hotel in Cincinnati, einen Tag in dem Zimmer, das nicht wieder gebucht worden war. Am nächsten Tag beobachtete ich, wie ein Mann hinten im Flur sein Zimmer verließ – ich hatte in diesem Zimmer auch schon übernachtet und zufällig noch den Chip in meiner Kollektion. Die Artikel im *Security Management* sagten warnend, daß das Hotelmanagement es bisweilen versäume, einen neuen Code einzugeben, wenn die Schlüsselkarte nicht zurückgegeben worden sei, besonders in kleineren, weniger computerisierten Unterkünften. Wenn also das Zimmer zufällig in der Zwischenzeit nicht gebucht wird, bleibt man im verborgenen. Dieser Mann war jedoch mit so viel Gepäck beladen, daß er nicht einmal die Tür hinter sich zuklinken konnte.

Ich hängte das Bitte-nicht-stören-Schild an die Tür, aß einige Toastscheiben, die mein Vorgänger vom Frühstück übriggelassen hatte, trank den Rest lauwarmen Kaffees aus seiner Kanne und überprüfte sein Bett auf Haare.

Ignacia kam am nächsten Morgen ins Zimmer und schüttelte bei meinem Anblick entschlossen mit elterlicher Sorgenmiene den Kopf. »Aufräumen und gehen«, befahl sie, und ich tat, was sie sagte.

Der Zeitpunkt war bestens gewählt: Die Kundin, die mich anfangs der Woche versetzt hatte, war nach der zweifachen Bypass-Operation ihres Vaters wieder an ihrem Schreibtisch und freute sich über Abwechslung und Dynamik in ihrem Alltagsleben, so wie das nur geschieht, wenn man als Gesunder Krankenhausbesuche gemacht hat.

Als ich an der Rezeption vorbeiging und winkte – der Angestellte hatte für sein Verblüfftsein nur einen Augenblick Zeit –, dachte ich, was immer häufiger vorkam, an Hitchcock, an diese Szene aus *Psycho*, wo Janet Leigh, wenige Minuten nachdem sie den ihr vertrauenden Chef bestohlen hat, einen Fußgängerüberweg benutzt, aufschaut und ebendiesen verblüfften Chef durch die Windschutzscheibe seines Autos sieht. Ich war, scheint's, dabei, mich in die Sorte von Frau zu verwandeln, die tot in einem Motel auftaucht oder auf dem Grund eines Sees, die Augen offen, die Haut durchsichtig wie bei einer Kaulquappe.

Aber die Vorstellung war nicht erschreckend. Vor dem Unfall hatte ich mir viel mehr Gedanken über den Tod gemacht. Eigentlich hatte ich jedesmal, wenn ein Flugzeug abhob oder landete, Augen und Bauch zusammenpressen müssen, um nicht einen mutterlosen Sohn, meinen reizenden Jungen, vor mir zu sehen, wie er sich für alle Zeit betrogen fühlt, da ich ihn verlassen habe, statt ihm die Entscheidung einzuräumen, mich zu verlassen, das Recht eines jeden Kindes. Ich konnte die Nazigrößen verstehen, die ihre Frauen und Kinder erschossen. In der idealen Welt starben alle Familien in Reih und Glied, mit ordentlichen Einschußlöchern in den Köpfen. Ich verstand sogar damals, noch ohne Kramers behutsame Hilfe, daß viel von der Angst Schuldgefühl war, Selbstbestrafung, denn es tat so gut, ihn abzustreifen und in eine Tagesstätte zu stecken, das Flugzeug zu besteigen, allein zu sitzen und sich ungehindert den Gedanken hinzugeben, frei.

Nach dem Unfall mußte ich weit weniger Angst haben. Ich könnte auf Nägeln gehen, Feuer essen, in die Luft fliegen oder mit der Garrotte hingerichtet werden – nichts würde mir je wieder so weh tun.

Dennoch, in den Klapperkisten von Mietwagen, mit denen ich zur Arbeit fuhr, unterwegs zu Flughäfen und Krankenhäusern, kam ich mir ungefähr so sicher vor, als wäre ich in einer Blechbüchse mit abgeschnittenem Deckel zusammengerollt, wie sie Kindern als Telefonersatz dienen. Vor allem auf den Highways, wenn ich diesen Rüpeln in ihren aufgemotzten Kombis ausweichen mußte – ach, was taten sie so lässig und stark –, fühlte ich mich meist richtig elend. Flughäfen waren leichter. Ich mochte das unpersönliche Treiben, die automatisch durchgeführten Sicherheitsvorkehrungen an den Flugsteigen. Nur daß Fliegen natürlich schwieriger geworden war. Die Wartezeiten länger, die Sitzreihen übervoll. Mehr schreiende Babys.

Es war schwerer geworden, in Flugzeugen gelassen, gewappnet zu sein. Wenn die Flugbegleiter mit dem Getränkewagen vorbeikamen, erinnerte ich mich gewöhnlich daran, meine Vitamintabletten zu schlucken – C gegen Fluggrippe, E gegen trockene Haut. Bis ich damit aufhören mußte: Es eröffnete zu viele Gespräche mit munter plappernden Sitznachbarn, die alle mit Wildfremden im Kreis sitzen, Händchen halten und ein Lob auf Prozac oder Xanax singen wollten. Nach fast fünfzehn Jahren im Geschäft konnte ich die geschwätzigen manisch-depressiven Männer mit ihren hungrigen Augen, ihren rasanten Aufsteiger-

Geschichten sofort erkennen und ihnen ausweichen. Sie glichen platten Reifen, das Pillenzeugs war die Notpannenhilfe, die man im Kofferraum bereithalten soll: nicht mal ein ordentlicher Flicken, gerade mal ein Luftfurz, um die Reifen ein paar Meter weiter auf der Straße rollen zu lassen.

Meine Methode: Ich erzählte ihnen gleich zu Anfang, daß mein Mann Chirurg sei. Wenn ich das Wort *Chirurg* zuerst sagte und rasch darauf, bevor sie fragen konnten, *Herzspezialist*, nickten sie fast immer, während sie sichtlich in sich zusammensackten, und ließen mich in Ruhe.

Das mußte sein, bestärkte ich mich selbst, aber ich kam mir gemein vor. Und vor allem *unweiblich*, derart gleichgültig dem männlichen Ich gegenüber. Ich war in gewisser Hinsicht nicht mal mehr eine Frau. Ich hatte mich wie ein Mann in Arbeit vergraben – nichts verkehrt daran, durchaus akzeptabel – und verschmähte alles Rüschige, Dekorative. Damit war ich nicht mehr schwach. Ich fühlte mich fast schon gepanzert, und das ist schade, denn Leid sollte einen zumindest einfühlsam machen.

»Sie haben Glück«, erklärte mein Nachbar – keineswegs abgeschreckt vom Status meines Mannes, er hatte mir die Geschichte vom leeren Nest entlockt. »Jungen sind viel, viel besser als Mädchen. Gib denen die Autoschlüssel, und sie verschwinden aus deinem Leben. Nur um Aids muß man sich Sorgen machen. Die Mädchen hängen bloß rum und piesacken einen bis aufs Blut. Teenager, o Mann. Eine Plage Gottes. Was müssen Sie für die Studiengebühren blechen?«

Erfundener Sohn, erfundene Summe. Bevor ich noch die Höhe beziffern konnte, hatte er empört hinzugefügt, »Und zwar *netto, und die Steuer kommt noch dazu*«, was ich hätte voraussagen können. Ihm gegenüber mußte ich ausgesprochen unhöflich sein. Der Einsatz des Laptops würde ihn nicht abhalten, da alle Vielflieger sich jetzt mit Computeranmache und Softwarekontaktpflege auskennen; im Gegenteil – bei einer Reisenden ist ein Laptop so auffällig wie ein roter BH, den man seitlich durch eine nicht zugeknöpfte Bluse erspähen kann.

»Die Wahrheit ist«, sagte ich, »mein Sohn ist tot. Ich würde deshalb lieber nicht über ihn sprechen oder über Ihre Kinder oder Ihre Empfindungen als Vater, wenn's Ihnen recht ist«, und das schlug ein. Er fuhr zurück, hob beide Hände, die Handfläche nach vorn wie ein Verkehrspolizist, und dann war mir doch etwas unwohl, als ich seine wäßrigen Augen in den Scheinwerfern des beschleunigenden Sattelschleppers sah, für den er mich nun hielt.

An einem heiteren Abend Mitte Mai hatte ich mich nach dem Essen gerade duschen wollen – hatte das Gefühl, es wäre nötig, nachdem ich Thunfisch gegrillt und alles in Ordnung gebracht hatte –, als Ken den Kopf ins Badezimmer streckte und kommandierte: »Zieh das Kleid wieder an, und komm nach draußen.«

Er hatte sich eine Badehose angezogen. So warm fand ich es nun nicht. Aus seinem drängenden Ton schloß ich, daß es ein Problem gab. Waschbären am Abfalleimer. »Die nicht«, sagte er knapp und zeigte auf meine Unterhose. Er führte mich hinaus in unseren eingezäunten Hinterhof und blickte suchend nach einem Platz, wo wir nicht dem grellen

Flutlicht von der Nachbargarage ausgesetzt wären. Wählte einen Baum und lehnte mich dagegen.

Ich wußte das zu schätzen. Das Dunkel tat gut und auch die Luft, gerade die richtige Temperatur. Das Dunkel und die Luft hingen irgendwie mit dem perfekten Essen zusammen, das wir genossen hatten und das ich noch in seinem Kuß schmecken konnte – ein Beaujolais auf der Höhe seiner kurzen Lebenskurve; der Fisch genau rosa. Seine Hand glitt sofort unter das munter geblümte Baumwollkleid und spürte meine Feuchtigkeit. Ein fürchterliches Klischee, das alles, dessen bin ich mir nur zu bewußt, aber, he, so ist der Frühling.

Er schob das Kleid hoch, so daß wir etwas Brust-an-Brust-Action haben konnten. Ich auf Zehenspitzen, um den Mund des großen Mannes zu erreichen. »Dreh dich rum«, wies er mich an. Ich tat es, und der Baum lieferte einen greifbaren Ast in passender Höhe.

Ich dachte, wie schrecklich lieb von Ken, der einen besonders anstrengenden Tag hinter sich hatte. Ich versuchte, nicht zu sehr auf das Zuknallen der Kühlschranktür in Nachbars Küche zu achten, auf die High-School-Schüler einen Wohnblock weiter, die lautstark zwei Streithähne auf dem Asphalt anfeuerten. Oder mich beim Öffnen der Augen von den Tulpen ablenken zu lassen – kopflos, Verlorene – im kunstvoll terrassierten Beet, das Ken an der Stelle angelegt hatte, wo einst das Klettergerüst unseres Sohnes stand, das er abmontiert und in einer entlegenen Ecke des Kellers verstaut hatte, zusammengepackt wie ein Zelt, bereit für das neue Kind, das wir bisher trotz aller Bemühung nicht hatten zeugen können.

Damals dachte ich nicht an so was. War mir nur bewußt,

wie denn auch nicht, daß er sich anstrengte, die Dinge auf meine Art zu machen. Auf »natürliche« Weise. Im Widerspruch zu den Anweisungen eines seiner geschätzten Kollegen, der empfohlen hatte, sechs Monate die Antibabypille zu nehmen, um meine Unregelmäßigkeiten zu regulieren, danach eine sechsmonatige »Warteschleife« mit detaillierten Aufzeichnungen einzulegen, gefolgt von einem Programm aus Fruchtbarkeitspillen, die, warnte er – und formulierte wie Ärzte oft bei Frauen, selbst bei Arztfrauen –, »Sie etwas übergeschnappt machen könnten«.

Genau das, was ich brauchte.

Ich hatte die Antibabypille gehaßt, als ich jung war und ausging. Ich kriegte Kopfschmerzen davon und war immer trocken. Das sind ja bloß kleinere Nebenwirkungen, erfuhr ich, zumal für eine Frau, die womöglich ihre letzten erfolgbringenden Fortpflanzungsjahre an tranceartigen Schmerz verloren hatte. Aber die Ironie hatte für mich etwas von der zu weit entfernten Brücke: Ich sollte *jetzt*, in mittlerem Alter, die Antibabypille nehmen, um schwanger zu werden?

Und darum wußte ich Kens Tun zu schätzen. Kein Kalender. Bloß Bäume, Sterne und eine Frau, die von hinten genommen wurde, ihr Po im Mondlicht leuchtend. Es würde der Situation angemessen sein, wenn ich glatt, ja überschwenglich käme. Aber ich konnte voraussagen, daß das nicht der Fall wäre. Ken würde sicher das Erforderliche tun. Der Mann hatte immer was für *Projekte* übrig. Am Ende würde dabei irgendeine Art Erlösung für mich schon herausspringen. Viele meiner Orgasmen waren jedoch von eher fern klimpernder Qualität gewesen, gedimmt. Kaum der Mühe wert.

Im Grunde war ich entschlossen, den Orgasmus vorzutäuschen. Keine direkte Lüge; kein Prostituiertentheater. Einfach nicht den Extra-Preis im Auge haben. Nur den Abend genießen, die Luft, die unerwartete Leidenschaft meines Mannes. (»Die Absicht allein zählt.«)

Aber Ken überraschte mich. Er hielt inne, glitt aus mir heraus. Drehte mich an der Taille zu sich hin und drapierte mich nach seinen Wünschen an dem Baumstamm, die eine Hand hinter meinem Rücken sollte verhindern, daß die Rinde mich zerkratzte. Dann begann er mit der anderen Hand an mir zu arbeiten, wobei er mich fast streng anblickte, der Augenkontakt als Herausforderung: *Konzentrier dich!* Ich gab mein Bestes. Dann überraschte ich mich selbst, indem ich in einer gleichmäßigen Parabel kam, die mich daran erinnerte, wie perfekt gegarter Thunfisch zerfällt, wenn man ihn mit einer Gabel anstößt, diese gestreiften Wölbungen.

Ich war ziemlich zufrieden mit uns. Wir hätten irgendein altes Ehepaar sein können, das seine ehrliche Arbeit verrichtet, nämlich Begierde lebendig zu erhalten – nach vorn gebeugt, um Kohle in das verdammte Ding zu schippen. Ehe als altmodischer Zug. Was die kleinen Lokomotiven schnaufen und keuchen konnten!

Als Ken sich dem Ende näherte, sagte ich dankbar: »Sehr schön.« Dann, als Lob gedacht, das jedem Mann gebührt, besonders einem mittleren Alters: »Haste geübt? Gebüffelt?«

Und er antwortete mit rauher Stimme: »Nur einmal.«

Das war der besondere Augenblick, den mein Mann sich auswählte, um mir seine Untreue zu enthüllen.

Unglaublich, wirklich. Ich will sagen, er war noch in mir drin.

Ich dachte, ich hätte mich verhört. Aber nein, er zog die Badehose hoch, um ein stockendes Geständnis zu machen, das Datum und Ort des bedauerten Verrats einschließen sollte. »Tut mir ...«, sagte er. »Ach Gott, tut mir so ...«

Ich richtete mich auf. Wie nicht anders zu erwarten. Und das Kleid fiel in seine Position zurück. Starrte ihn an. Sagte: »Dank fürs Teilen.«

In diesem Moment schrie er mich an. Es tue ihm leid. *Aber*. Mein Sarkasmus wieder typisch usw.

Was er danach sagte und was er in einer Reihe schmerzhafter Gespräche enthüllte, die wir anschließend hatten, in denen er das Um-Verzeihung-Heischen zur Wutattacke umfunktionierte, mir einerseits wortreich dankte, daß ich so vernünftig sei, andererseits die Anlässe aufzählte, bei denen ich es versäumt hätte, das angemessene Gefühl zu zeigen, könnte ich jetzt nicht mehr sagen. Der einzige Vorwurf, der saß, war *fickender Zombie*.

Als ich wieder im Haus war, klingelte mein Arbeitstelefon. Ich hörte, wie der Anrufbeantworter im Gehäuse aufnahm, dann den Ton eines eingehenden Fax. Ich ging zur Küche und wollte mir ein Kleenex holen, um das Sperma wegzuwischen, das mir auf die Innenseite des Oberschenkels herausgetröpfelt war. Kein Kleenex. Schachtel leer. Benutzte ein Wischtuch. Bevor ich das Faxgerät erreichen konnte, ein anderer Piepton, weniger vertraut. Ich ging ins Zimmer und entdeckte, daß das Dokument abgeschnitten, unvollständig war, dazu die Nachricht: »Papierwalze leer.«

Dieses Mißgeschick brachte mich zum Weinen. Oder mich traf da, zeitverzögert, was Ken gesagt hatte. Oder beides.

Eines meiner nachtraumatischen Streß-Symptome hatte

mit Faxgeräten zu tun. Ken wußte Bescheid. Ich mochte es nicht, Faxpapier einzulegen. Ich mochte das aalglatte Faxpapier nicht berühren, mochte den Geruch nicht. Der Autounfall, der das Leben meines Sohnes beendete, war auf einer nicht zu stark befahrenen Straße kaum fünf Meilen von zu Hause entfernt passiert, als eine Hausfrau – nicht betrunken, nicht einmal besonders schnell fahrend – rechts vorschriftsmäßig bei Rot abbog und im leichten Regen ins Schleudern geriet. Ich hatte eben meinen Sohn aus der Tagesstätte geholt und kam von Staples mit einer Tasche voller Büroartikel für zu Hause. Eine Schachtel Feinstrich-Filzstifte, Klebzettel, Thermo-Faxpapier – wahrlich ein unbefriedigender Einkauf.

Ken kam ins Zimmer und legte die Arme um mich, strich über mein Haar und murmelte Entschuldigungen, während das Telefon wieder losging, als probierte wer auch immer die abgebrochene Nachricht nochmals zu verschicken. Dann ein erneuter Versuch.

Ken führte mich aus dem Zimmer und schloß die Tür, so mußte ich nicht mithören.

Am nächsten Tag schaffte er es, Zeit abzuknapsen, das Krankenhaus zu verlassen und mir ein Faxgerät für Normalpapier zu kaufen, so daß ich nie wieder Thermopapier durch jene guillotineartige Öffnung einlegen mußte. Beim Abendessen erzählte er mir alles haarklein, wie er seine Wahl getroffen hatte, die verschiedenen Ausstattungen, wieviel die Normalpapierkopierer im Preis gesunken waren. Das war kein Ausweichmanöver. In unserem ehelichen Tauziehen deutete ich es als ein Zeichen des guten Willens, er wollte nicht ›drängen‹, daß wir uns mit den Problemen auseinandersetzten und die Schuldfrage analysierten.

Dennoch, es blieb unangenehm. Ken neigte dazu, in emotionalen Krisen Geld auszugeben. Seine Käufe waren oft Rauchsignale. Wohl nichts Ungewöhnliches. Frauen verpassen sich einen neuen Haarschnitt; Männer kaufen elektronische Sächelchen. Autos und bedeutendere Gerätschaften signalisieren große Schwierigkeiten.

»Ich bin tief bewegt«, sagte ich zu dem Mann, der in der Anfangszeit des Werbens auf meiner Türschwelle nicht mit Rosen aufgetaucht war, sondern mit Pfannen – meine Küchenutensilien hatte er kläglich unangemessen gefunden. »Vermutlich hätte ich es mir denken können, daß du eine Affäre hast, als du die Espresso-Maschine gekauft hast.«

»Wenn du drauf geachtet hättest«, bemerkte er bissig.

Mich kriegten keine zehn Pferde dahin. Auf der mit Landminen gesäumten Straße waren wir schon gewesen. Ein gut Teil der Nacht waren wir wie betäubt das ganze Programm durchgegangen. Seine Gründe, meine Reaktionen.

»Hör zu, ich habe dir doch schon offiziell verziehen«, sagte ich. Ich hatte mich sogar nach besten Kräften lustig darüber gemacht – aller schlechten Dinge sind drei. Das sollte reichen. Sollte die Arschkartenquote unserer kleinen Familie ja wohl erfüllen.

»›Offiziell‹ ja.«

»Aber es braucht Zeit, Ken.«

»Im Gegensatz zu allem anderen.«

»Genauso wie alles andere.«

»Wir sollten wieder zu Kramer. Wäre hilfreich, es durchzusprechen.«

»Wir können soviel reden, wie du willst«, sagte ich. »Aber es wird dennoch Zeit brauchen.«

»*Mehr* Zeit.«

»Mehr Zeit. Richtig.«

»Wieviel Zeit, glaubst du, haben wir?«

Mehr, als er erübrigen konnte. Weniger, als ich brauchte. Ich beließ es dabei. »Ich sage nur, von der verbesserten Büroausstattung mal abgesehen, ich glaube nicht, daß wir in naher Zukunft viel Beischlaf im Freien haben werden.«

Was ein Jammer war. Fischig riechend und mit vom Weinen geschwollenen Augen hatte ich schließlich in der vorigen Nacht geduscht und unter dem kräftigen Strahl festgestellt, daß trotz des neuen Traumas sich alle möglichen diffusen Gefühle noch regten. Hätte Ken es geschafft, den Beichtdrang zu unterdrücken, hätte er sich mir zugesellen können. Hinterhof, Badewanne – den Trieb hatte Ken, wenn auch nicht das ›Durchziehvermögen‹. Er hatte es geschafft, mein Begehren zu wecken. Es war nicht ganz verschwunden, selbst jetzt nicht in den nüchternen Hotelzimmern. Aber es war nicht konkret an Ken gebunden. Eher freischwebend.

Es war schade um das Kleid. Ein billiges flippiges Fähnchen, waschmaschinenfest, aber ich hatte es gern. Ich würde auch eine Weile keinen Thunfisch mehr essen. Dies war vor über zwei Monaten passiert. Wir versuchten jetzt damit klarzukommen, zusammen mit all dem anderen.

In Columbus führte ich mit einem Dialyse-Labor zügige Verkaufsgespräche, danach ging ich sofort in mein Hotel. Fuhr mit dem Aufzug zu dem Zimmer hoch, für das ich die Schlüsselkarte aufbewahrt hatte. Es klappte nicht. Keine Hausdamen zu sehen. Ein Stockwerk tiefer blieb ich vor dem abgestellten Reinigungswagen in der Diele stehen. Streckte den Kopf durch die Tür und winkte einer jungen Frau zu, die mit einem Lappen über die Möbel wischte.

»Hi«, sagte ich und rollte mein Bordcase zum Wandschrank. »Kümmern Sie sich nicht um mich. Ich will nur –«

»Bin da drin noch nicht fertig«, machte sie mich aufmerksam.

»Schon in Ordnung. Ich gehe gleich wieder. Will bloß in den Badeanzug schlüpfen.«

Sie sah leicht verdutzt aus, aber nicht mißtrauisch. Während ich meine Jacke aufhängte, mimte ich sekundenschnell schwesterliche Erschöpfung. Sie lächelte, sagte, sie werde wiederkommen.

Vielleicht eine bessere Überprüfung der geistigen Gesundheit – eine klarere Grenzziehung –, als jemanden aufzufordern, das Jahr, den Monat und den gegenwärtigen Präsidenten zu benennen: ob man eine Hotelseife benutzt, die jemand anders ausgepackt hat, und sich das Gesicht mit einem Handtuch abtrocknet, noch feucht und zusammengeknüllt nach dem Gebrauch durch Unbekannt. Ich behaupte nicht, daß ich bereit war, aus öffentlichen Mülltonnen herausgefischte schrumplige Wurstenden von Hot dogs zu essen. Aber ich fühlte keinen Widerwillen gegen das nasse Badezimmer. Ich spürte so etwas wie das Behagen des ökologisch Gesunden: Warum den Planeten derart mit Clorox besprengen, kaum daß ein armer Kerl nach telefonischem Wecken hinausgestürzt ist, wie ich es oft selbst mußte. Am Swimmingpool war ein Posten, der die Schlüsselkarten kontrollierte. Ich hatte meine vergessen, aber die diensthabende Frau erkannte mich wieder und winkte mich durch. »Ist Ihr Mann da oben?« fragte sie zu meiner

Überraschung, offensichtlich mehr darüber besorgt, wie ich wieder ins Zimmer käme, als um meinen aktuellen Familienstand. Hoppla. Ich hatte die Tür zugezogen. Einigermaßen riskant, in einem nassen Badeanzug im Hotel herumzutapsen und nach einer vertrauensseligen Hausdame Ausschau zu halten; riskant aber auch, es an der Rezeption zu versuchen. Was konnte ich tun?

Ich fuhr mit dem Aufzug direkt ins Kellergeschoß, denn ich war mir ziemlich sicher, dort einen stickigen Aufenthaltsraum für Angestellte zu finden, mit Automaten und Rauchern, die eine Zigarettenpause machten. Ich hatte recht. »Kann ich Sie einen Augenblick sprechen?« fragte ich, den Kopf hineinstreckend, die Frau gleich an der Tür. Sie kam auf den Flur hinaus. Ich erzählte ihr, daß ich mich ausgesperrt hatte, doch nicht genug, hier preßte ich die Beine unter dem Handtuch zusammen, gerade eben hätte ich meine Periode bekommen. Aber um keinen Preis wollte ich durch die Eingangshalle marschieren und Blut auf den Teppich tröpfeln lassen. Sie grinste und führte mich sofort zum Lastenaufzug. »Haben Sie jetzt alles, was Sie brauchen?« fragte sie, als sie mich ins Zimmer einließ, und ich hätte sie umarmen können.

Zimmerservice stand selbstverständlich außer Frage. Und die Tür, das war klar, würde automatisch hinter mir ins Schloß fallen. Ich brauchte eine gute halbe Stunde heimlichen Herumspielens mit dem Mechanismus, um herauszubekommen, wie man ihn blockiert. Ich ging mit einer Zeitung zu einem nahe gelegenen Restaurant. Ich hatte sie übrigens nicht gekauft. Das gehörte zu meiner Obdachlosigkeit: Ich holte mir die zusammengefalteten Zeitungen aus den Taschen der Flugzeugsitze vor mir, aus Warteräumen und Eingangshallen. Noch nicht aus Abfalleimern, aber kurz davor. Ein völlig anderes Gefühl als das bei Hauszustellung, wo man die Illusion hat, die ganze Welt versammle sich im Morgengrauen an deiner Türschwelle. Nachrichtenfetzen erreichten mich wie Flaschenpost, verschleiert, chiffriert, als wären sie für mich allein bestimmt.

Der Artikel, über einem Teller Pasta gelesen, aus dem Teil STIL der *Washington Post* ging über Tiny Tim, berühmt aus »Tiptoe Through the Tulips«. Inzwischen ein alter Mann, aber von donquichottehafter Ausdauer, inszenierte er sein Comeback aus einem Pensionszimmer in Minneapolis, so arm, daß er nur Büchsenbohnen aß, doch noch immer färbte er seine wallenden Locken treu mit Clairol. Ich verstand das Ganze als mahnende Geschichte, daß ich das, was ich tat, nicht ewig tun könnte. Aber das war von Anfang an klargewesen. Die einzige Frage war nur, wann es zu Ende ging und wie.

Etwas ging seit einiger Zeit in mir vor, so subtil, daß ich es bis jetzt nicht hatte benennen können, auch wenn ich es später mit der C-14-Methode auf den Pittsburgher Flughafen zurückführen konnte. Ich sah sofort, was mit Leuten los war. Besonders auf Flughäfen, wo jeder aus dem Zusammenhang gerissen war, phosphoreszierte das Innere anderer Reisender, als würde es bei der Gepäckkontrolle geröntgt. Problemzonen deutlich hervorgehoben wie Schlüssel oder Kleingeld.

Wenn ich beim Flugsteig auf den Aufruf wartete, saß ich für gewöhnlich da und richtete meinen mengenerprobten

Blick auf die vorbeigehenden Passagiere in ihrer zeitweiligen Leblosigkeit, Einzelbild auf Einzelbild. Sofort konnte ich sagen, wer seine Frau liebte, wer seine Arbeit liebte. Wer gevögelt hatte und wer gerade Riesensummen vom Firmengeld ausgegeben hatte, statt selbst gevögelt zu werden. Wer schlau wie ein Fuchs oder steindumm war. Wer einsam war, hohl, ängstlich. Fast jeder war ängstlich. Erstaunlich, wieviel Angst existierte. Nicht Angst vor etwas Realem – Gefahr oder Tod –, vielmehr eine Angst, ungeschützt zu sein, durchschaut zu werden.

Die Leute ruckelten oder glitten vorüber wie Gepäckstücke auf einem Fließband. Einige waren abgewetzt, andere funkelnagelneu. Viele kaum auseinanderzuhalten. Und im Innersten die Sehnsucht, vom Band genommen, *abgeholt* zu werden. Von den Menschen, deren Bilder sie in der Brieftasche tragen. Nicht die ganze Runde noch mal und noch mal zu machen, verloren und unerwünscht. Nicht ausgemustert zu werden, da man sein Leben verpaßt hat wie einen Anschlußflug.

Wenn man die Leute aus dem Gedränge herausrisse und die Hand in ihre Geheimnisse gleiten ließe, als durchsuchte man ihr Gepäck, fände man bei den meisten – nicht viel. Ein Deodorant und Kleidung zum Wechseln. Kläglich. Aber in der Kläglichkeit lag eine Art grimmig strahlender Wahrheit. War man erst im Bilde, konnte es einen zum Misanthropen oder zum Christen machen. Man konnte die Menschheit hassen oder sie lieben. Aber die schwierigere Reaktion war, sie nicht zu richten. Das erforderte, daß man sich nicht zu sehr durch den Wirrwarr von Einzelheiten ablenken ließ. All die bekenntnishaften Autoaufkleber, die Krawatten und Haarstile. All das Geklimper der winzigen, sinnlosen Schlüssel in den winzigen, sinnlosen Schlössern – all das Verlangen und Streben. Man mußte kein Polier oder Bauunternehmer sein, um festzustellen: Aha, die Identität des Menschen ist also gebaut wie ein Vogelnest. So fiebrig und zerbrechlich. Na und? Meistens klappt es ja mit dem Zusammenhalt.

Von meinem Plastikstuhl auf dem Flugsteig konnte ich beliebig Verbindungen herstellen. Ich konnte mich anfreunden, einen Fremden verführen, sogar mein Handy herausholen und meine Mutter anrufen. Meine Mutter liebte mich! Wenn ich stürbe, würde sie weinen! Ab und zu schien ein Vorbeigehender so erstaunt über mich, so angezogen von meiner der seinen ebenbürtigen Wachheit, daß wir als füreinander Bestimmte in irgendeinem Drama durchgehen konnten. Dieser wunderbare komplizierte Schauer des Wiedererkennens bei unserem geglückten Blickkontakt. Das gleiche geschah gelegentlich auch mit älteren Frauen, Witwen – ruhiges Anerkennen eines Verlustes, vergleichbar dem, was ich wohltuend mit Ignacia geteilt hatte. Aber die meiste Zeit war ich unsichtbar. Ich saß nur da: eine adrette Frau gehobenen Berufs mit einem schwarzen Koffer auf Rollen, genau wie all die anderen schwarzen Koffer auf Rollen. Meine Anonymität war beruhigend und erstickend zugleich. Erotischer Schleier und erdrückendes Leichentuch.

In einer Episode aus der Serie *Unbekannte Dimensionen*, die ich als Kind gesehen hatte, schnipste ein Typ eine Münze, um wie jeden Morgen für seine Zeitung zu bezahlen, nur daß dieses Mal die Münze auf der Kante landete, weder Kopf noch Zahl. Als Folge davon konnte dieser Mann jetzt Gedanken lesen. Zuerst dachte er, ach, wie schön und nützlich, aber es stellte sich als Fluch heraus. Er wurde fast in den Wahnsinn getrieben durch die Kakophonie geheimer Gedanken. Dieses Ereignis hatte mich immerhin so beschäftigt, daß ich mit meiner Mutter über seine Glaubwürdigkeit sprach. Ich muß etwa acht gewesen sein. Ich erinnere mich noch an ihre Worte: »Nur Gott kann deine Gedanken lesen«, sagte sie. »Und selbst Er würde sich wahrscheinlich lieber raushalten.« Ich muß auf ihrem Schoß gesessen haben, denn diese Erinnerung bringt eine andere mit sich, worin sie auf die ihr eigene träge Art über mein Haar streicht und die Strähnen teilt, um ein paar an der Unterseite ihres Fingernagels entlangzuziehen. Oder die Hand ausstreckt, um mit einem Finger den Bogen meiner Augenbrauen nachzuzeichnen. Sie berührte mein Gesicht und mein Haar, so wie man, zurückgelehnt in einem Kanu, die Hand in den ruhigen See eintaucht. Oder in der Sonne liegend, Sand hochnimmt und ihn langsam rieseln läßt.

Auf Flughäfen versuchte ich die Menschen in diesem Rhythmus zu lesen. Einfach Dinge wahrzunehmen, ohne Absicht oder Dringlichkeit. Aber es war schwer. Was ich verstand, war belastend. Im gewissen Sinn wartete ich darauf, daß die Münze noch einmal auf der Kante landete, wie schließlich in der Episode aus *Unbekannte Dimensionen,* und alles in Ordnung brachte.

Bessere Hotels wiesen das Personal an, die Zimmer bei geschlossener Tür aufzuräumen, die Reinigungswagen sicher im Innern. Aber sie wollten die zu ihrem Zimmer zurückkehrenden Hotelgäste nicht beunruhigen und hängten darum ZIMMERREINIGUNG-Schilder an die Tür, was der Absicht, zu verschleiern, welche Gäste nicht auf ihrem Zimmer waren, eher abträglich war. Meine Masche funktionierte ausgezeichnet.

In Pittsburgh ließ mich eine Hausdame namens Doris in mein Zimmer auf der Business-Etage – ein bißchen zuviel Risiko, war mir ungemütlich klar, für die paar Gratis-Erdnüsse im Gesellschaftsraum, aber es gelang mir, gerade dann hineinzuschlüpfen und mich zu bedienen, als der geschniegelte Portier nicht am Empfang war. Draußen vor dem Fenster leuchtete die ganze Nacht eine riesige Digitaluhr, die über einem Hügel am anderen Ufer hing. »So viele Brücken, so wenig Rost. Anstrich von Miles.« Farbe vermutlich. Produkt und Kopfzerbrechen von jemand anderem.

Wenn ich in jedem mir bekannten Hotel nur einmal kostenlos übernachtete, hätte ich zwischen zehn Tagen und einem Monat – neun Städte, ein oder zwei, allerhöchstens drei Tage in jeder Stadt. Selbstverständlich würde bei jeder Wiederholung die Chance, geschnappt zu werden, größer, wenn auch jedes Hotel Schichtdienst bei den Angestellten hatte, Wechsel der Hausmädchen, zahlreiche Stockwerke; ich könnte dieselbe Prozedur in verschiedenen Monaten und/oder für etwas andere Zuschauer immer wieder von neuem durchziehen und mir unendlich viele Möglichkeiten verschaffen, wenn ich bloß wie der Bigamist mit Ehefrau in jedem Hafen meine Geschichten nicht durcheinanderbrächte.

Ich richtete eine Computerdatei ein. Datum, Stadt, Hotel, Zimmernummer. Schlüsselkarte funktionsfähig? Platz für Kommentare (»behauptete, meine Periode zu haben«). Um drei Uhr morgens entwickelte ich nach einer Schwimmrunde in Akron sogar ein Makro, um diese Informationen in Rubriken einzuordnen, wobei der Computer von mir *Name der Hausdame? Dauer des Aufenthalts?* wissen wollte. Dies käme zur langen Liste der Funktionen hinzu, die mein Computer bereits erfüllte, mich z. B. an die Geburtstage anderer zu erinnern. (Bald wäre mein Bruder dran. Ich schaffte es, im Geschenkladen in der Eingangshalle eine Glückwunschkarte aufzutreiben und sie mit einem beruhigenden PS hinsichtlich meiner Lage und meiner Geschäfte abzuschicken, wobei ich niedergeschlagen dachte: *Geburtstagskarten?* Nichts mehr für mich.)

Kramer hinterließ weitere Nachrichten auf dem Anrufbeantworter. »Ken ist recht besorgt«, sagte er ruhig. »Wie ich auch. Bitte rufen Sie an.« Es fiel mir schwer, auf dem Anrufbeantworter meinen Ärger zu verbergen bei den Beteuerungen, daß ich am Leben sei und mich in die Arbeit hineinkniete, schließlich mein Job; daß meine Tage auf Achse gezählt seien, aber daß ich sie, betonte ich Kenneth gegenüber, in Einsamkeit genießen wolle.

»Wenn es kein anderer Mann ist«, verlangte Ken zu wissen, »was dann? Irgendwas Existentielles? Oder soll ich etwa ›mehr Zeit mit dir verbringen‹? Klar, ich steh doch so auf Selbstgespräche. Ach, fuck. He. Besser dich ficken«, was mich zum Lächeln brachte.

Ich hatte Kens Direktheit immer gemocht. Wir waren gleich bei unserer ersten Verabredung, ein Tag nach unserem Kennenlernen, miteinander ins Bett gegangen, und mochte das um 1980 eher dem *comme il faut* entsprechen, hatten wir doch nie Marihuana und Spiegel gebraucht, weder Seidendessous-Striptease noch die Spieltheorie in der Verführung. Was andere als Kens Medizinerroheit ansehen mögen, war für mich belebende Klarheit. Darum enttäuschten mich seine Verdächtigungen. Ich hatte beinah das Gefühl, als *verschriebe* er mir Ehebruch, eine bequeme Diagnose. Dumm nur: Einmal nachts, ich war noch naß vom Swimmingpool, ertappte ich mich vor dem Spiegel, wie ich auf das Wasser sah, das aus meinem Haar auf meine aufgerichteten Brustwarzen tropfte, und dabei dachte, daß Sex mit jemand Neuem vielleicht keine schlechte Idee wäre.

Dann bekam ich die Periode, zumindest glaubte ich das, was manches erklärte. Ein seltsamer Tick der weiblichen Natur, gerade dann sich nach Sex zu sehnen, allerletzter Kamikaze-Versuch des Körpers, das Ei zu retten. Selbst in Trauer hatte ich immer meine Anfälle prämenstrueller Geilheit gekriegt. In dieser Nacht, als ich träge vor mich hin onanierte, legte ich eine Pause ein und fragte mich, ob die echten Obdachlosen jemals auch so etwas taten, spät in der Nacht, allein auf ihrem Luftschachtrost, oder ob ihr Geschlechtstrieb so verkrustet war wie ihre Zehennägel.

Ich hörte auf, den Anrufbeantworter abzufragen, und informierte die Klienten, daß das System unzuverlässig sei. Das komplizierte mein Leben, da, wie Ken, viele meiner Klienten mit der E-Mail nicht zurechtzukommen schienen, und darum mußte ich mich vor Terminen melden. Zusammen mit dem kriminellen Makro kam mir so mein Arbeitsplan strukturierter vor als gewünscht.

Zum Problem konnten die Wochenenden werden, wurde mir klar. Ich fiele wohl an Samstagen bei all den Hochzeitsgästen und vereinzelten Urlaubern im Hotel auf.

Ich hatte an einem Samstag in Cincinnati angefangen, aber da war Ignacia. Nicht so gut verstand ich mich mit Doris in Pittsburgh, und ebendort stand ich in der folgenden Freitagnacht vorm Spiegel.

Der Samstag war sehr warm. Ich verschloß die Luftklappe der Klimaanlage unter dem Fenster, zog die Rollos zur Sonne hin auf, stellte die Luftzufuhr auch im Bad ab, verstaute Brieftasche und Laptop unterm Bett, wie ich es mir angewöhnt hatte, und ging zum Swimmingpool.

Als ich zurückkehrte, war das Zimmer knallheiß. Ich öffnete die Luftklappen und ging hinaus auf die Diele, um nach Doris zu suchen. »Puh!« sagte ich und lotste sie in mein Zimmer, wobei ich mir Luft zufächelte. »Die Klimaanlage funktioniert nicht!«

Sie legte die Hand über eine Öffnung, aus der Luft strömte, und zuckte verwundert mit der Schulter.

»Ich muß das Zimmer wechseln. Wer ist an der Rezeption, Steve?«

»Nein, Cindy. Soll ich unten anrufen?«

»Nein, ich rede schon selbst mit Cindy.«

Darauf verließ ich Doris, damit sie das Zimmer aufräumte, ging den Flur entlang und duckte mich im Badeanzug und mit dem weißen Einheitshandtuch in die Feuertreppe hinein. Saß fünf Minuten lang auf den Stufen und betrachtete den Leichtbetonblock, bevor ich zurückkehrte und verkündete, daß Cindy mich in 1502 einquartieren wolle, in das Zimmer, das Doris, wie ich wußte, gerade fertiggemacht hatte, denn unmöglich zu sagen, wann die Wartung erfolgen könnte. Ich packte mein Zeug zusammen und bat Doris mit vollen Händen, mich in das andere Zimmer einzulassen.

Das war gefährlich. An einem Sommerwochenende, wenn die Business-Etage nicht proppenvoll war, würde es Verlegungen nach dorthin geben. Wenn man mich schnappte, könnte ich Cindy sagen, ich hätte alles mit Steve geregelt, oder Steve sagen, ich hätte alles mit Cindy geregelt, und könnte den Kopf vor Überraschung schütteln, daß es keinen Kreditkarten-Abdruck gab. Ich machte mir klar, daß dies kein Flippern, kein Golfen oder Billardspiel war. Ich war nicht hinter einem Bahnrekord her und konnte immer die alte Kreditkarte hervorknallen, wenn die Lage es erforderte.

Aber niemand störte meine Kreise.

Der einzige Makel war, daß man die Türen zum Swimmingpool um neun Uhr abends abschloß.

Doris arbeitete tagsüber. Ich sah keine andere Hausdame, die ich bestechen oder umschmeicheln könnte. Der Lastenaufzug im Kellergeschoß war jedoch zugänglich und fuhr direkt in den Umkleideraum des Penthouse-Pools, wo ein offener Wandschrank mit frischen Handtüchern stand. Es war erhebend, allein zu schwimmen, mit dem Mondlicht durch die Dachfenster.

Als ich bemerkte, daß das, was ich als Periode angesehen hatte, nur eine Schmierblutung war und der Tampon in dem seltsamen Zustand, den er nach dem Schwimmen hat, kaum besudelt war, kam ich zu dem Schluß, daß all mein Planen vielleicht meinen biologischen Plan durcheinanderbrachte. Ich war entschlossen, es nicht überzubewerten, so wie ich mich ja auch bemüht hatte, die spontane Enttäuschung hinunterzuschlucken, daß ich die Periode bekäme. Diese Unbeschwertheit sollte mich zumindest davon befreien, meinen Körper auf Anzeichen von Schwangerschaft zu beobachten, als träfe der Zug mit einem lange verloren geglaubten geliebten Menschen ein.

Ich blieb den Samstag und Sonntag, am Montag flog ich nach Lexington, Kentucky, wo ich einen beträchtlichen Auftrag für den Kauf eines neuen Ventils an Land zog, das wie ein 2 Dollar 98-Rohrteil aussah, mietete ein Auto und fuhr nach Louisville. Als ich mich schließlich durch den Sumpf meiner Voicemail hindurcharbeitete, tauchte sogar ein Glückwunsch von einem Vizepräsidenten auf, verantwortlich für die Produktentwicklung am Ohio-Zentrum für Chemotechnik und Chirurgisches Instrumentarium, der meinen Elan pries.

Das Hotel in Louisville bot wie einige andere Hotels auf diesem Teil meiner Reiseroute keine Möglichkeit zum Schwimmen. Daheim gehörte ich einem vornehmen Health-Club an mit einem ausgezeichneten Swimmingpool. Es war kein Christlicher Verein Junger Männer, obwohl ich einmal mit dem Gedanken gespielt hatte, ihm beizutreten, damit ich beim Reisen ein Anrecht auf die Vergünstigungen in den örtlichen Vereinen hätte. Aber ich nahm Abstand von diesem Plan, nachdem mir ein Kollege erzählt hatte, wie er von seinen Schwimmrunden zurückgekommen war, sein Schließfach offen fand, das Kombinationsschloß verschwunden, zusammen mit all seinen Klamotten. Er mußte die unabgeholten dreckigen Kleidungsstücke im Behälter für Fundsachen durchwühlen, um etwas herauszuziehen, das er für den Heimweg anziehen konnte.

Man konnte es natürlich vermeiden, Wertgegenstände zum Pool mitzunehmen. Was aber nicht so leichtfällt, wenn man unterwegs ist.

Viele der Krankenhäuser auf meiner Route waren Universitäten angeschlossen, und Unis hatten gewöhnlich große Swimmingpools. Manchmal organisierte man mir den Zutritt. Aber darauf konnte ich mich nicht verlassen oder hatte mich darauf nie zu verlassen brauchen. Jetzt wünschte ich mir, ich hätte den Weitblick gehabt, mir den einen oder anderen Schwimmausweis auf meiner Route zu besorgen, was wahrscheinlich bloß ein bißchen Fädenziehen gebraucht hätte.

Ich versuchte immer in Hotels mit exakt fünfundzwanzig Meter langen Schwimmbahnen unterzukommen statt in Hotels mit Pools von etwa fünfzehn Metern – im Grunde übergroße Badewannen, aber vielerorts die Norm. Wenn ich in einem Hotelpool allein war, konnte ich diagonal schwimmen. Das half etwas. Aber selbst dann konnte man keine richtigen Runden schwimmen. Das Sportliche lag mehr im spielerischen saltoähnlichen Wenden. Und dann gab es die gelegentlich unvermeidlichen Unterkünfte, die überhaupt keinen Swimmingpool boten, z. B. das Hotel in Louisville.

In Louisville erinnerte ich mich an meinen Freund, wie er zu seinem Schließfach zurückgekommen war. Mantel und Socken weg. Kreditkarten und Führerschein auch – all die Ausweispapiere, die man sich mühsamst von neuem zusammenklauben muß. Ich stellte mir vor, wie er mitten im Winter barfuß in der Pfütze seiner tropfenden Badehose stand und sich fragte, ob er den Verstand verloren und einfach vergessen hatte, welches Schließfach er benutzt hatte, vergleichbar der Panik, in die man gerät, wenn man auf dem Parkplatz eines Einkaufszentrums sein Auto nicht gleich wiederfindet. Ebenfalls gestohlen: eine alte Uhr, die seinem Vater gehört hatte. Die Versicherungsgesellschaft informierte ihn, daß sie letzten Endes nicht sehr wertvoll gewesen sei. Jahrelang hatte er diese Uhr in Ehren gehalten, bloß um jetzt zu entdecken, daß sie rein sentimentalen Wert hatte. Es wäre besser für ihn gewesen, nicht die Wahrheit über den Wert des Erbstücks zu erfahren, so wie es für mich besser gewesen wäre, nie etwas von der Affäre meines Mannes zu hören. Als mein Freund mir dies erzählte und die Plastik-Swatch hochhielt, die er sich ersatzweise angeschafft hatte – Happy hour, Bier in einer Freitags-Trainingsgruppe in der Nähe des Büros –, wurde mein Blick verschwommen.

Ich sollte mich nicht so ins Schwimmen verbeißen, sagte ich mir, ich sollte mich in überhaupt nichts verbeißen.

Elf Tage auf Achse. Bemerkenswert. Ohne daß das Leben ablenkte, lief meine Arbeit wie geschmiert. Mit einundvierzig sah mein durch Schwimmen getrimmter Körper besser aus als je zuvor. Alles Unwesentliche wurde abgebaut, schmolz zusammen, bis nur noch das nackte Ich zurückblieb. Verwundbar wie der Stumpf eines bloßgelegten Zahns. Ich nahm das hin, erwartete es, genoß sogar das Gefühl des Wundseins.

In Ohio, dem heimatlichen Stützpunkt, waren die Entfernungen zwischen den Verabredungen kürzer, und so mußte ich Auto fahren – eigentlich das eigene, dessen Meilenstand aus Steuergründen regelmäßig abgefragt wurde. Klar, ich konnte einen Mietwagen nehmen und so dem unvermeidlichen Heckmeck entgehen, sobald Ken herausfände, daß mein Auto aus der Garage verschwunden war. Aber durch meine Spesenabrechnungen würde die Firma erfahren, daß ich zwischendurch nie nach Hause kam, und wäre alarmiert.

Außerdem wäre ich leichter auffindbar. Ich war mir bis dahin nicht einmal eines Versteckspiels bewußt gewesen. Wenn Ken fragte, sagte meine Sekretärin ihm, wo ich war. Er war mein Mann. Und ganz offensichtlich hatte er sich erkundigt, da mich im Hotel in Toledo eine Ladung Heimatpost per Nacht-Expreß erwartete.

Ken schickte wahllos alles. Die August-Ausgabe von *Hospital Development.* Eine Postkarte von einem Kollegen, der in Rom Ferien machte. Rechnungen, einige überfällig. Er schickte keine persönliche Nachricht, hatte aber den Absender auf dem Umschlag rot umkringelt.

Was dachte er sich? Stellte er sich wirklich vor, daß eine Briefkarte meines Zahnarztes mit der Check-up-Erinnerung mich heimwehkrank machte? Ich verspürte nicht mehr Verlangen nach den Kleidern in den Katalogen als eine Nonne. Mich ärgerte Kens Fehleinschätzung dermaßen, daß ich tatsächlich zu einem Gebrauchtwagenhändler fuhr mit der Vorstellung, vielleicht ein Auto in bar zu kaufen, wie es die Leute in Filmen zu tun pflegen, und mir eine neue Identität zuzulegen. Aber ich kam gar nicht aus dem Mietwagen raus. Soweit war es noch nicht gekommen.

Am dreizehnten Tag kam ich mir ziemlich verwegen vor, als ich am Reinigungswagen vorbei ein frisch hergerichtetes Zimmer betrat und mich ins Bad verdrückte, um den Badeanzug anzuziehen, während das Mädchen, den Rücken zu mir, geräuschvoll staubsaugte. Wartete, bis sie den Wagen weiterschob, bevor ich raufging, um sicher zu sein, daß ich die Tür unverschlossen lassen konnte. Inzwischen hatte ich es prima raus, wie man mit einer Haarklammer das Schloß austrickst, ohne es zu knacken, sondern bloß den Grundmechanismus so blockiert, daß die Tür abgeschlossen aussieht. Aber hier klappte es nicht. Ich mußte die Tür einen Spalt offenlassen. Ich kam vom Swimmingpool zurück und entdeckte, daß jemand die Tür für mich abgeschlossen hatte, und als ich die Hausdame für meine altbewährte Nummer vom Schlüsselvergessen auftrieb, forderte sie mich mit zusammengekniffenen Augen auf, die Rezeption zu benachrichtigen.

»In diesem Aufzug kann ich ja wohl nicht runter«, wandte ich ein.

»Dann schicke ich jemanden zu Ihnen hoch.«

»Schön. Lassen Sie mich ins Zimmer, und wir rufen gemeinsam an.«

Sie tat es. Sie sah zu, wie ich auf die 1 drückte. »Hier gibt es, scheint's, irgendein Durcheinander«, teilte ich der Rezeption mit. »Bin gerade zurück vom Pool – zieh mich nur an und bin gleich unten.«

Es mußte ja schließlich eines Tages passieren. Etwas traurig war ich schon, daß es gerade in Scranton passierte, wo meine Übernachtungsmöglichkeiten begrenzt waren.

Ich mußte nicht packen, da ich nicht ausgepackt hatte. Selbst die Aussicht, erwischt zu werden, trieb mich nicht zur Hast. Es heißt, Ladendiebe, meist weiblichen Geschlechts, *wollen* erwischt werden. In meinem Fall glaube ich das nicht. Ich wollte Ungestörtheit, keine Aufmerksamkeit. »Er hatte mich wohl für ein anderes Zimmer vorgesehen«, sagte ich der Hausdame. »Danke fürs Nachsehen, ich besorge mir den richtigen Schlüssel«, und ging mit feuchtem Haar nach unten und rasch durch den Ausgang, wie sie es vermutet hatte.

Das Hotel in Wilkes-Barre hatte keinen Pool. Es war heruntergekommen und entmutigend. Ich lief an der Rezeption vorbei und fuhr mit dem Aufzug zur dritten Etage, wo ein Mädchen eine Reihe ihm zugewiesener Zimmer aufgeschlossen hatte, um zu sehen, ob irgendwelche bösen Überraschungen dort lauerten. Ich probierte ein neues Verfahren aus, nur da wirksam, wo die Sicherheitsvorkehrungen derart lax gehandhabt wurden. Auf dem Korridor lag die Inventarliste (oder wie immer das auch heißt) des Zimmermädchens oben auf dem Reinigungswagen. Ich konnte das Mädchen vor mir im Zimmer sehen, wie es tranig das Bett machte, abgelenkt von einer Talk-Show im Fernsehen. Mit dem Bleistiftstummel hakte ich ein Zimmer zwei Türen weiter als bereits fertig ab. Dann besetzte ich das Zimmer. Das würde ihr zu denken geben, aber nicht lange. Die Zimmer sahen schließlich alle gleich aus.

Das Zimmer hätte ihre Dienste gut gebrauchen können. Schamhaare lagen auf den Badezimmerkacheln und waren in den Fugenkitt eingeklemmt. Die Luft aus dem Ventilator roch säuerlich, brackig und entlockte dem feuchten Badevorleger einen fast hündischen Geruch.

Ich nahm das Essen von McDonald's mit aufs Zimmer. Ich hatte es schon früher am Tag, bei der Rückkehr von einem Termin im Krankenhaus organisiert, damit ich nicht wieder rausmußte. Ein fettstarrender Burger, die Pommes frites hart wie lackiert – diese Mahlzeit ist im kalten Zustand nicht übermäßig verlockend. Obwohl ich die leere Tüte auf den Flur hinauswarf, in die Nähe der Eismaschinen, konnte ich den ranzigen Pommes-frites-Geruch nicht aus dem Zimmer vertreiben.

Ich schlief sehr schlecht. Als ich aufwachte, stand ein Mann an meinem Bettende. Ich war nackt, er hatte sich mitten zwischen meinen Beinen aufgebaut und schaute auf mich herab wie ein Geburtshelfer.

»Tut mir leid«, sagte er. »Irgend etwas muß falsch gelaufen sein.« Er hob seine Schlüsselkarte wie zum Beweis seines berechtigten Eintritts hoch und überspielte seine Verwirrung durch Achselzucken.

Ich war zu erschrocken, um das Laken hochzuziehen. Ich richtete mich auf, stützte mich auf die Ellbogen und nahm ihn ins Visier. Ein rundlicher, kinnloser Mann in den Fünfzigern mit viel Haar – ähnlich dem Schamhaar. Aber wo war sein Gepäck, wenn er in diesem Zimmer logiert hatte, bevor ich es in Beschlag nahm? Oder wenn er jetzt gerade eincheckte, warum war das Zimmer nicht saubergemacht?

»Da muß etwas – falsch gelaufen sein«, wiederholte er. Dann lächelte er. Ich erwiderte sein Lächeln nicht, rührte mich andererseits auch nicht. Er schien gleichfalls wie gelähmt – vor Verlegenheit oder aus der unwillkürlichen Begierde eines Mannes, dem man ein nacktes weibliches Wesen präsentiert. Fünf Sekunden vielleicht verharrten wir in dieser Stellung. Ich kapierte schnell, daß er dabei war, mein Verhalten als Einladung zu deuten. Und das mußte er wohl, denn er blickte im Zimmer umher. Er beugte sich tatsächlich ein wenig nach hinten, um ungehinderte Sicht aufs leere Badezimmer zu haben, als wolle er sich vergewissern, daß ich allein war. (Dumm von ihm – mein muskelbepackter Freund konnte ja zum Kaffeeholen weg sein.)

Es gelang mir, gelassen zu sagen: »Muß wohl gehen.«

»Müssen Sie nicht«, bot er an.

Ich beobachtete, wie er langsam ums Bett herumging.

Mit derselben Bedächtigkeit streckte er eine Hand aus und drückte mit Daumen und Zeigefinger eine meiner Brustwarzen, wobei er mich im Auge behielt. »Wir könnten uns das Zimmer teilen«, sagte er mit einem Frosch im Hals.

Wir beide schauten nun auf die Brust hinunter, auf die große Hand mit dem Ehereif, das sich ringsum wölbende Fleisch, das schwarze Haar auf den Knöcheln.

Ich brachte folgende Gedanken zustande: Meine Reaktionszeit war hier unangemessen. Die eine oder andere Frau mochte das vielleicht sogar genießen. Ich höchstwahrscheinlich nicht, obwohl ich seltsamerweise keinerlei Feindseligkeit gegenüber dem Mann verspürte. Befremdlich, aber wahr, sogar Sympathie: Dies war das einzige Mal in seinem Leben, daß er sich so benehmen sollte. *Ich weiß nicht, was über mich kam*, würde er sich noch Jahre später voll Grausen und Stolz sagen.

Durch den anhaltenden Druck auf die Brustwarze wurde die unauslöschliche Erinnerung ans Stillen mit einem Mal so übermächtig, daß ich nach Luft schnappte und zurückschreckte.

»Entschuldigung«, sagte er gleich und fuhr zurück.

»Nein«, sagte ich und griff erst jetzt nach dem Laken. »Ich bin – verstehen Sie, ich habe vor einiger Zeit ein Kind verloren.«

»Oh, das tut mir leid«, sagte er. »Wie furchtbar.«

Ich widersprach nicht.

»Ich werde gehen«, sagte er.

»Nein. Ich möchte mich nur anziehen. Ich will sowieso gehen. Haben Sie Kinder?«

»Zwei Jungen«, gab er zu.

»Mein Junge sollte gerade aufs College«, sagte ich. Ich

weiß nicht, warum ich an dieser Stelle diese Lüge auftischte, aber sie beruhigte mich unmittelbar. »Ich verschwinde bloß noch ins Bad.«

Er drehte mir höflich den Rücken zu, während ich mir meine Kleidung schnappte.

Als ich aus dem Bad kam, angezogen, war er fort.

Mein Erstaunen überraschte mich. Ich hatte erwartet, daß er dabliebe, sich entschuldigte, sein Beileid bekundete. Mich vielleicht zum Mittagessen einlud. Was ich natürlich ablehnen würde, aber – während ich das dachte, kam ich zu dem Schluß, daß ich mich nach zwei Wochen, immerhin ein anständiger Urlaub, dem Ende der Grenzlinie näherte.

Meine Geschäfte in Wilkes-Barre waren erledigt. Nach Philadelphia könnte ich heimfliegen. Ich saß im Zimmer und sah CNN, den rasenden Ablauf von Opfern und Flüchtlingen im Halbstundenabstand, und versuchte mich wie eine normale Vertreterin auf Reisen zu fühlen, deren Zuhause eine behagliche Wohnung ist, hell leuchtend über dem nächsten Hügel. Ich war lange genug auf dem Zimmer, um geschnappt zu werden, hatte mich resigniert auf das unnachgiebige Klopfen an der Tür eingestellt. Aber niemand tauchte auf oder rief zumindest an.

Am Kinderkrankenhaus von Philadelphia angelangt, dachte ich mürrisch: Warum bin ich hier? Kinder im Rollstuhl, Kinder am Tropf zu sehen, sollte man von mir wahrlich nicht erwarten.

Drinnen ging ich im Eiltempo durch die Gänge, den Kopf gesenkt, als wiche ich Heckenschützen aus.

»Ist alles in Ordnung?« fragte die Sekretärin des Leiters der Beschaffungsabteilung, als ich ankam.

»Natürlich«, sagte ich. »Warum?«

»Ihr Mann hat Bill angerufen. Er hat gesagt – Moment.« Sie rief durch den Summer meinen Kontaktmann herbei, der die Bürotür öffnete und mit betonter Herzlichkeit meine Hand schüttelte, nur daß er dabei nicht aus seinem Büro trat. Er streckte eine Hand aus und plazierte die andere irgendwo da drinnen fest auf einem Schreibtisch oder Türknopf, um zu verhindern, weggezerrt zu werden.

»Bill«, sagte ich leichthin. »Was ist los?«

Er schloß die Tür und forderte mich mit einer Geste auf, Platz zu nehmen. Was ich tat, während er an den Schreibtisch gelehnt stehen blieb – ein schlechtes Zeichen. »Ich habe mit Ken gesprochen«, sagte er, »und ich weiß, was läuft.«

»Was meinen Sie damit?«

»Ich versteh es ja. Nach dem – danach hat niemand von Ihnen erwartet, daß Sie in diesem Bereich weiterarbeiten. Ist es nicht wirklich qualvoll? Wie wenn Sie Angst vorm Fliegen hätten und als Stewardeß arbeiten müßten?«

»Bill, wovon reden Sie?«

»Oder Sie hassen Küchenschaben und sind Kammerjäger.«

Er lächelte, zufrieden mit dem Vergleich, dann rief er sich zur Ordnung.

»Wir sind alle ausgebrannt«, räumte er jetzt in gedrücktem Ton ein. »Das ist halt so. Unvermeidlich. Aber Sie, ich will sagen, Sie brauchen das doch nicht zu machen.«

Ich stand auf.

»Nichts für ungut. Nichts Sexistisches. Menschenskind,

wenn meine Frau Chirurgin wäre, glauben Sie, ich wäre dann hier?«

»Schauen Sie, ich weiß nicht, was Ken gesagt hat, aber ich kann mir nicht vorstellen, was es zur Sache tut. Haben wir nicht« – ich sah auf meine Uhr, um den Worten Nachdruck zu verleihen –, »einen Termin?«

»Nicht heute. Gehen Sie nach Hause, Liebes.«

Die Explosion einer Supernova ist nichts dagegen. Hinter meinem Rücken hatte mein Mann meine Arbeitsbeziehung mit einem meiner größten Klienten gefährdet, womöglich den Job selbst, da er ja meinem Büro die Situation umreißen mußte, um den Termin zu erfahren. War das noch legal? Bill hielt mir die Tür auf, und ich flog an seiner Sekretärin vorbei – »Liebes? Liebes?« (verschworene Herablassung!) rief sie –, doch ich redete laut mit mir selbst wie eine echte Pennerin: *Sind wir wieder in den Scheißfünfzigern? Was hat er als nächstes vor, mich zwangseinweisen*?

Man benimmt sich nicht so in einem Kinderkrankenhaus. Es ist herzzerreißend, ungelogen, wie manche es hinkriegen, so soldatisch zu sein wie John-John jr., der vor dem Sarg seines Vaters salutiert. Als ich zur Eingangshalle kam, zeigte ein Sicherheitsbeamter sofort Alarmbereitschaft; ich sah den Bogen seiner Hand nach dem greifen, was, befürchtete ich, eine Schußwaffe war, dann erkannte ich ein Walkie-Talkie. Von der Eingangshalle zur Garage? Ich änderte meinen Kurs, ließ mein Auto da, wo es war, ging durch die Haupttür hinaus in einen unsichtbaren Kordon aus Hitze und Feuchtigkeit, schnappte mir ein Taxi, das losfuhr, noch bevor die Wagentür zu war.

Mein gewohntes Hotel kam für mich als Gast, der nicht bezahlt hatte oder nicht zahlen wollte, nicht mehr in Frage.

Denn mir war klar, Ken wartete dort bereits auf mich. Ich konnte Philadelphia gleich verlassen, falls sich Ken nicht am Flughafen herumdrückte.

Ich dirigierte das Taxi zum Four Seasons und war fast schon dort, als mir einfiel, daß mein Gepäck noch im Auto in der Krankenhausgarage steckte, darum fuhr ich mit dem Taxi zurück, ließ den Fahrer warten, während ich meine Sachen aus dem Kofferraum holte. Der Meilenzähler, an dem sich offensichtlich jemand zu schaffen gemacht hatte, drehte durch wie ein Windrädchen.

Das Four Seasons hatte Zimmer. Zimmer waren nicht das Problem. Auch dachte ich nicht daran, heimlich unterzuschlüpfen. Ich hatte ernsthaft vor, ganz normal zu zahlen. So sehr sehnte ich mich danach, in den Swimmingpool einzutauchen, daß ich fast schon das Klicken meiner Kreditkarte hören konnte, wenn sie auf die kleine Maschine gedrückt würde.

Aber meine Kreditkarte wurde nicht angenommen.

»Passiert ständig«, beruhigte mich der Angestellte. »Bürokratischer Schlamassel. Ein anderes Täfelchen parat?«

Ich wollte nach einer anderen Kreditkarte greifen, mußte jedoch entdecken, daß ich keine hatte. Erst jetzt erinnerte ich mich, wie ich vor kurzem in einem Rationalisierungsanfall meine Brieftasche durchforstet und alle nicht regelmäßig benutzten Täfelchen entfernt hatte: nicht nur die Kreditkarten mit ungünstigem Zinssatz, sondern auch die Bibliothekskarte, die Rabattmarkenkarte, die mich zu einem Gratis-Sandwich berechtigte, sofern ich ein Dutzend anderer in einem von mir nicht mehr besuchten Restaurant bestellte. Zu dieser Tat war ich teilweise durch den Kollegen inspiriert worden, dessen Habseligkeiten man aus dem Schließfach des Christlichen Vereins Junger Männer gestohlen hatte. Nun müßte ich mich bei einem Diebstahl weit weniger aufregen und weniger ersetzen. Ganze zehn Minuten hatte ich mich deswegen unbeschwert und leicht, produktiv und gutorganisiert gefühlt. Die Freuden eines bürgerlichen Lebens: die ordentliche Sockenschublade! Das Wechselgeld war nicht auf der Frisierkommode verstreut, sondern sortiert und zur Bank gebracht! Ich hatte tatsächlich mit der ausgemisteten Brieftasche gewedelt, als stellte die Reinigungsaktion eine beträchtliche Leistung menschlichen Sinnens und Trachtens dar. Aber es bedeutete, ich konnte dem Hotel keine andere Kreditkarte vorzeigen. Und blitzartig wußte ich, was Ken getan hatte.

»Einen Augenblick nur«, bat ich den Angestellten.

Ich trat zur Seite, wählte eine Nummer auf dem Handy, nannte einer nicht verortbaren Stimme den Mädchennamen meiner Mutter und erfuhr, daß die Karte tatsächlich als gestohlen gemeldet sei. Eine neue Karte mit neuer Nummer sei bereits an diesem Morgen unterwegs an meine Heimatadresse. Wie nur hatte Kenneth, weder Mitinhaber dieses noch eines anderen meiner Kreditkartenkontos, sie sperren können? Vermutlich seine Sekretärin. Sie hatte den Mädchennamen meiner toten Mutter genannt. Ich könne dem Hotel doch einfach die neue Nummer geben, bot die Kreditkartenstimme an. Was würde das nützen? Mittlerweile rief mein Mann wahrscheinlich stündlich an, um den Kartengebrauch zu verfolgen.

Aber ich überlistete ihn. Erkundigte mich nach dem

Standort des nächsten ATM-Geldautomaten, drängte mich vorbei an Bettlern mit ihrem mittelalterlichen Geruch, hob 300 Dollar in bar ab, das Maximum, und zahlte mit Banknoten so neu und steif – druckfrisch von der staatlichen Bundesbank hier in Philadelphia –, daß ich meinen Daumen befeuchten mußte, um sie auseinanderzukriegen. Zahlte, wie es eine Ehebrecherin oder Prostituierte tun würde, mit dem, was meine Schneiderin Schatullengeld nannte.

Zweifelsohne kam Ken sich beim Sperren der Kreditkonten sehr clever vor, aber er hatte keinerlei Erfahrung mit Banken oder Bargeld. Er ging nicht in Lebensmittelläden; er holte keine Sachen von der chemischen Reinigung ab; er aß in der Krankenhaus-Cafeteria auf Monatsrechnung. Bestimmt hatte er seit einem Jahrzehnt keine Bank mehr betreten, da alle nicht automatisch geregelten Transaktionen von mir oder seiner Sekretärin erledigt wurden; es würde Tage dauern, bevor ihm das Bargeld einfiele, wenn überhaupt. Und er konnte die Bankkonten nicht sperren lassen. Sie gehörten uns beiden. Er brauchte meine Unterschrift, und die konnte er nicht fälschen – er schrieb wie ein Chirurg und seine Sekretärin wie eine Achtkläßlerin auf einer katholischen Schule.

Zum Heulen war's – ich wollte eigentlich auf dem Anrufbeantworter zu Hause hinterlassen, daß ich auf dem Heimweg war. Ich habe es dir gesagt. Du hättest mir glauben sollen, denn jetzt hast du es mir unmöglich gemacht.

Aber ich rief nicht an, weil mir bewußt wurde, daß er wahrscheinlich auch meine Handy-Anrufe überwachte. Ich warf einen Blick zur Telefonzelle, doch selbst wenn mir die Nummer meiner Telefonkarte aus Vor-Handy-Zeiten einfiele – er konnte auch diese Spur verfolgen, und ich hatte nicht das Bedürfnis, den Mann zu beruhigen, der mich zwang, eine Handvoll Münzen parat zu haben.

Als ich zur Rezeption zurückkehrte, waren mein Gepäck, mein Computer und die Aktentasche verschwunden.

Ich hatte sie einfach unbewacht dort stehenlassen.

Nach einer kurzen Panikattacke beruhigte ich mich. Entweder würde ich all die Unterlagen im Büro ersetzen lassen, falls ich je wieder nach Hause käme, oder auch nicht. Einfach abhauen. Unterwäsche, Zahnbürste – so wenig war nötig. Entscheidend bei diesem Aufenthalt war es schließlich, Verluste leichtzunehmen. Ich konnte mir in Philadelphia einen Badeanzug kaufen.

Da dies aber das Four Seasons war, stellte es sich heraus, daß der achtzigjährige Hausdiener meine Sachen diskret zur Gepäckablage befördert hatte, und sobald der Angestellte und ich unsere Transaktion beendet hatten (hätte ich gewußt, daß ich bar bezahlen würde, wäre ein Pseudonym möglich gewesen), wurde ich beflissen und gemessenen Schritts zu meinem Zimmer geleitet, wie ein Radscha in einer Sänfte.

Leicht zitternd zog der Hausdiener meine Vorhänge auf, öffnete die knarrende Wandschranktür, knipste das Licht im Badezimmer an. Wie ich diese leeren Rituale liebte, die aufgeschlagenen Laken, die Betthupferl im Glanzpapier. Ich gab dem Hausdiener zehn Dollar für die Wiederbeschaffung meiner weltlichen Habe.

Obwohl es Stoßzeit war, hörte man keinen Verkehr. Am

Fenster beobachtete ich die unheimliche Pantomime der Autos, eine ruckartige Vorwärtsbewegung in ungleichmäßigen Abständen. Ich sehnte mich nach dem Swimmingpool, wünschte mir allerdings, allein dort zu sein, und zuerst wollte ich den Tag von mir abtropfen lassen. Auf dem Bett liegend, bei geschlossenen Jalousien, holte ich mir im Geiste das Bild meines auf einem Meer von Teppichen dahintreibenden Bordcase heran, drehte die Achse, so daß es wie ein Raumschiff davonsegelte, metallglänzend, und fuhr auf der Heckflosse in den Schlaf hinein.

Als ich aufwachte, ging ich schnurstracks zum Swimmingpool, nur um festzustellen, daß er abends abgesperrt wird.

Nichts zu machen. Die Türen waren überall verschlossen. Ich kam nicht mal in die Nähe des Lastenaufzugs. Ich mußte mir beim Zimmerservice Essen bestellen, wieder schlafen gehen und bis zum späten Vormittag warten, wenn die Geschäftsleute abzogen.

Das Four Seasons hatte nicht nur während der Betriebsstunden eine Aufsichtsperson am Pool, es hielt auch eine Verzichterklärung bereit. Gäste sicherten dem Hotelunternehmen mit ihrer Unterschrift zu, daß ein etwaiger Unfalltod nicht ihm angelastet werde. Der eigne Arsch ist einem halt am nächsten. Eine Wache, ein Verzichterklärungsformular und, du kriegst die Motten, überall Überwachungskameras wie in einer Bank oder einem 24-Stunden-Supermarkt. Sicherheitskameras an der Tür, im Umkleideraum und voll auf den Swimmingpool selbst gerichtet, womit jegliches Gebalge, anämische Kraulen oder Ertrinken schön dokumentiert werden.

Andere Gäste waren nicht da. Aber die wortkarge Wachfrau und das Auge der Kamera machten mich befangen. Meine Schwimmstöße irgendwie militärisch. Ich konnte die Mundmuskeln nicht entspannen.

Ich machte weiter, schaute nicht auf und änderte absichtlich nicht mein Tempo, als ein zweiter Gast in den Pool hechtete. Sollte man natürlich nicht bei 1 Meter Wassertiefe, außer man möchte sich den Kopf aufschlagen. Die Schilder ringsum wiesen auf das Verbot hin. Die Wachfrau bellte: »Hineinspringen verboten.« Aber der Typ, mitten in seiner Bauchlandung, hörte sie nicht. Und schon war er zum Schmetterlingsstil übergegangen, dem Stil für Arschlöcher.

Wer Butterfly schwimmt, egal wo, ist ein Doofmann, wer es aber in einem dürftigen Hotelpool tut, ist schlicht unerträglich. Arrogante, selbstgefällige Widerlinge mit kleinen Augen und muskelprotzendem Trikothemd schwimmen Butterfly. Marineinfanteristen und Soldaten, vorzeitig Ejakulierende. Die Sorte von Männern, die Frauen in den Push-up grapschen.

Er fiel gleich in einen beifallheischenden Wettkampfstil – eine Runde Butterfly mit Saltodrehung in die Rückenlage, Saltodrehung und Brust, Saltodrehung und Freistil. Angesichts der Größe des Pools war das lachhaft, ein Trickfilm übers Schwimmen. Für wen produzierte er sich? Die Aufsichtführende las ein Buch. Ich blieb auf meiner Bahn, weigerte mich, ihn zur Kenntnis zu nehmen, und schwamm unermüdlich weiter, mochte er klatschen und platschen.

Er war regelrecht beunruhigt, daß ich ihn nicht bewunderte. Immer näher schob er sich an mich heran. Direkt anrempeln konnte er mich nicht, da hätte er unter dem Seil hervortauchen müssen, aber ihm war es gelungen, unsere Vorwärtsbewegung im Pool so ziemlich zu synchronisieren, und wenn es ans Kraulen ging, erwischte er mich jedesmal beinahe mit dem weit ausholenden Bogen seines kräftigen Arms.

Mußte das nach dem Fiesling in Wilkes-Barre sein? Waren alle Geschäftsreisenden heutzutage hart an der Grenze zur Unzurechnungsfähigkeit – machten auf Vergewaltiger? Ich stieg langsam aus dem Wasser, den Mund aufgerissen, bereit, ihm die Leviten zu lesen, hielt dann aber inne, bestürzt, denn jetzt, wo ich mein Gleichgewicht wiedererlangte, sah ich sein mir zugewandtes Gesicht, das eben nach Luft schnappte.

Ein Kind noch. Siebzehn, achtzehn höchstens, ein nahezu unbehaartes Kinn, Größe und Gewicht waren ihm so neu, daß er noch nicht in sie hineingewachsen war: Sein Butterfly war kein Paarungstanz, wie ich vermutet hatte, sondern ein Zelebrieren seiner jungen Körperkraft. Er wollte nur wie ein Welpe spielen. Meine Schlankheit und meine Schwimmstöße hatten ihn aber getäuscht. Jetzt, wo er mir ins Gesicht blickte, war er verlegen. Selbst mit der Taucherbrille konnte ich nicht als Teenager durchgehen.

»Immer hübsch langsam macht man das Rennen«, brachte er vor.

»Kein Rennen«, sagte ich streng. »Bloß einige Runden geschwommen.«

Wir standen nun beide am Rand des Schwimmbeckens.

»In der Sowjetrepublik Four Seasons«, sagte er und machte eine ruckartige Kopfbewegung Richtung Aufsicht, die immer noch in ihren Schmöker vertieft war.

»Wie die Sporthalle in der High School«, fügte er hinzu. »Ich weiß nicht. Das Four Seasons. Ich hätte gedacht ...«

Ich mußte lächeln.

Er atmete noch heftig. Er machte seinen Pferdeschwanz auf, brachte ihn wieder in Ordnung und strich sich die Haare aus der Stirn, auf der ich einen rührenden Hautausschlag sehen konnte. Eine unbewußte Geste, keineswegs verführerisch und seltsamerweise nicht feminin, obwohl die Haare lang waren und den Farbton von Kindheits-Sommer hatten – ganz oben maishell seidig, darunter messingfarben sich verdunkelnd –, den kein Friseur kopieren kann. Die Weichheit von Kinderhaar und Kinderhaut! Es war schon eine Weile her, daß ich mich an das Vergnügen erinnert hatte, ein Baby zu riechen und zu streicheln, einen Kinderfuß zu halten, die Sohle noch ganz glatt; nicht glatt wie Seide oder Butter, nicht vergleichbar mit irgendeiner *anderen* Substanz oder Empfindung: einfach das Wesenhafte des Fußes. Mit fast vier hatte Evan immer noch diese entspannten Babyfüße mit Zehen von beinah taufeuchter Drallheit.

Der Jüngling stemmte sich aus dem Wasser, griff sich sein Badetuch. Ich ertappte mich dabei, daß ich, gestützt auf die Ellbogen auf dem Beckenrand, die Hände unterm Kinn, mädchenhaft kokett seinen Rücken betrachtete.

Und ich dachte: *Evan!* Ließ dann meine Gehirnwellen den glatten nassen Brandungsfelsen umfluten, den Namen meines Sohnes.

Der Jüngling drehte sich herum, auf seinem T-Shirt stand: *Brown University.*

Keine transzendentale Fügung, gebe ich gern zu. Aber angesichts meines Gedankengangs in dem Augenblick war es schwer, nicht »O Gott!« auszurufen.

Er wirkte unsicher.

»In der Schwimmannschaft?« fragte ich.

Jetzt lächelte er. »Ich fange im Herbst an.«

»Mein Sohn auch!«

Ich trug noch Taucherbrille und Badekappe. Merkte, wie ich – auf ihn – kühn wirken wollte, à la Amelia Earhart. Zog mir die Brille rasch ab, damit er mich sehen konnte.

»Wirklich?« sagte er. »Sie sehen nicht so alt aus.«

»Da bedanke ich mich. Meine Alma mater. Was ist dein Hauptfach?«

»Einführungskurs Medizin.«

»Ich bin Ärztin.«

»Jaa?« sagte er und setzte sich an den Beckenrand. »Was ist Ihr Gebiet?«

Er erwartete Internistin, Kinderärztin. Mit achtzehn sind sie schon Sexisten. Sie können nichts dafür. Somit überraschte ich ihn, als ich, indem ich die Badekappe abriß und mein Haar freigab, verkündete: »Herzchirurgin.«

»Cool«, sagte er und sprach es *coo* aus, mit ironisch jugendlichem Nicken, wie ein Extra am Armaturenbrett, aber er war richtig beeindruckt.

Wie weit wollte ich damit gehen? Im Schauder des Augenblicks, wie beim Momentverschluß, entschied ich, ziemlich weit.

Frauen taten so etwas. Ich selbst kannte einige, hatte beim Lunch mit viel Weißwein ihren atemlosen Bekenntnissen gelauscht. Als Geschichte gehörte die Romanze mit jüngerem Mann bereits zum Kanon. Professor und Studentin, Filmstar und persönlicher Fitnessberater. Immer, ausgenommen in Kriegszeiten – die erwachsenen Männer fern der Stadt, die entsprechenden Gruppen alle verwaist oder verwitwet –, mußte die ältere Frau in gehobener Stellung sein; unwahrscheinlich, daß das Paar sich in einer Bar oder am Swimmingpool kennenlernte.

Der Jüngling, der sich als Zachary vorstellte, war nach meiner Berechnung zu jung, um an das Filmplakat von *Reifeprüfung* zu denken, der Unschuldsknabe, eingeklemmt hinter dem Frauenbein, dem bedrohlich wie ein Nußknakker gestreckten Bein. Wir plauderten über Medizin. Jetzt hatte ich meine Assistenzzeit da absolviert, wo Kenneth die seine absolviert hatte – in Nord-Carolina, im Tabakland, wo man Jack Daniel's soff und pures Schweineschmalz in sich hineinschlang, jeder Erwachsene ein potentieller Patient. Ich rasselte einige von Kens dramatischeren Geschichten herunter, als wenn's meine eigenen wären, wobei mein Verlangen immer stärker wurde, mich – der Ausdruck bellte in meinem Kopf wie der Befehl eines Feldwebels – an ihn ranzumachen.

Während ich einen Eingriff beschrieb, zog ich seine Aufmerksamkeit auf mich, indem ich auf die entsprechende Stelle meiner Brust zeigte, ließ meinen Fingernagel um meine Brustwarze kreisen, deren Umriß sich durch den nassen Badeanzug abzeichnete. Fuhr die Bahn dann noch einmal entlang, um die Idee von Rundheit, von Penetration schön einzuprägen, um ihn zu bezirzen und in die schwindelerregende Mitte eines Stonehenge-Kreises zu führen.

Dieselbe Brust war eben erst im Hotelzimmer von Wilkes-Barre zu Diensten gewesen, und mir wurde klar, daß ich, genau wie der haarige Mann, das Ziel meiner Verführung gar nicht registrierte. Meine Lust war im wahrsten Sinn unpersönlich. Während ich redete, konzentrierte ich mich auf das Doppelbild seiner Schultern. Es waren eindeutig die Schultern eines Mannes, aber unterbelichtet, sie ließen noch die frühere kindliche Haltung ahnen. Die Schultern, der Rücken, die Stelle im Nacken: das Liebreizendste an einem kleinen Jungen. Trotz der Muskeln, der verbalen Ironie und der Pickel war die weiche Verletzlichkeit des Jungen noch vorhanden. Sex mit ihm, meinte ich, würde eine lange Belichtung sein, die Paarung langsam und ruhig wie in Zeitlupe. *Wie absurd!* dachte ich auch, weil ich ja nicht blöd bin. Bei dieser Art von Sex – selbstloser Sex, einer buddhistischen Meditation ähnlich – würde ich mit meinem Mann oder mit irgendeinem anderen Herrn mittleren Alters, dem mein Terrain vertraut war, besser fahren. Nicht mit einem Achtzehnjährigen, der wie ein Affe bimsen würde. Doch das war wie ein Teil der Erfahrung, Teil der Doppelbelichtung: Zärtlichkeit, Freude und Staunen verborgen hinter Eile und Druckkraft des Butterfly-Schwimmers. Im Gegensatz zum Rüpel in Wilkes-Barre, der nur grob war.

Aber genau wie der Typ wollte ich nicht fragen müssen. Ich müßte das tun können, was Paarende immer und überall getan haben und viele Vogelarten auch: ein schnelles scheues Wegblicken, gefolgt von einem auffordernden direkten Blick: *Komm mit mir.* Dein Zimmer oder meins?

Erstaunlicherweise funktionierte es. Nach der obligatorischen Erörterung der Härten medizinischer Ausbildung stellte sich heraus, daß mein Zimmer im Gegensatz zu seinem auf den Park hinausging. Zachary war nicht nur ein guter Schwimmer, er war auch ein High-School-Lauftalent, und die Vorstellung, um den Park herum zu joggen, reizte ihn. Wir brauchten nur an meinem Zimmer vorbeizugehen, um meine Joggingschuhe zu holen. Daß ich gar keine hatte, war etwas, mit dem wir uns, schätzte ich, später beschäftigen würden.

Das Zimmer war noch nicht aufgeräumt. Als er zu meinem Fenster mit Ausblick ging, hängte ich das *Nicht-stören*-Schild an seinen Platz. Bis er sich umdrehte, stand auch ich gut plaziert, um in seinen Armen zu landen. Wir hatten das Badezeug an, der Weg ins Bett sollte also nicht lange dauern. Ich merkte, ich versuchte in der Aufforderung absolut eindeutig zu sein und mir zugleich genügend Zurückhaltung aufzuerlegen, um ihn nicht zu erschrecken oder gar abzustoßen – ich fürchtete, daß ich ihm mit dem Eindeutigsein, wenn ich zum Küssen auf ihn zutrat, wie Richard Nixon durchs Fischauge eines Fotoapparats erscheinen könnte, alt und haarig, bebend. Nur daß er wahrscheinlich zu jung war, um irgendeine Vorstellung von Richard Nixon zu haben: das berüchtigte Problem der Verständigung mit einem jüngeren Gespielen über lang oder kurz. Über lang, erinnerte ich mich, war allerdings nicht das, was mir vorschwebte.

»O Mann«, sagte er.

In dem Sekundenbruchteil, bevor sein Gesicht zum Kuß heranzoomte, erstarb meine Lust.

Erstaunlich. Der bloße Gedanke an Richard Nixon hatte sie offensichtlich gekillt. Aber warum dachte ich überhaupt an etwas in dieser Situation, fragte ich mich, dazu noch an keinen Geringeren als Nixon?

Und jetzt küßte er mich. Der Kuß zeigte genau die erwartete Mischung aus Aggressivität und Zaghaftigkeit.

Der Geruch jedoch war eine Überraschung: eine kindliche Mischung aus Juli-Dämmerung und ausgelatschten Turnschuhen.

Das Ganze war schließlich meine Idee. Wenn ich jetzt ausstiege, wäre meine Botschaft genau die, daß erwachsene Frauen etwas wirr im Kopf sind und falsch: kein Unterschied zu den Teenies, die er in Autos und elterlichen Freizeiträumen rumzukriegen versucht hatte. Obwohl die Mädchen in seiner High School womöglich recht willig gewesen waren, denn er küßte ausgezeichnet, paßte die Tätigkeit seiner Hände in meinem Haar dem Druck seiner Lippen an und brachte es fertig, leidenschaftlich zu sein, ohne meine Lippen allzusehr zu befeuchten – *die Konturen ausmalen*, dachte ich, mein Körper dabei der Umriß, den er wie ein eifriges Kind mit fettem Pastellstift nachzog. Obwohl ein aufmerksamer Junge dies alles aus Filmen lernen konnte.

Obwohl, obwohl, obwohl, dachte ich. *Reg dich ab!*

Trotz meiner hektischen Gehirntätigkeit, sinnlos, aber konstant, reagierte der Rest von mir wie aufs Stichwort. Ich hörte mein eigenes Aufstöhnen, als er mich zum Bett hin führte und rückwärts manövrierte, während wir noch im Kuß vereint waren, eine Szene, direkt vom Umschlag eines Heftchenromans entlehnt. Er zog, zerrte den feuchten Badeanzug nach unten, stürzte sich auf mich. Meine Augen sprangen auf und sahen, wie er die Brust, die er leckte, mit größter Aufmerksamkeit beobachtete, seine Nase so nahe daran, daß sie riesig wirkte. Da erlebte ich wieder eine Rückblende vom Stillen, genauso stark wie in Wilkes-Barre: Evan schaute mit glasigem Blick auf, während sich seine kleine Faust in meiner Handfläche öffnete.

Ich stöhnte noch einmal. Aber mein Lover nahm es als Zeichen der Lust und verstärkte seinen Druck.

Was war denn das? Nicht, daß ich seit drei Jahren keinen Sex gehabt hätte. Zugegeben, nicht viel – und zuviel davon während einer Befruchtungskampagne beim Eisprung –, doch würde ich von nun an jedesmal, wenn ich mit jemandem schlief, meinen Sohn von den Toten auferwecken?

Ich versuchte ruhig zu werden. Aber dann schoß die Milch in meine Brust.

Genau wie früher. Dieses solide Klicken, fest und präzise, ein Verschluß, der korrekt eingestellt ist. Man nimmt den Milchfluß, sobald er da ist, nicht richtig wahr, eher diese Erlösung, nicht wie bei einem Fluß, der endlich frei strömen kann – längst nicht so pastoral –, eher eine Safetür, die weit aufspringt. Seltsam *metallisch*.

Als ich den plötzlichen Andrang spürte, rief Zachary etwas wie »Uh!« aus. Fuhr in Zeitlupe zurück, wild mit den Armen rudernd, Action-Abenteuer-Stil, als wäre er gerade vom Flugzeugflügel gefallen, an den er sich festgeklammert hatte. Dann, grimassierend, wischte er sich den Mund mit der Rückseite seiner Hand. »Was zum Teufel war *das* denn?«

Meine Brustwarze schien etwas abgesondert zu haben. Ich zwickte die Brust und erhielt einen weiteren Tropfen. Er war klarer als die Milch in meiner Erinnerung. Als ich das letzte Mal meinen Gynäkologen aufgesucht hatte, drückte er meine Brustwarzen derart, daß eine leicht Anstoß nehmende Person dies als sexuelle Belästigung hätte auffassen können, er prüfe bloß, hatte er erklärt, auf Galactorrhea. Ich erinnerte mich jetzt an den Ausdruck, weil der Arzt und ich uns lachend darüber unterhalten hatten – klingt nach einer *Star-Trek*-Folge, hatte ich gesagt.

»Hormonelle Fehlzündung«, klärte ich Zach auf. »Es passiert, wenn man älter wird. Vermutlich alles völlig normal.«

»Muß wohl ein Witz sein.« Er kniete nun, mit immer noch entsetztem Gesichtsausdruck. »Ihre Titten sind undicht? Wie Sperma, bevor man kommt?«

Ich lächelte.

»Schmeckt beschissen«, sagte er. »Schmeckt wie Jakmilch.«

»Sie ist gelb und dünn«, sagte ich. »Aber Babys mögen sie. Angeblich ist sie ziemlich süß. Versuch's noch mal«, schlug ich vor und zeigte mit dem Daumen auf die glitzernde Brustwarze mit ihrer schartigen Öffnung.

»Nichts zu machen. Ich bin kein Brustkind gewesen«, fügte er hinzu, als ob das etwas erklärte, was es womöglich tat.

»Brustkind war keiner von uns«, stimmte ich zu. »Das galt eine Zeitlang als unhygienisch und primitiv, damals in – wann bist du geboren? Siebenundsiebzig? Achtundsiebzig?« Ich nickte, ungläubig und schockiert, daß jemand geboren werden konnte, als man selbst schon auf dem College war.

»Vielleicht erklärt das alles. All diese erwachsenen Männer mit ihrem Hochhalten von Familienwerten, scharf darauf, sich den Schwanz lutschen zu lassen. Vielleicht wollen sie sich auch nur zusammenkuscheln am Altar hingebungsvoller Muttis, von der Art, die sie so entbehrt haben. Lutsche oder laß dich lutschen, wo ist da der Unterschied, solange die Frau Dienende ist? Als ob Sperma so himmlisch schmecken würde.«

Er schob sich bei meinen Worten, bemerkte ich, langsam vom Bett. Mit unverwandtem Blick, noch auf den Knien, im knappen glänzenden Badehöschen, wie so ein mittelalterlicher Hosenbeutel, versuchte er irgend so einer Stadtirren zu entkommen. Mit einem Mal ahnte ich, wie ich ihm vorkam, und ich bedauerte es, ihn hierhergebracht zu haben; mit meinen inkontinenten Brüsten mußte ich wie eine durchgedrehte Quasselstrippe auf ihn wirken, wo ich doch vorher begehrenswert gewesen war, und was war das für eine dubiose Lektion, die ich da einem Jungen erteilte, der nie von seiner Mutter Brust getrunken hatte, der schon den Butterfly-Stil beherrschte und schon zur falschen Sorte Mann verkalkte? Und so setzte ich mich auf, streckte die Arme aus, zog langsam seine Badehose herunter, machte beruhigende Laute, als er zurückschreckte, festigte seinen erschlafften Penis, schob den Kopf zum Bettrand und nahm seinen Penis in den Mund, wobei ich mir sogar da bewußt war, daß es weit besser wäre, den Jungen laufenzulassen. Und ich schwöre, es lag etwas Tröstliches in der Stetigkeit des Lutschens und der Einfachheit – keine Tricks; nichts Ausgefallenes, keine Ältere-Frau-Routine war verlangt; und solange er mich nicht anschaute, solange er auf das Sinnliche konzentriert blieb, war alles schön für uns. Und es würde nicht lange dauern.

Mittlerweile war ich hellwach. Ich zog ihn zu mir hoch und in mich hinein. Da ich spürte, zuviel Geräusch würde ihm den Mut nehmen, wandte ich den Kopf zur Seite, vergrub den Mund in die Tagesdecke mit dem Paisley-Muster, so daß die Erregung den Windungen des Musters folgte, sich üppig ringelte, dann sich wieder rundete. Als er kam, waren keine Gedanken mehr in mir. Ich war wundervoll gedankenleer, bis auf das Muster der Lust, diese barocken Schnörkel.

Als ich kam, dachte ich: Geburtenkontrolle.

Ich dachte: *keine.*

Erfreut: *Ich bin schwanger.*

Nur, daß ich diese Worte vermutlich im nachhinein liefere, weil zu der Zeit das Bewußtsein ebenso wortlos, fast plastisch war wie das Paisley-Muster. Empfänglich für die Vorstellung der Empfängnis.

Es war, als hätte mein Körper in seiner dahinschwindenden (schwankenden) Fortpflanzungsfähigkeit sich eigenmächtig seinen Augenblick gewählt, dann dieses Prachtexemplar von Männlichkeit herbeigezaubert, um die Herrenrasse nicht untergehen zu lassen. Hielt meine persönlichen Probleme für kein Hindernis. Trieb mich zum Handeln, und ich hatte mich gefügt, zielstrebig wie ein Ghul oder ein weiblicher Roboter.

Was aber sollte ich mit der überwältigenden Erkenntnis machen? Es war ein Witz. Obwohl ich bei Evan verhältnismäßig leicht schwanger geworden war, hatte es weder geklingelt, noch war das *Ping* eines Flippers ertönt, als Samenfaden auf Ei traf. Es stimmt, vor der Plackerei mit der Fruchtbarkeit hatten die Versuche, ein Kind zu empfangen, dem Beischlaf eine erfreuliche Feierlichkeit verliehen, etwas Zeremonielles. Das war hier aber kaum der Fall.

Zachary lächelte richtig zufrieden mit sich. Standardgesichtsausdruck beim Halbfinaletriumph im Doppel. Was immer ihm an sexueller Aufklärung zuteil geworden war, es hatte versagt: Aids war ihm bis dato nicht in den Sinn gekommen. Ich sagte beinah entrüstet: »Immerhin könnte ich eine Nutte sein«, doch dann wurde mir klar, daß er geglaubt hatte, als vertrauenswürdige Erwachsene hätte ich mich schon um alles gekümmert. Und ich sei bestimmt sauber und ginge doch nicht das Risiko ein, schwanger zu werden, so wie seine Eltern bestimmt darauf achteten, daß er den Honda nicht ohne Versicherung fuhr.

»Was ist nun mit dem Jogging?« fragte er.

»Muß gestehen«, sagte ich, »de facto gibt es keine Joggingschuhe.«

»Du hast mich also unter Vorspiegelung falscher Tatsachen mitgeschleppt, du böses Mädchen?«

Ich versuchte einen Gesichtsausdruck zwischen Stolz und Verlegenheit hinzukriegen.

»Welche Größe hast du?« fragte er.

»Acht. Warum?«

»Zieh dir ein Paar dicke Socken an und nimm die von meiner Mutter.«

Seiner *Mutter*! An sie hatte ich bis zu diesem Augenblick nicht gedacht. Auch hatte ich mich nicht gefragt, warum er in einem Hotel war und mit wem. Während er breit grinste, rechnete ich ein wenig herum, etwas verzweifelt.

»Sie hat achteinhalb«, sagte er, »und es dauert Stunden, bis sie zurückkommt. Schmeiß dich in Shorts und dann los –«

»Zum Joggen hab ich nichts. Nur Berufskleidung«, sagte ich. »Förmliches, Kostüm und so«, obwohl er dies als Lüge durchschauen würde: Zum Swimmingpool war ich in T-Shirt und Shorts gegangen, entsprechend auch zurück. Aber ich hatte das Bedürfnis, ihn loszuwerden und meine Gefühle bei dieser erstmaligen Untreue irgendwo auf einer

Skala von tiefer Scham bis Verwirrung einzuordnen. Ich hatte mich gesetzt. Zachary stand lächelnd über mir, zappelig wie ein Kleiner, wenn's einen Halloween-Lollie gibt. »Bin sowieso zu müde«, fügte ich hinzu und ließ mich nach hinten aufs Bett fallen. War mir bewußt, daß ich mich nach hinten fallen ließ, und war mir meiner Bewußtheit bewußt; bewußt auch, daß ich mir wohl angewöhnt hatte, alle meine Kommentare diesem Kind gegenüber durch eine Geste zu unterstreichen, als wäre er ein Kellner im Ausland. *Gracias! Ciao!* Doch kaum in Rückenlage, verließen meine Zehen den Boden, wo sie ziemlich unruhig den Teppichflor bearbeitet hatten, ich hob Beine und Knie an meinen Bauch im klassischen Jogger-Stretching.

Um das Sperma in mir zu halten. Ganz instinktiv geschah das. Zwei oder drei Minuten soll man den Kerlchen geben. Schwer, sie sich nicht als Comicfiguren vorzustellen, wie sie auf ihren Startblöcken kauern, und mich, die ich sie von der Zuschauertribüne aus beobachte.

Zach allerdings mißdeutete meine Haltung als ein anderes optisches Signal. Großäugig, blöd grinsend, mit wieder hartem Schwanz, stürzte er sich auf mich.

Halbwüchsige. Da gibt's keine Überraschungen. Wirklich erstaunlich allerdings das Schaubild männlicher Potenz, dieser äußerst schmale Rand, wenn sie auf dem Höhepunkt der Kurve sind zwischen unmittelbarer Ejakulation und so langsamem Sex, daß sie stundenlang mit halbsteifem Schwanz in einem arbeiten können, man fühlt sich wie bei einer Talk-Show, an der sie sich nur halbherzig beteiligen. Frauen dagegen kommen im gleichen Zeitraum immer schneller, ergiebiger. Das ist auch sinnvoll: Betreten erst mal die Kinder die Bühne, gibt es keine Zeit zu vertrödeln;

Lunchbrot einpacken, Po abwischen; reduzierte Erwartungen, da wir uns mit dem Bandscheibenvorfall und der kosmischen Müdigkeit unseres Gemahls abmühen müssen. Klar doch, daß wir besser mit Jungböcken ficken und unseren Ehemännern erlauben, sich viel Zeit mit jungen Dingern zu lassen. Und das tun sie auch, wenn sie Lust darauf haben, wohingegen wir selten die jüngeren Burschen in Versuchung führen. Die menschliche Rasse ist darauf fixiert, denjenigen Männern maximale Wahlmöglichkeiten zu geben, die sich glücklich preisen können, überhaupt Sex zu haben; im Tierreich wären die meisten längst davongeschlichen, nachdem sie dem Oberpavian, dem Geilsten mit dem größten Horn, ihren Platz überlassen hätten.

Ich hatte immer eine Schwäche für Natursendungen, die einem erklären, warum das Zebra seine Streifen hat, warum die Augen der Scholle wandern, und wie so oft dachte ich auch jetzt an sie. Dachte, was für ein bemerkenswerter Luxus doch die menschliche Sexualität ist, symbolisch für unser Streben, unser Bedürfnis, in der Welt ein Ich zu sein. Tiere haben vermutlich keine Identitätskrise. Die meisten Tiere können nicht einmal ein Bild im Spiegel erfassen, Menschenbabys hingegen stoßen von früh an girrende Laute aus beim Anblick ihres Spiegelbilds.

In der Zeit, die Zach brauchte, um zum Ende zu kommen, hatte ich Muße für diese vagen Gedanken und sehnte mich urplötzlich nach Kenneth. Im Bett liegend und in Pyjamas, den Learning Channel eingestellt, schüttelten wir beide den Kopf, wenn die Löwen ihre Fast-food-Beute zerrissen oder der chinesische Akupunkteur die Hautareale für den Kaiserschnitt mit Nadeln bearbeitete und die Frau dabei hellwach mit den Krankenschwestern plauderte, während die Ärzte sie aufschnitten. Ken hat gewisse Vorstellungen über die Evolution. Er hat Vorstellungen vom Geist des Körpers – für einen Chirurgen ist er schockierend new-age-orientiert. Als Evan klein war, zu Koliken neigte und schwer einschlafen konnte, setzte Kenneth sich mit dem Problem auseinander. Er entwickelte ein Verfahren, um ihn dreimal im Kinderbettchen zu drehen, sein Köpfchen wie eine Kompaßnadel drei Minuten lang in eine Richtung gegen einen Gummipuffer gepreßt, dann eine Dreißig-Grad-Regulierung, drei Minuten später eine weitere. Drei war die Zauberformel. Evan war immer innerhalb von zehn Minuten eingeschlafen, den Kopf nach Nord-Nordost, wo, so Kens Entdeckung, sein Sprößling sich am stärksten an den Mutterleib erinnerte.

Bei dem Gedanken an den Säugling Evan brannten mir wie gewöhnlich die Augen. Und der Schmerz, vergleichbar einem sekundenschnell aufleuchtenden Punkt auf dem Radarschirm, nahm mir jede Möglichkeit eines Orgasmus. Und dann stöhnte Zack und rollte von mir.

Wäre ich jetzt mit Ken, könnte ich das Ganze, wenn er Lust hätte, mit ein wenig Hilfe selbst zum Abschluß bringen, oder er könnte nur zusehen oder auch nicht.

Ich konnte Zachs Kopf nach unten drücken, seine Erziehung weiterführen. Beine um seinen Rücken, die Zehen gestreckt. *Erfahre dich selbst, oh, jaa*, der reinste Pornokitsch, aber als ich ihn anschaute, wie er meine Reaktion genau studierte, dachte ich, nein, ich war tatsächlich schüchtern, fühlte mich seinen Blicken ausgesetzt. Ich ringelte mich zum Kopfende des Bettes, packte das Laken, zog es über mich und schenkte ihm das, was als befriedigtes Lächeln durchgehen mußte.

Aber aus irgendeinem Grund – ein Gedankenleser? – tauchte er unters Laken, und da war seine Zunge, und daraufhin waren alle Gedanken weg, bis ich atemlos hervorbringen konnte: »Mein Gott, Zachary, deine Mutter läßt dich zu viele Pornovideos sehen«, und er lachte, gestand mir diese Pause zu (sein Stil hierbei hatte wie beim Brustschwimmen etwas Eiferndes), wonach ich mich zurück in seine noch entblößten Zähne drängte.

Danach Schuldgefühle. Mir war sofort schwindelig und übel, wie vom Glutamat in chinesischem Essen. Kindisch, so etwas meinem Mann anzutun. Auf ein Stichwort hin hatte ich Schlimmeres zuwege gebracht, als sein Schlimmster-Fall-Szenario für triviale Vergeltung vorsah.

»Stimmt«, sagte Zach fröhlich. Er rollte ab, stützte sich auf einen Ellbogen und studierte mich. Er wischte sich den Mund mit dem Handrücken ab, schnupperte an der Hand, spielte einen Sketch mit dem kleinen Finger, ein Weinkenner, der einen Jahrgang verwirft. Ich konnte nicht mehr hinsehen. Ich drehte den Kopf zum Kissen.

»Mein Vater hat eine Riesensammlung davon«, fuhr er fort. »Ein paar Hundert stehen da ungeniert auf dem Buchregal im Klientenzimmer. Er holt sich vermutlich einen runter, wenn er mit den Aussagen fertig ist.«

»Und deine Mutter erlaubt das?« fragte ich überrascht. »Hast du jüngere Geschwister zu Hause?«

»Geschieden. Das läuft in der Junggesellenbude des Herrn Anwalt. Übrigens nicht weit von hier, falls du die Dinger mal abchecken willst.«

»Besten Dank«, sagte ich. »Mein Mann behauptet, ich bin prüde, aber ich hasse es einfach, wie das Zeugs immer in haargenau derselben Reihenfolge abläuft. Der Gärtner kommt an die Tür. Drinks werden eingeschenkt. Er küßt sie, küßt jede Titte einzeln. Kuß, Kuß, Kuß, eine kleine Mundtitten-Dreieinigkeit. Preßt sie zusammen, *flatsch, flatsch, flatsch*. Dann rauf auf sie. Nahaufnahme von ihr mit dem irren Zottelhaar, dazu Wimmern. Wenn er seine Banane rauspellt, bringt die Kamera eine ehrfürchtige Aufnahme aus unterem Winkel, als wär's der Monolith in *2001: Odyssee im Weltraum*, sie macht Oh und Ah, dann hält die Kamera viel länger und mit weit größerem Interesse fest, zu einem Musikstück aus einer Flughafen-Bar, wie sie ihm einen bläst. Orgasmus immer vom Geschlechtsverkehr, Orgasmus immer gemeinsam. Für mich sind Kochvorführungen im Fernsehen viel erotischer, mag ja sein, daß die Filmchen einen aufgeilen. Wenn's das ist, was man braucht. Aber sexy? So sexy wie eine Munddusche gegen Zahnbelag. Ebensogut steckt man einen Finger in eine Steckdose.«

Er starrte mich bloß an.

»Ist nur Konversation«, sagte ich.

»Was ist eine 2010-Odyssee im Weltraum?«

Ich lachte.

»Mein Vater mag vor allem die Sorte mit zwei Mädels drin. Die sind ein klein bißchen, kann man sagen, stimmungsvoller.«

»Jaa, bis am Ende der Kerl auftaucht, um wie der Weihnachtsmann mit seiner großen Banane Wonne zu bescheren.«

»Du bist also verheiratet?« fragte er.

»Klar«, sagte ich. »Hast du eine Freundin?«

»Klar.«

»Wie heißt sie?«

»Rate.«

»Kimberley«, sagte ich. »Heather.«

»Falsch. Falsch.«

»Jennifer.«

»Nö. Petra und ich – komisch, was? Klingt irgendwie chemisch – wir gehen im Herbst auf verschiedene Unis, und wir haben vereinbart, zwischenzeitlich auch mal ›andere Leute zu sehen‹.«

»Bist du aus Philadelphia?«

»Aus'm Vorortkaff, aber meine Mutter und ich sind nach der Scheidung gleich von Bord.«

»War das hart für dich?«

»Ein Kinderspiel. Habe es sogar richtig genossen. Was ist nun mit dem Jogging? Bist du bereit, oder willst du mich erst noch besser kennenlernen?«

Er mußte diese besondere Art von Sarkasmus vom verhaßten, verehrten Vater gelernt haben. Etwas unpassend. Schon merkwürdig, daß es seine vorgetäuschte weltmännische Redeweise war und nicht der Sex, was ihn so schmerzlich jung erscheinen ließ. Das und die kurze Konzentrationsspanne: Er schaute nun sehnsuchtsvoll zum Fenster, in Gedanken schon beim Work-out im Park, dachte ich, in Wirklichkeit aber sah er zum offenen Laptop, der auf dem Schreibtisch stand.

»Bist du online?« fragte er. »Ich muß nämlich unbedingt was rausfinden«, und bevor ich Zeit hatte zu antworten, hatte er sich auf die Maschine gestürzt, den Telefonstecker herausgezogen, das Modem eingestöpselt, die Maus requiriert und eine örtliche Zugangsnummer gefunden. »Gib mir dein Paßwort«, verlangte er.

Angesichts der Tatsache, daß ich ihm gerade erlaubt hatte, mich zu vögeln, würde man denken, gib ihm ruhig das Paßwort. Ich könnte es ja danach ändern. Statt dessen stand ich auf und tippte es für ihn ein, so schnell, daß er es nicht lesen konnte. Dann trapste ich zum Bett zurück. Ich staunte, wie entspannt er war, so nackt, den Rücken mir zugewandt.

»Keine Chat-Room-Ferkeleien jetzt«, warnte ich.

»Ja, Mutti.«

»Nicht das jetzt!«

»AOL ist Scheiße«, informierte mich mein Mini-Mann. Vom Bett beobachtete ich, wie er einloggte, um die Baseball-Statistiken zu überprüfen, dann die Aktiennotierungen. Aktiennotierungen! Er saß da wie auf einem Barhokker, die Knie hochgezogen und nach außen gestreckt, seine Zehen, die ich mir aus irgendeinem Grund länger, dünner vorgestellt hatte, hakten an den Querstäben. Er sprang zu den Graphiken über. Meine Scham wurde zu einer Verbrennung ersten Grades oder einer ausbrechenden Pilzinfektion. Ich schaute demonstrativ auf meine Uhr – sinnlos, da er gar nicht hinsah.

»Es ist spät«, soufflierte ich. »Wahrscheinlich vermißt deine Mutter dich schon.«

»Nee. Die ist einkaufen. Kommt erst in Stunden zurück. Vielleicht Tagen. Schwelgt in Erinnerungen und spaziert an den alten Lieblingsläden vorbei, die Brieftasche gezückt. Sie kommt zurück wie eine in diesen blöden Filmen, so viele Pakete auf die Arme getürmt, daß sie kaum drübergucken kann.«

»Wie alt ist sie?«

»Dein Alter, glaube ich. Ein bißchen älter.«

»Du weißt nicht, wie alt sie ist?«

Ich muß verdrießlich geklungen haben. Er wandte sich um und betrachtete mich. Wie konnte er mit achtzehn so unbekümmert tun? Ich schwöre, der argwöhnische Gesichtsausdruck war genau der eines eingefleischten Junggesellen, der heftig überlegt, wie er sich den besitzergreifenden Absichten der gerade flachgelegten Mieze zu entziehen vermag. Das kann doch wohl nicht wahr sein, sagte ich mir. Ich mußte mir das einbilden. Entweder das, oder ich projizierte auf ihn meinen eigenen moralisch fragwürdigen Gebrauch von ihm, mein starkes, fast schon physisches Verlangen, ihn endlich loszuwerden.

»Natürlich«, sagte er. »Fünfundvierzig.«

»Ich würde sie gern kennenlernen.«

Sein Zeigefinger zuckte nicht mehr auf der Maus herum.

»Wozu?«

»Vielleicht könnten wir nach unserem Jogging alle zusammen zu Abend essen oder so was.«

Jetzt war sein Blick voll Neugier. »Ich kapier's nicht.«

Ich auch nicht, dachte ich, aber dann sagte ich: »Ich habe keinen Sohn, der mit dem College anfängt. Das sag ich nur den Leuten. Mein Sohn ist tot. Es tut noch immer weh. Meine Ehe ist wacklig. *Ich bin* wacklig. Darum würde es mir vermutlich guttun, eine Frau meines Alters mit einem Jungen zu sehen, der so alt ist, wie mein Junge wäre. Und es könnte dem etwas die Peinlichkeit nehmen, nicht? Ich meine, dem, was wir getan haben. Denn obwohl du hier so cool tust – schrecklich, fast schon pathologisch lässig und cool –, kann ich es einfach nicht akzeptieren, daß dies alles das Selbstverständlichste für dich ist. Wenn dem so ist, ist das sehr traurig, Zach.«

Er überlegte sich seine Antwort eine Zeitlang. »Mann«, sagte er schließlich, »du bist vielleicht seltsam.«

Wir lachten beide.

Das Lachen milderte überraschenderweise die Anspannung. Meine körperliche Verlegenheit schien die Talsohle zu erreichen, und mir war jetzt, nachlässig in ein Laken gehüllt, durchaus behaglich zumute, während Zachary nackt am Hotelschreibtisch saß. Ich fühlte mich tatsächlich etwas mütterlich, in all der komplexen Bedeutung des Wortes.

Noch während wir lachten, ein gebieterisches Klopfen an der Tür, wie von einem Polizisten mit Durchsuchungsbefehl. Die Tür schwang sofort auf – der Schlüssel mußte schon gesteckt haben –, und eine große, wild aussehende Frau stürmte herein. »Aufräumen!« bellte sie.

Das Zimmermädchen hatte diamantfarben lackierte Fingernägel, so lang, daß sie sich einrollten, und trug eine dieser Nofretete-Hauben, das Haar aufgetürmt, statuenhaft, und ganz oben steckte irgendwelcher Zierat, Strandgut in einem Fischernetz. Sie blickte mit unverhüllter Verachtung von mir zu Zachary. »*Aufräumen*, hab ich gesagt«, zischte sie schon fast.

»Sind Sie neu hier?« fragte ich.

Als sie nichts darauf antwortete, redete ich weiter.

»Weil ich nämlich ernsthaft bezweifle, daß dies Stil des Four Seasons ist. Probieren Sie's mit ›Tut mir leid, ich komme später wieder‹.«

»Leck mich«, sagte sie und zeigte mir ungestüm den Stinkefinger, für den Fall, daß ich die Worte nicht verstanden hatte, wonach sie den Reinigungswagen herumwirbelte und ihn vor sich hinausstieß und die Zimmertür weit offenließ.

Als ich zu Zachary hinschaute, sah ich, wie er mit herunterhängendem Kiefer vor ihrer orkanartigen Gewalt zurückwich.

Ich stand auf, um die Tür zu schließen, und nackt, wie ich war, schlich ich mich dicht an den Wänden entlang.

»Ich glaube nicht, daß sie irgend etwas Ungewöhnliches hier bemerkt hat«, stellte ich fest. »Zu sehr beschäftigt mit dem eigenen Ärger.«

»Was *hatte* sie denn?«

»Wie soll ich das wissen? Hat sie was gegen den republikanischen Kongreß? Braucht sie Bewegung? Wo ich davon rede. Los, Zach. Holen wir die Joggingschuhe deiner Mutter und laufen eine Runde.«

Er grinste zustimmend, zog die Badehose an, warf sich das Badetuch über den Nacken. Sein Nacken, seine Schultern und sein Rücken hatten, bemerkte ich jetzt erst, als ich Shorts und T-Shirt anzog, eine schwere Akne – Gewichtheben? Ich dachte daran, meine Kreditkarte in die Shorts zu stecken: Es war Zeit für eine weitere Bargeldspritze. An der Tur angekommen, duckte Zach sich regelrecht und spähte wie im Zeichentrickfilm heraus, nach links und rechts linsend, als liefe bereits eine Tonspur für seinen Fluchtversuch.

Ich machte es genauso, schlich mich an ihn heran, drückte meine Brüste in seinen Rücken, schmiegte das Kinn in sein nach Chlor riechendes Haar. Was soll ich sagen? Der Junge gefiel mir.

Dank unserer Position à la Marx Brothers in *Room Service* sahen Zachary und ich zur selben Zeit dasselbe. Den ganzen ellenlangen Korridor entlang betrat oder verließ eine unglaubliche Anzahl von unrechtmäßigen Paaren die Hotelzimmer, und das mitten am Tag. Rauschte – schwupps – gerade rein oder raus. Außer einem müden fetten Mann, der ein zerdrücktes Etwas von Kleidersack schleppte, hatte jeder Hotelgast seine Hände frei und agierte im selben klassischen Drama um Lust und Befriedigung, und alle schienen ihre Rollen gleichzeitig zu spielen.

Zach drehte sich mit hochgezogenen Augenbrauen nach hinten, um zu sehen, ob ich es gesehen hätte. Ich strahlte ihn belustigt an.

Wir stiegen zwei Treppenfluchten hoch, und auf seinem Flur – direkt neben seinem Zimmer, und zwar dem Zimmer, das er, stellte sich heraus, mit seiner Mutter teilte, er in der einen Doppelbetthälfte, sie in der anderen – ging dasselbe vor. Manische sexuelle Betätigung. Kichernd und schmusend, wie Leute, die vom Sport oder vom Mittagessen kamen. Die reinste *Ziegfeld-Follies*-Revue von Kopulation am hellichten Tag. Es war unwirklich, schwer römisch – es gab so viele sich windende Körper, daß ich fast schon Togen erwartete, Vomitorien.

Ich kann sagen, daß ich in all der Zeit meines Hotelgastdaseins nie so viel synkopiertes Rein-und-Raus gesehen habe. Gewöhnlich sind die Flure fast bedrohlich leer.

»War das hier, wo es die Legionärskrankheit gab?« fragte ich Zachary. »Jetzt haben sie, scheint's, etwas Neues in der Ventilation. Wir sollten es in Büchsen konservieren und verkaufen.«

Er hatte keine Ahnung, was ich meinte.

Er legte den Kopf schief. Durch die Wand hinter der Frisierkommode drang ein Schrei, dann ein Grunzen, dann ein Stöhnen – doppeltes Stöhnen, komisch opernhaft. Als das Gestöhne eskalierte, wackeltanzte Zachary zu ihrem Rhythmus, wölbte seine Lippen im Jagger-Stil hervor und machte mit seinen Händen irgendwelche Egyptian oder Madonna imitierende Gesten, seltsam verdreht, wie diejenigen, mit denen man Schattengestalten von Enten an die Wand zaubert. Danach ging er zum Wandschrank und riß, noch im Rhythmus, die Türen auf, streckte ostentativ seine Hände aus wie eine TV-Spielshow-Gastgeberin, um die reichen Gaben darin zu enthüllen. Ich beobachtete ihn mit wachsendem Unbehagen, da mir klar wurde, daß alles, was er machte – genauer alles, was ich wahrnahm –, durch diesen Filter indirekter Anspielungen ausgedrückt wurde. Sogar das Gestöhne: Ich hatte zu Zachary gerade ›typisch *Farm der Tiere*!‹ sagen wollen, bevor er sein Tänzchen begann, und mich eben noch erinnert, daß jegliche Kommunikation mittels literarischer Anspielung an dieses Menschenkind verloren war.

Und jetzt überreichte er mir die Joggingschuhe seiner Mutter, wobei je ein Schuh auf dem Aschenputtel-Kissen seiner nach oben gewandten Handflächen ruhte. Dann, hinterhergereicht, ein Paar Socken.

Die Schuhe sahen nagelneu aus, kaum getragen. Soweit ich es beurteilen konnte, waren sie noch nie zugeschnürt worden. Sie hatten diesen so befriedigenden Geruch neuer Schuhe, verführerisch wie der Geruch eines neuen Autos. Ich zog sie an, bog die Zehen. Sie saßen perfekt – er mußte ihre Größe falsch eingeschätzt haben.

»Phantastisch«, sagte ich mit einem Blick auf den Inhalt

des Wandschranks. »Wie lange wollt ihr in der Stadt bleiben?«

Die Mutter hatte genug Kleidung für einige Wochen. Sechs oder sieben Paar Schuhe. Business-Kostüme, Abendkleider, reichlich Kombinationen fürs flott Legere.

»Ein paar Tage«, antwortete er im Ton wohl liebevoller Geringschätzung. »Aber für Mom ist es immer ein Kostümfilm.«

»Glaubst du nicht, daß ihr das mit den Schuhen etwas ausmacht? Ihr könnte es immerhin auffallen.«

»Klar würde es ihr etwas ausmachen. Wenn sie es denn bemerken würde. Tut sie aber nicht. Jedenfalls würde es ihr nicht soviel ausmachen wie die andere Geschichte.« Er lachte. »Wir müssen sie einfach vom Platz jagen.«

Er sah mir zu, als ich meine Sandalen ans Ende ihrer wie Soldaten aufgereihten Schuhe stellte. Meine Schuhe wirkten abgetragen und unprofessionell, irgendwie dazwischengemogelt. »Fertig?« fragte er.

Das war ich. Im Aufzug machten wir als einzige Benutzer Lockerungsübungen und dehnten uns abwechselnd bis zum Teppichboden. Wir verließen das Hotel, erwischten die Fußgängerphase und sprinteten zu der Grünfläche, die den Springbrunnen im Park umgab, wo wir in ein moderates Tempo fielen. Was immer er an Konkurrenzgeist beim Schwimmen an den Tag gelegt hatte, war jetzt verschwunden: Er war fast ritterlich, wie er da neben mir am Gehsteigrand in unmittelbarer Nähe zum Verkehr lief. Ich war seit Jahren nicht mehr gelaufen – hatte es eigentlich nie allzusehr gemocht, obwohl ich mitgehalten hatte, um Ken Gesellschaft zu leisten, bevor seine Knie zu kaputt dafür waren, in der Frühzeit unserer Liebe. Ken hatte einen angenehm ausholenden Schritt. Zach lief harscher, plumper. Ich schaute nicht zu ihm hin, ich spürte ihn vielmehr neben mir und fühlte die Anspannung, die er zu unterdrücken suchte. Es rührte mich, daß er seinen eigenen Körper nicht ganz ausfüllte. Stell dir vor, du hast einen Sohn in diesem Alter, stell dir vor, du hast einen Jungen in diesem Alter, der sich hinunterbeugt, um dich zu umarmen. Es muß seltsam sein. Dabei auch eine Art Schmerz, wenn es soweit ist. Ich war richtig begierig darauf, seine Mutter kennenzulernen, sie beide zusammen zu erleben.

»Langweilig«, verkündete er nach vier oder fünf Runden. »Woanders hin?« Ich nickte Zustimmung und ließ mich zu den Straßen der Innenstadt lenken, wo wir keuchend und schwitzend durch das rankende Dickicht der Proletarier aller Länder liefen, die meisten erschöpft und abgeschlagen, zerstreut, einige aber nach frühem Arbeitsschluß mit Kuchenschachteln und Blumen und dem geheimen Lächeln wirklichen Lebens, das sich hinter ihren Augen abspielte.

Irgendwo blieb ich stehen, um zu verschnaufen. Blöd: Es war zu lang, zu weit gewesen für eine unerfahrene Joggerin. Ich würde zumindest Krämpfe in der Wade kriegen. Zachary lief noch ein Weilchen weiter, als wäre ihm nicht bewußt, daß er mich abgehängt hatte, dann kreiselte er zu mir zurück, aufgeladen wie ein Boxer. Ich schüttelte nur verneinend den Kopf, war nicht bereit. Er wiederholte das hündchenartige Looping, kurvte weg und zurück, weg und zurück.

Seltsamerweise schwitzte ich nicht stark. Aber meine Lungen taten weh. Ich hatte das Gefühl, als hätte ich gerade Glaswolle geschluckt.

»Warum machst du nicht einfach weiter«, stieß ich mühsam heraus, »und ich treffe dich wieder am Hotel.«

»Sicher? Ich kann warten.«

Ich gab ihm ein Zeichen, weiterzulaufen.

Er salutierte vor mir und sauste davon. Ich blieb wie erstarrt stehen und versuchte Luft zu kriegen. Männer in Anzügen wirbelten um mich herum, neugierig; Sekretärinnen, overdressed wie für einen Junior-College-Ball, verächtlich. Mir war schwindelig, ich beugte mich leicht vor, die Hände auf den Schenkeln. Die Augen hatte ich fest zusammengepreßt, und mein Atem kam in Trios von kurzen Stößen, gefolgt von Keuchen – die Atmung bei Wehen, wurde mir bewußt. Atemtechnik nach Dr. Lamaze.

In diesem Augenblick mitten auf den Straßen von Philadelphia zerstäubte sich etwas Feines in mir oder gerann. Als hätte ich tief genug geatmet, um all die körperlichen Empfindungen der letzten Stunden zusammenströmen zu lassen: die Freuden des Sex, den Schmerz, die Sehnsucht nach Ken und den Zorn auf ihn, und unterhalb vor allem die Hoffnung auf Schwangerschaft, ein Bad aus Licht, amorph wie Endorphine. Es war eine jähe Klarheit, so vollständig und unerwartet, daß sie religiös wirkte – gleich danach fast wahnhaft. Denn ich schwöre, ich konnte das Sperma in meinem Körper orten, fühlte dessen Homunkulus-Persönlichkeit, Zachary vergleichbar, unschuldig wie ein Golden Retriever mit einem Frisbee im Maul, während er hechelnd und sabbernd seinen Weg zum Ziel lief. Ich war klebrig, und das Sperma blieb kleben. Ich konnte es fühlen. Ich war schwanger!

Und dann, immer noch keuchend, schalt ich mich selbst. *Denk nicht einmal daran. Reiß dich zusammen!*

Ich öffnete die Augen. Ich existierte, fast nackt in den Schuhen einer anderen Frau, auf einer Straße mit vielen Läden: das freundliche, unpersönliche Versprechen von Konsum. Zu meiner Linken ein Geldautomat. Zu meiner Rechten Victoria's Secret.

Niemand stand am Geldautomaten. Ich bekam 300 Dollar in bar. »Wünschen Sie einen weiteren Geldtransfer?« fragte der Automat. »Ja oder nein.« Na klar, sagte ich und versuchte es mit weiteren 300 Dollar.

»Leider haben Sie«, informierte mich der Automat, »Ihr Limit für Bargeldentnahme erreicht.«

Warum mir's dann anbieten?

Dreihundert Dollar in Zwanzig-Dollarscheinen ist ein hübscher Packen. Ich stand an einer Straßenecke mit diesem Bündel Banknoten von der Größe dessen, was Staffelläufer einander überreichen, und hatte nichts zum Reinstekken, bloß die Tasche der Nylon-Turnhose. Ich versuchte es, ohne mich dabei allzu ängstlich umzuschauen. Zu meinem Erstaunen schien niemand es bemerkt zu haben. Gewöhnlich patrouillieren um die Bankautomaten in einer Stadt reichlich Bettler, aber der hier war verlassen. Das Geld beulte die Shorts so aus, daß ich Schlagseite hatte, eine leicht gestörte Patientin auf Freigang, aber mir kam der Gedanke noch unsinniger vor, das Bargeld öffentlich auseinanderzufächern und es gleichmäßig auf beide Taschen zu verteilen.

Dann betrat ich Victoria's Secret.

Anfangs hatte ich, für den Fall, daß jemand mich heimlich beobachtet hatte, nur etwas Zeit totschlagen und irgendeine Schachtel oder Einkaufstüte erwerben wollen, um so sicher ins Hotel zurückzukommen. In dem Moment, wo ich den Laden betrat, schnappte ich mir einen pastellfarbenen Bademantel aus Satin von einem Ständer, als hätte ich mich auf den ersten Blick in ihn verliebt, und hielt den Bügel in Schulterhöhe, so daß der Morgenmantel die Hüfte bedeckte und das Geldbündel. Dann bummelte ich herum: will mich nur ein bißchen umschauen, mal reinschnuppern und einen Blick riskieren, ob ich etwas brauchen kann. Kleine Angestellte beim Shopping, das schien den Verkäuferinnen völlig einzuleuchten, sie nickten mir zu, pseudomunter, während ich vorbei an unzähligen Ständern mit Push-ups in juwelenfarbener Spitze, in Satin und Samt schlenderte, angemessen für ein Schultheaterstück mit Königinrolle. Es fiel mir ein, daß ich tatsächlich saubere Unterwäsche gebrauchen konnte. Ich mußte die dritte Woche mit meiner Kleidung im Köfferchen auskommen. Wer wußte schon, wieviel länger ich noch unterwegs sein würde? So trieb ich einige vernünftige BHs in Beige und Weiß auf, suchte mir dazu passende Slips (Höschen ist ein Wort, das mir nicht freiwillig über die Lippen kommt, auch nicht in solch einem Laden) und nahm alles mit in eine Ankleidekabine.

Jetzt hatte ich endlich aufgehört mit dem hektischen Atmen. Ich sah ruhig aus: eine erwachsene Frau mit einem guten, wenn auch etwas derangierten Haarschnitt, die Dessous braucht. Ich zog das T-Shirt aus, entledigte mich des BHs. Dann der Shorts und auch der Unterhose, was natürlich nicht Teil des Programms war. Stand nackt da, die Haut schlüpfrig und kribbelig, das Schamhaar leicht verfilzt (schließlich hatte ich nach der Sache mit Zachary nicht geduscht), die Brustwarzen allein wegen des Temperaturunterschieds hart: eine Frau, die feurige Sexaktivitäten genossen hat, einige Meilen gelaufen ist und gerade prüfen will, wie die BHs sitzen.

Aber ich war erregt. Unbestreitbar. Geil mitten im blödsinnigen Victoria's Secret mit seiner Klassik-Berieselung, die all der vagabundierenden, handfest arbeitenden Begierde zwischen Miedern, Stringtangas, Strumpfhaltern eine Aura des Gehobenen verleihen sollte. Warum denn nicht? Warum nicht? Wen kümmerte es. Ich probierte die BHs, die gut saßen. Strich über den Schatten meiner Brustwarzen durch das halb durchsichtige Material, drehte mich zur Seite wie die Katalogmodelle, um die feste Kurve meiner Hüfte und das Grübchen meines Glutäus maximus zu bewundern. Nicht übel für eine alte Lady.

Mir kam die Idee zu onanieren, direkt hier in der Kabine. Oder einfach ans Onanieren denken, was angesichts meiner neuen gesteigerten Körperempfindlichkeit fast auf dasselbe hinauslief. Allerdings mußte es für die offizielle Moral oder in rechtlicher Hinsicht bestimmt einen Unterschied ausmachen. Ich drückte meine Hände flach auf die Hüften, die Finger in Liebhabermanier ausgebreitet, preßte in einer langsamen Woge, den Nacken bis zum Gesicht hochlaufend, die, wie immer sie heißen mögen, Vaginalmuskeln zusammen und schloß dabei die Augen; schickte dann die Woge den anderen Weg zurück, langsam und gemessen, einem roten Teppich gleich, der die Gangway eines Präsidentenflugzeugs hinuntergleitet.

Ich gebe ja zu, das ist kein normales Verhalten, auch wenn ich vermutlich nicht die erste Frau in der Geschichte des Einzelhandels bin, die das in einer Ankleidekabine gemacht oder es sich zumindest überlegt hat. Vielleicht dieselben Typen, die, finden sie erst einen Liebhaber, bevorzugt in öffentlichen Toiletten oder Aufzügen Besitz von ihnen ergreifen. Ich wüßte es wirklich gern. Ich wüßte gern, ob die übergewichtigen Frauen – ich nehme an, es sind Frauen, so wie ich annehme, daß sie übergewichtig sind und da an ihrem Platz sitzen mit ihrer Limo und den Maischips und plärrenden Seifenopern in blödsinnig blechern klingenden Minifernsehern im Hintergrund –, deren Job es ist, diese Ankleidekabinen auf dem Monitor zu rastern, irgend etwas bei dem empfinden, was sie da zu sehen bekommen. Vermutlich nicht viel, ein Anflug von Verachtung. Es war drei Uhr. Ich stellte mir die Aufsicht vor, die Füße auf dem Schreibtisch, wie sie daheim anrief, um sicherzugehen, daß ihre Kinder von der Schule heil zurück waren. »Was treibt ihr gerade?«

Ich schüttelte den Kopf über mich selbst im Spiegel und zog mich an. Verteilte die Scheine auf beide Taschen, hielt genug für meine erbeuteten Kleidungsstücke zurück. Zahlte für die Ware mit meinen schönen neuen Scheinen und bat natürlich um eine Schachtel für meinen Morgenmantel. Beobachtete, wie die Verkäuferin geziert die Unterwäsche in raschelndes Seidenpapier legte, als wäre selbst eine noch so zaghafte Berührung sinnlicher Stoffe irgendwie ungehörig. Ich ließ das Bargeld in die Schachtel gleiten, als ich aus dem Laden trat – die Aufsicht, mitten in einem längeren Gespräch mit einem Kunden über Sport, bemerkte nichts.

Ich machte vor meiner Rückkehr noch halt in einem Geschäft für Sportartikel, das, wie's der Zufall will, auf meinem Weg lag, wo ich den Fuß hob, auf die Joggingschuhe zeigte und fragte, ob sie die in meiner Größe hätten, für Zacharys Mutter. Das war der Fall. Der Verkäufer ließ sich auf die Bank plumpsen und öffnete die Schuhschachtel, bereit, mir beim Anprobieren zu helfen. Bereit, mir bei der Entscheidung zu helfen. Ein Blick in die Schachtel, und ich schüttelte den Kopf. Die sind sicher ganz prima, sagte ich. Er sah verdutzt aus, entweder weil das Verkaufen hier so leicht war oder weil ich dumm genug war, zwei Paar derselben überteuerten Joggingschuhe zu kaufen. Die Frau, die bei mir kassierte, schien gleichfalls beeindruckt zu sein oder nur mißtrauisch beim Anblick des Bargelds.

Ich spazierte zum Hotel zurück, wobei ich wie irgendeine fröhliche Verbraucherin meine Einkaufstüten schwang.

Auf der eleganten Uhr im Four Seasons war es fast vier, und das bedeutete, daß ich Zachary vor knapp fünf Stunden kennengelernt hatte. Es kam mir viel länger vor. Tatsächlich überfiel mich, als mich die Luft der Eingangshalle traf, eine quälende Müdigkeit, was ganz in Ordnung war. Ich war in einem Hotel und hatte ein Bett. Bloß, daß mir erst jetzt einfiel, daß ich die Verabredungen vom Nachmittag verschwitzt hatte – nicht einmal angerufen hatte ich, um etwas zu erklären oder einen neuen Termin festzulegen, ich war einfach nicht aufgetaucht.

Ich ging aufs Zimmer, darauf gefaßt, daß das Lämpchen für telefonische Nachrichten wild anklagend blinkte. Ich konnte mir nur schwer vorstellen, wie ich damit umgehen würde. Aber es gab keine Nachrichten. Niemand auf der Welt wußte, daß ich hier war, außer der Verwaltung des Four Seasons, und die hielt es nicht einmal für nötig anzufragen, ob ich vorhatte zu bleiben, so klar war das. Warum würde irgend jemand das Hotel freiwillig verlassen? Ich schleuderte die Schuhe in die Ecke, knüllte die Scheine auf dem kleinen Sofatisch zusammen, legte mich angezogen aufs Bett und schlief ein.

Ein Wort zu meinen Arbeitsgeräten. Viele Kommunikationsmöglichkeiten standen mir zur Verfügung. Ich hatte ein Handy in meiner Aktentasche und einen Piepser. E-Mails konnte man mir sowohl über meinen Anschluß in der Firma als auch über einen kommerziellen Server schikken. Ich hatte Voicemail bei der Arbeit und einen Anrufbeantworter zu Hause, Faxgeräte daheim und im Büro, dazu eine Sekretärin an einem geschmackvoll ausgestatteten Arbeitsplatz, die auf eine 800er Nummer antwortete, falls jemand sich nach dem Klang einer realen menschlichen Stimme sehnte – kein Exklusiv-Einsatz von ihr, aber immerhin. Vielleicht weil wir verflixt wenig voneinander erwarteten, faßte sie meine Effizienz, das reibungslose, geregelte Abspulen meines Zeitplans, als Teil ihrer Daseinsberechtigung auf. Sie kannte sich im System aus. Sie konnte die Aufträge überprüfen, etwas abwimmeln, falls erforderlich.

Zur Unterstützung hatte ich einen Ehemann, der immer, wenn er gerade nicht schlief, duschte, Fernsehen guckte oder mit mir redete, im Büro, in seinem Auto oder im Krankenhaus leicht erreichbar war. Er hatte eine Sekretärin, einen Piepser und ein Ausrufsystem parat, das ihn von jeder Stelle im Krankenhaus herbeizitieren konnte, vom Operationssaal bis hin zum Pissoir. Wie können Leute Ärzte nur für arrogant halten? Kenneth ist dermaßen an seine Arbeit gebunden, daß er ebensogut die elektronische Fußfessel eines Gefangenen am Knöchel tragen könnte. Ein- oder zweimal im Monat aßen wir zu zweit draußen oder gingen ins Kino, manchmal auch mit einem anderen Paar. Ein- oder zweimal im Jahr besuchte er einen Ärztekongreß. Nach einigen der schlimmsten Jahre, die man seinem ärgsten Feind nicht wünschen möchte, hatte er bei einem dieser Kongresse eine lausige Affäre. Aber ich hätte mich, davon bin ich überzeugt, mit ihm in Verbindung setzen können, selbst im Augenblick des Orgasmus.

Und wozu das? Abgesehen davon, daß man vielleicht das Herz eines Patienten auf einer fahrbaren Bahre am Schlagen hält, was bringt eigentlich diese Sofortkommunikation? In allen größeren Metropolen kommen jetzt Frauen in ihrem engsitzenden kleinen Schwarzen ins Restaurant angetanzt, nicht etwa ein Taschenbuch in der Hand, sondern ein bemerkenswert winziges, schmales Handy. Was müssen sie denn so unbedingt beim Essen hören? Angebote für neue goldene Kreditkarten? Aufforderung zu einer Wohltätigkeit? Es sind alleinstehende Frauen mit straffen Hüften und geschürzten Lippen – nicht die Mütter, die in der Handy-Werbung stets im gefährlichen Gewitter am Straßenrand festsitzen. »Tut mir leid«, höre ich in meiner Vorstellung die Damen im Restaurant murmeln, wenn sie eilfertig antworten, zartes Löwenzahngrün zwischen den Zähnen. »Falsch verbunden.«

Einmal in der Woche hatte ich eine Haushaltshilfe. Sie genoß es besonders, mit dem Staubsauger willkürliche Rillen in die Teppiche zu ziehen. Wie die Sekretärin liebte sie mich, weil Ken und ich, selten daheim, nicht mehr Unordnung machten als zwei Mäuschen. Wir verschmutzten den Backofen nicht. Unsere Wäsche ging mehrheitlich in die Reinigung. Wenn sie im Haus war, beantwortete sie das Telefon und konnte von der mit einem Magneten an der Kühlschranktür befestigten Liste auf englisch die Orte aufzählen, wo eine Nachricht mich am erfolgversprechendsten und schnellsten erreichen würde. An ihren Arbeitstagen sammelte sie die durch den Türschlitz auf den Dielenboden verstreute Post auf und arrangierte sie in einem kunstvollen Fächer auf dem Küchentisch. Wie jedermann bekam ich vorwiegend Rechnungen. Wer schreibt denn bei all den Handys, Anrufbeantwortern, Faxgeräten plus E-Mail noch Briefe?

Kaum jemand rief mich zu Hause an. Meine Mutter rief zwei- oder dreimal im Monat an, um zart und melodisch zu fragen: »Wie geht's dir, Liebes?« Mein Vater war lange genug tot, daß meine Mutter, bevor es zu spät war, noch einmal von vorn anfangen mußte, in Florida wo sie einen Kreis fideler und anhänglicher Freundinnen hatte und sogar einen Freund. Wie meine Sekretärin verlangte sie fast nichts von mir. Das traf auch auf meinen Bruder zu, mit dem ich sowieso nie vertraut gewesen war: Er war groß, blond, tüchtig, Wirtschaftsprüfer, spielte Golf, und sein Zeitvertreib war ein Schiff.

Und Freunde: ich hatte sie. Aber es war schon eine Weile her, daß jemand mir Bekanntes so richtig schön im Schlamassel steckte. Niemand wollte heiraten, wurde schwanger, hatte sich total verknallt oder dachte an Scheidung, niemand ging bankrott oder erwartete Biopsie-Ergebnisse. Außer einer merkwürdigen Legasthenie oder dieser oder jener Lebensmittelallergie waren die Kinder alle kerngesund und sprangen durch jenes luftige Gemach zwischen schwieriger Kleinkindzeit und schwieriger Pubertät. Selbst wenn meine Freunde Ärger hatten, vertrauten sie sich wahrscheinlich mir nicht an, da mein relativ frischer Kummer offiziell noch den aller anderen in den Schatten stellte. Ich konnte sie nicht davon überzeugen, daß ich nicht auf Preise aus war fürs Leiden und Ertragen. Es hatte einen Unfall gegeben. Er hatte die Dinge unvermeidlich verändert. Daß es so simpel war, machte es keineswegs schmerzlos. Dennoch, ich verstand, daß wir alle in derselben Mausefalle familiärer Arrangements saßen.

Als Bestätigung, daß ein jeder von uns ein Ich hatte – wir als Menschen existierten, die man wegen eines Rats oder zur Zerstreuung auswählen konnte –, besaßen wir alle unsere Rolodex-Drehkarteien, Filofax-Terminkalender und Computer-Adreßlisten, automatisch programmierte Nummern, die wir von unseren schnurlosen Telefonen abrufen konnten. Die Kumpels zum Joggen, die Kumpels fürs Scharf-essen-Gehen. Freunde vom College. Jene, die sich durch Ballett-Abonnements geadelt fühlten, andere, die sich nur zu gern bei einem Baseballspiel vollaufen ließen. Ich hatte eine Freundin mit wohlgeformten Füßen – hoher Spann und immer zuverlässig pedikürt, Nagellack in unerwarteten Farben –, die sommers hübsche Sandalen trug und ihre gebräunten Beine schwungvoll übereinanderschlang und mit der ich mich beim Drink in einem sonnigen Straßencafé richtig wohl fühlte. Wenn ich sie anrief, zeigte sie immer Verständnis. Ich konnte sie mitten in der Nacht aufwecken; sie sprach mit mir. Ich hatte Kollegen, mit denen ich ein ernsthaftes Gespräch über Produktentwicklung oder die Zukunft der Gesundheitsfürsorge führen konnte.

Es stimmt, ich hatte keine Freunde, die Eltern von Freunden meines Kindes waren. Frauen, mit denen man neben einer Schaukel quatschen konnte. Aber als eine, die sich im Geburtsvorbereitungskurs mit keiner einzigen Frau anfreundete, hatte ich mich nie für solche Allianzen erwärmt. Wenn mein Sohn älter geworden wäre, wären sie vielleicht notwendiger geworden. So mußte ich keine aufgeben.

Ich war niemandes Mutter. Eine Mutter wäre wohl die einzige Person, die man je mitten in der Nacht in einer wichtigen Angelegenheit anrufen würde. »Sie müssen Bindungen haben«, hatte Kramer mich wiederholt gemahnt. Ja sicher! Wer nicht? Dennoch behaupte ich, daß mein Verlust nur die unausweichliche Einsamkeit hervorgehoben hat, die jeder fühlt, selbst meine Freunde, deren Kinder, die Gesichter umrahmt vom Nachtlicht, auf der anderen Seite der Diele schlafen.

Es würde nicht helfen, wenn ich mich freiwillig für die Frühchen-Station melden oder mich einer Hinterbliebenen-Gruppe anschließen würde. Und nur, weil ich rational war, hieß das nicht, daß ich ohne Gefühl war. Ich konnte einfach nicht die Sorte Mensch sein, die ergeben himmelwärts blickt und sagt: »Mein Sohn ist jetzt bei Gott« oder sich hinwirft, um zu wehklagen und mit den Fäusten auf den Boden zu schlagen. Mochte sein, daß ich nicht kreativ war, keine Bildhauerin, Philosophin oder Krebsheilerin, aber zielbewußt leben, energiegeladen und mit offenen Augen, das konnte ich immer noch; wenn ich mich anstrengte, auch erdverbunden auf ungezwungene Art eine Frau mit Herz und Verstand sein.

In diesem Augenblick wird mir klar, daß ich schlicht dahindriftete. Versuchte mich treiben zu lassen. Ich glitt über mein Leben und ließ das Leben meine Füße kitzeln. Ich hatte nicht die Absicht, ganz davonzuschweben. Bald schon würde ich eine Zehe eintauchen und die Temperatur prüfen. War das so schlimm? Warum hatte ich nicht das Recht? Warum brauchte ich soviel Ablenkung, Unordnung, Kampf und Verwicklung?

Und ich war Vertreterin. Das war meine ›Lebensart‹. Mein Lebensunterhalt hing davon ab, ›Kontakte‹ herzustellen. Ich war gut darin. Ich war professionell, doch unterhaltsam. Eifrig, doch nie aufdringlich. Kompetent, aber kein Roboter – ich konnte beim Essen trinken, über einen Witz lachen, mir muntere E-Mail-Nachrichten ausdenken. Ich konnte mit diesem ›persönlichen Touch‹ aufwarten, der unerläßlich ist beim Verkauf medizinischer Gerätschaften, derart monoton, häßlich und ohne Ausstrahlung, daß ein jeder, der notgedrungen tagtäglich damit zu tun hat, fühlt, daß ein Abgrund aufwühlender Leere sich unter ihm öffnet, wie stolz wir uns auch einhämmern mögen, solche Güter seien ›wichtig‹ (im Gegensatz zu, sagen wir, Push-ups in Victoria's Secret).

Für mich war mein Job an sich schon Grund genug, an Selbstmord zu denken. Mein Job war Grund genug, auf einem Hotelbett in einer fremden Stadt zu liegen und mich zu weigern, meine Nachrichten abzurufen. Wenn ich vom Bett aufstünde und auf meinem Laptop das Tracking-System für meine aktuellen Aufträge anklickte und auch die problematischen, noch zu erledigenden Aufträge oder die Liste der Klienten, zu denen ich eine Beziehung erst noch entwickelte, könnte ich mich wahrscheinlich in einen solchen Zustand hineinsteigern, daß ich mich schnurstracks durch das schalldichte Doppelglasfenster auf die heiße Straße tief unten hinunterstürzte. Für mich bedeutete die Gewißheit, daß es nicht die Zeit war, Klienten anzurufen oder Aufträge zu überprüfen, geistige Gesundheit, Selbstbeherrschung.

Hat mit »Dissoziation« nichts zu tun, Kramer. Sagen wir es doch positiv, zeigen wir eine optimistischere Einstellung. Das heißt »einen gewissen Abstand bekommen«, »sich selbst eine Pause zugestehen«.

Aber ich tat es. Es mußte getan werden. Nach einem kurzen Nickerchen stand ich auf, biß die Zähne zusammen und ging die Mitteilungen durch.

Einunddreißig an der Zahl. Allein das Registrieren dauerte fast eine halbe Stunde. In etwa das Erwartete, außer vier Dingen, die bemerkenswert waren.

Als erstes, es gab nicht die zahlreichen Bitten, Entschuldigungen und aktualisierten Mitteilungen von Kenneth, mit denen ich gerechnet hatte. Er hatte eine einzige Nachricht auf der Voicemail hinterlassen, abgehackt und emotionslos wie das ärztliche RX auf einem Rezeptblock: »Ich hinterlasse keine weiteren Nachrichten.« Gut für dich, Ken! Endlich!

Dann war da die Anfrage meiner Sekretärin aus dem Büro, wie sie es mit einem Anruf meines Mannes halten solle und dem gleich darauf folgenden Anruf von ihm, der den ersten zurücknahm und besagte, nicht drum kümmern, er und ich hätten einander nur verpaßt, alles sei in Ordnung; und mit dem Anruf vom Leiter der Beschaffungsabteilung im Kinderkrankenhaus von Philadelphia, der mit meinem Chef zu sprechen wünschte. Sie meinte, sie sollte das zuerst mit mir klären. Immerhin wirke ja alles irgendwie seltsam. Und bevor sie die Nachricht an Jack weiterleiten würde ... – der nicht nur mein Supervisor war, sondern auch geschäftsführender Vizepräsident –, den könne sie leicht hinhalten, denn, um ehrlich zu sein, er sei sowieso nicht in der Stadt. Sie hatte mich eine Weile nicht gesehen. »Also einen schönen Tag, wo immer Sie gerade sind!«

Dann noch Dr. Kramer, den ich mit Dan anredete, wozu er mich ermuntert hatte – ich bin nicht sicher, warum eigentlich, in meinem Kopf existierte er kurz und bündig als Kramer –, dessen Nachricht aber etwas stockend Förmliches hatte, ganz ungewohnt bei ihm.

»Hier Dan Kramer. Ich bin in einer etwas heiklen Situation, Claire, und könnte Hilfe gebrauchen. Ich hinterlasse diese etwas elliptische Nachricht aus offensichtlichen Gründen auf Ihrer Voicemail statt auf Ihrem Anrufbeantworter und vertraue darauf, daß Ihre Nachrichten ausnahmslos von Ihnen abgehört werden. Ich bin mir sicher, Sie verstehen durchaus, warum Ihr Mann besorgt ist. Ich habe keine Möglichkeit herauszufinden, ob seine Version der Ereignisse zutreffend ist, und sowieso kann ich mich nicht und werde ich mich auch nicht moralisch für ihn einsetzen, was ich ihm bereits erklärt habe. Andererseits habe ich den Eindruck, daß Ihr Mann sich womöglich auf eine Weise verhält oder sich zu verhalten erwägt, die unangenehme Auswirkungen auf Sie haben könnte. Wenn Sie also okay sind – wovon ich überzeugt bin, ich habe mein Bestes getan, ihm zu versichern, daß es Ihnen aller Wahrscheinlichkeit nach gutgeht –, dann sollten Sie ihm das wohl klarmachen. Unterdessen, ich denke, das wissen Sie selbst, können Sie mich jederzeit gern anrufen.«

Schließlich Zachary auf der Voicemail des Hotels. Er hinterließ keinen Namen, aber natürlich erkannte ich ihn.

»He!« sagte er. »Doktor. Habe da ein Problem. Die Schuhe. Sie hat den verdammten Sicherheitsdienst herbestellt. Ich bin unten am Haustelefon, hol mir angeblich rasch einen Marsriegel. Also. Willst du mich irgendwie am Swimmingpool treffen? Klingle einmal, leg dann auf. Wie zum Teufel krieg ich bloß die Schuhe zurück ins Zimmer? Ich hätte ihr einfach sagen sollen, ich hab sie jemand geliehen, aber als ich zurückkam, hatte sie drei Schnüffler hier oben. *Deine* Schuhe fallen auf. Besser, sie abschreiben. Tut mir leid. Egal. Es ist fast fünf. Tschüs.«

Ich brachte beide Paar Joggingschuhe zum Pool. Zachary brachte den Schokoladenriegel, der uns den Vorwand lieferte. Das Szenario machte mich schwindelig. Ich hätte spaßeshalber eine Sonnenbrille und einen Regenmantel tragen können, aber über letzteres verfügte ich zur Zeit nicht. Ich war zuerst da. Als er erschien, nickte ich ihm verschwörerisch über die wenigen Herumplanscher hinweg zu. In seinen weiten Shorts und dem T-Shirt, in Turnschuhen ohne Socken sah er seinem Alter gemäß aus. Aber meine Scham war verschwunden, wie ich interessiert feststellte, statt dessen Neugier. Es war erfrischend, ihn zu sehen. Ich fühlte mich gestärkt durch die erkennbare Unstimmigkeit zwischen seinem pickligen Gesicht, seinen schlaksigen Bewegungen und dem Erwachsenen-Sex, den wir gehabt hatten.

»Willst du nagelneue Schuhe oder ihre?« fragte ich.

»Du hast noch welche gekauft?« fragte er überrascht. »Das war dumm. Ihre Schuhe. Während sie duscht, stelle ich sie unters Bett oder sonstwohin. Mann, ist das bescheuert, drei Sicherheitsleute mit Notizblock und Taschenlampen auf ihrem Zimmer. Gleich drei! Die haben versucht auszusehen, als wären sie besorgt, aber man konnte sich vorstellen, was die sagen würden, sobald sie draußen sind. Nicht zu fassen. Sie stürmt rein von ihrer Kosmetikbehandlung und nichts wie los auf die Joggingschuhe. Bloß weil sie in derselben Stadt ist wie mein Papa, stimmt's? Auf einmal muß sie die Linda Hamilton in *Terminator* 2 sein. Gerade breitet sie den ganzen Schmuck auf dem Bett aus. ›Mal kurz nachdenken. Habe ich den mitgenommen? ...‹ Mann, was für ein *Scheiß*. Das bescheuerte Hermès-Tuch aus Paris, mit irgendwelchen bescheuerten Fahrrädern drauf. Eben. *Sehr* scharfes Stück. Alle sind ganz wild darauf, ihr bescheuertes Hermès-Tuch in die Finger zu kriegen. Vielleicht sollten wir die hier abwaschen oder so«, sagte er, drehte die Schuhe um und prüfte die Dreckspuren im Profil. »Vielleicht keine gute Idee. Vielleicht hat sie ja vergessen, daß sie gar nicht joggt.«

Um die Rede zu unterstreichen, riß er den Marsriegel mit übertriebener Kraft auf, als gönne er der Folie einen griechisch-römischen Ringkampfgriff, und verschlang ihn fast ganz mit einem Biß. »Wird mir den *Ap-p*etit verderben«, fügte er geziert in Mamas Stimme hinzu.

»Essen wir denn zusammen zu Abend?«

»Ich habe ihr erzählt, daß ich eine Herzchirurgin am Pool kennengelernt habe«, berichtete er mit vollem Mund. »Sie hat gesagt, auf diesem Gebiet gibt es keine Frauen. Alles nur total öde Sportmacker, hat sie gesagt. Verbindungsbrüder. Kerle, denen es Spaß macht, Bierdosen mit der bloßen Hand zu zerdrücken.«

»Grundsätzlich hat sie da recht.«

»Und was ist mit dir?«

Ich nahm die Pose eines klassischen Bodybuilders ein, um mit meinen Schultern einer Schwimmerin anzugeben.

»Irgendwas bei dir stimmt nicht«, bemerkte er und streckte die Hände nach den Schuhen aus.

Womit er natürlich recht hatte. Aber ich konnte ihm die Zeit ihrer Essensreservierung entlocken, und den Ort: Le Bec Fin, ein feudales französisches Restaurant, völlig ungeeignet für einen Teenager. Sie mußte die Reservierung schon Monate im voraus gemacht haben.

»Freust du dich darauf?«

Sein Gesicht zuckte, wurde dann ausdruckslos. Leer. Er war jedoch wachsam hinter dieser Ausdruckslosigkeit, insgeheim versuchte er zu analysieren, wer ich war. Und es sah nicht so aus, als hätte er viel Glück. Wer konnte ihm einen Vorwurf machen? Offensichtlich war ich nicht berechenbar.

Was er allerdings war. Und hier stellte sich mein Flughafen-Röntgen-Blick wieder ein, schaltete in den Schnellgang. Ich hatte das Gefühl, als tastete ich ihn mit einem Scanner ab, nicht nur die gegenwärtige Person, sondern auch die zukünftige – die Umrisse seines erwachsenen Ichs wurden schärfer, zwar noch unwirklich, aber präsent, als betrachtete man eine Ultrasonografie. Sein durch Akne vernarbtes Erwachsenengesicht schmaler, gleichzeitig offener, versöhnlicher. Ich konnte sehen, wie er mit einer Frau, die sich in seine Armbeuge schmiegte, Geheimnisse austauschte. Er hatte sie gerade geliebt. Letztendlich würde er sie heiraten. Während er ihren Rücken eher ziellos kitzelt, wie es Männer manchmal nach dem Sex tun, erzählt er ihr von dieser etwas weggetretenen Kardiologin, mit der er im Four Seasons in Philadelphia, Pennsylvania, geschlafen hat, in den Wochen vor seinem ersten College-Semester, keineswegs sein erster Fick, aber prägend. Wieso? fragt sie. (Und da erst bemerke ich, daß sie Asiatin ist, und zwar Vietnamesin, ihr schwarz glänzendes Haar wie lackiert. Seine Mutter wird schön überrascht sein!) Du weißt schon, die ältere Frau, sagt er. Aber weil dieses Mädchen wichtig für ihn ist und er es weiß, ohne es doch schon zu wissen, wird er weich und fügt hinzu: »Ach, ich weiß nicht. Die hat gesponnen. Sie hatte ein totes Kind. Sie war noch nicht wirklich darüber hinweg. Vermutlich war ich Teil ihrer Heilung.«

Und das Mädchen flüstert: »Wie traurig.« Diese zwei melancholisch klingenden Worte.

Er antwortet: »Nicht richtig.«

»Na, *dann* ist gut«, sagt sie, und sie lachen beide.

Danach, ich schwöre es bei Gott, sah ich ihre Kinder vor mir, die Mischform ihrer Augen, ihr dunkles, nicht ganz glattes Haar, ihre dunkelhäutigen, eleganten, schmalen Hände. Die Frau hat so feine Knochen. Ihr gemeinsamer Sohn wird nicht Zachs Statur haben, überhaupt nicht athletisch, aber das ist Zach egal; es überrascht ihn, daß es ihm egal ist. Und er wird schön überrascht sein, wenn ihre Tochter sich als die Athletische herausstellt, die es weg vom Ballett zu Karate und Gymnastik zieht, ein bodenakrobatisches Energiebündel mit keckem Pferdeschwanz und Schwarzem Gürtel, und ich konnte die beiden wieder im Bett sehen, im Gespräch darüber, wie mit ihr umzugehen sei, denn so gerne sie sich in Zeitlupe vorstellen, wie sie ihrer Tochter bei den Olympischen Spielen zujubeln, die Augen feucht vor Stolz, wollen sie doch nicht diese Art Leben für sie, wer würde das einem Kind wünschen?

Das alles durchlebte ich in Sekundenschnelle mit der Macht einer Prophezeiung. Dann war's zu Ende. Nichts dergleichen war mir je zuvor passiert. Ich mochte es. Danach war meine Verachtung Kriminalbeamten gegenüber, die bei Morduntersuchungen Leute mit übersinnlichen Kräften zu Hilfe ziehen, merklich geringer.

Als ich wieder normal war, starrte der halbwüchsige Zachary mich beunruhigt an. »Was ist eigentlich los mit dir?« fragte er. »Kannst du nicht eine Pille nehmen?«

»Du bist meine Pille, Zachary. Hast du das nicht gewußt?«

»Mach mich nicht an«, sagte er kühl.

»Ein bißchen spät«, stellte ich fest. »Ich möchte unterwegs in einer fremden Stadt ein bißchen Gesellschaft haben. Was ist schlimm daran? Übrigens ist mein Sohn auch am Brown. Ist das nicht Grund genug?«

Er seufzte. Anscheinend erinnerte er sich nicht daran, oder es war ihm egal, daß ich bereits meine Schutzlüge von dem Sohn am Brown aufgedeckt hatte. »Du wirst meine Mutter nicht mögen«, sagte er, worauf ich entgegnete, ich sei mir sicher, er täusche sich da. Ich war sehr neugierig auf sie, auf die Gründe, warum sie solch eine Meinung von Chirurgen hatte, und (mir ist klar, daß das dumm klingt), neugierig, wie sie aussehen und wie sie ihren Jungen ansehen würde.

Das erste, was mir an ihr auffiel, waren ihre Füße, die in Sandalen steckten. Ich sah ihre Füße zuerst, da wir abgesprochen hatten (schon seltsam, wo wir doch alle im selben

Hotel wohnten), daß ich bereits an der Bar sitzen sollte, und somit waren mir ihre Füße, als sie herantrat, näher, als die Füße von Fremden zu sein pflegen. Und sie glänzten. Der tadellose Nagellack, dick wie Autolack – ich neige dazu, solche Dinge zu bemerken, da ich mich nie der Pediküre hingegeben habe und es wohl auch nicht tun werde, sowenig wie Bungee-Jumping oder Japanisch lernen –, funkelte, die Schuhe in glitzerndem Silbergrau taten das Ihre. Es waren *selbstsichere* Füße.

Sie mußten es sein, denn bei jedem Zentimeter, den die Augen von den Füßen aufwärts wanderten, an der exquisiten Kleider-Panzerung vorbei zu ihrem Gesicht hin, registrierte man, wie sich ihr gepflegter Elan verlor. Ihr Gesicht war unverhüllte nackte Angst. Bitte, bitte, bitte, flehte dieses Gesicht. Tu mir nichts.

Zachs Mama, Marjorie. Würdiger, europäischer, hoffnungsvoller hieß sie Margot. (»Wie bei *escargot*«, sollte Zachary später beisteuern.) Mar für ihre Freunde.

Angeknackste, unvermählte Mar.

»Sehr erfreut, Sie kennenzulernen«, sagte sie und reichte mir eine winzige, nervöse Hand.

Ich schüttelte ihr vertretermäßig die Hand – im Zeitraffer, aber mit viel zu leichtem Druck –, um respektvolle Neugier auszudrücken.

Sie würde nie über die Scheidung hinwegkommen.

All die Jahre, aber sie hatte recht, es gab keine Heilung, nichts würde helfen: Sie würde sich nie erholen.

Weil ich selbst völlig verblüfft war über mein Erkenntnisvermögen (dies war schließlich das zweite Mal innerhalb eines Tages, daß ich mich fast allwissend fühlte), rief ich mich zur Ordnung: Eine Hellseherin war ich ja wohl nicht.

Bloß eine Vertreterin. Ein Vertreter kann nicht nur den Gang, die Stimme, die Kleidung und die Gesten eines Klienten blitzschnell lesen – all die Lautsprecherdurchsagen von Identität und Ehrgeiz –, sondern auch das Dunstbild seiner Bedürfnisse. Niemand kann sich vor einem gewieften Vertreter verbergen. Das gilt weniger beim Pushen von medizinischen Geräten als von Autos oder Gesichtscremes, aber es ist dasselbe Prinzip. Auch wenn das nicht die gängige Meinung ist, glaube ich, daß der Instinkt eines Vertreters freundlich ist. Sogar altruistisch. Wie Priester finden wir den Schmerz und trachten nach Linderung.

Zachary mit Krawatte und Jackett. Richtig süß!

Sein Pferdeschwanz, noch feucht vom Duschen, war glatt nach hinten gezogen wie bei einer Ballerina.

Er hatte sich ein Flair gehobener Schweizer Neutralität zugelegt. Er wirkte fast so förmlich wie der Maître, der uns die Plätze anwies.

Zwei Damen mittleren Alters und ein Halbwüchsiger. Der Maître versuchte unverbindlich auszusehen, aber er hatte uns schon eingeschätzt, uns abgetan, uns zu einem Tisch dicht an der Wand geführt mit der »Wir-haben-keine-schlechten-Tische«-Abwehrhaltung, und innerhalb von wenigen Minuten hatte der effiziente Kellner (»Die Damen? Der Herr?«) unsere Getränke aufgenommen und uns gleichfalls abgetan. Wenn Vertreter das Innere lesen können, dann scannen Kellner einen regelrecht – ihre Augen wie die in Flughäfen installierten Kameras, die das Gepäck durchleuchten – bis zum Inhalt der Brieftasche.

Was mich an meine Geldschwierigkeiten erinnerte.

Warum es mir nicht eingefallen war, bevor ich mich im teuersten Restaurant der Stadt verabredete, ist unklar.

(Als ich vom Swimmingpool zurückkam, um mich für dieses Rendezvous umzuziehen, war da eine Nachricht vom Four-Seasons-Empfang auf der Voicemail, höflich konstatierend, daß sie jetzt meine Kreditkarte benötigten, sollte ich noch bleiben. Wie lange, wenn sie fragen dürften, hatte ich vor zu bleiben?)

Der Kellner hatte Zach die Weinliste gereicht. Zach las sie, wie man die Rückseite einer Müsli-Packung las, weil sie eben da war.

»Soll ich die Honneurs machen?« fragte ich.

Zach schob mir kraftlos die Weinkarte zu. Fixierte mich über seinem amerikanischen Bier, während seine Mutter angesichts der Speisekarte zappelig wurde. Starrte mich an mit einem wütenden Trample-nicht-auf-mir-herum-Blick, die Kiefer zusammengepreßt. Ich antwortete mit einem Unschuldslächeln.

»Hmm, alles sieht so *lecker* aus«, sagte Mar. »Wo ist Ihr Junge jetzt? Ich habe gehört, er ist auch in der Schwimmmannschaft.«

Demnach hatte er es ihr nicht gesagt. Oder hatte mich nicht gehört. Oder hatte es einfach vergessen. Ich sah ihn an und versuchte herauszufinden, was denn nun, aber er schaute in die Gegend und vermied beflissen jeden Augenkontakt. »Rot oder weiß?« fragte ich munter.

Mutter: »Weiß.«

Sohn: »Rot.«

Sie hatten dasselbe vulkanisch bellende Lachen. Ich hatte angenommen, sein Lachen sei vom Vater, aber es kam aus ihr, als spie sie einen Poltergeist heraus. Mit einem Mal empfand ich Herzlichkeit für sie.

Noch bevor der Kompromiß, der Rosé, kam (der Sommelier öffnete die Flasche mit der strengen Zeremonie eines Bombenentschärfers), begannen die gestärkten Tischtücher und die im Kerzenlicht glitzernden Blumen auf mich zu wirken. Warum sonst dieses Geld für ein Abendessen zahlen? Um das eigene animierte Gesicht in einem Spiegel quer durch den Raum zu sehen. Sich selbst in den Blicken eines Fremden wahrgenommen zu sehen oder von neuem in denen des Angetrauten.

Ken und ich waren in letzter Zeit nicht oft ausgegangen. Ohne es groß zu besprechen, war es uns beiden klargewesen, daß es sinnlos war, ein zu billiger Trost. Nichts kann so wie Trauer die gefühllose, nichtige Welt der Dinge in Staub zerfallen lassen. Vasen, Autos, Kleidung? Alles Hülsen. Exotische Fische und Wild in köstlichen Saucen, Frischgemüse und Obst außerhalb der Saison, eingeflogen mit der Sorgfalt, die man für Organspenden verwendet? Na und? Na und?

Fast drei Jahre lang hatte ich rein mechanisch nur fürs Überleben gegessen, wie die Patienten in den Krankenhaus-Cafeterias. Ich war in Restaurants gegangen; hatte mit Klienten getrunken. Selbst guter Wein schmeckte wie Medinite-Medizin.

Aber die Stimmung hob sich immer mehr, und irgendwie waren Zach und seine Mutter der Grund. Ich fühlte mich beschützt und beschützerisch zugleich – die goldene Mitte, wie der Rosé. Als der Kellner das Epos der Hausspezialitäten vortrug, atmete ich Essensgeruch von den Tischen um mich herum und merkte, daß ich richtig aufgeregt wurde; ich war animiert, belebt.

Ich kam mir wie ein Jungvogel vor, den Hals gestreckt, den Schnabel offen.

Was interessant ist, denn es war etwas Vogelartiges an Marjories verhärmtem, spitzigem Gesicht, ihren flatterhaften Bewegungen. (Zach hatte ihren Mund geerbt. Aber das war's wohl. Gesichtsform, Hauttönung, Augen, Körper – alles vom abwesenden Vater.)

»Wie ich bereits Zach gesagt habe, ich war sehr überrascht über Ihr Spezialgebiet«, sagte sie nach ihrer Bestellung. »In all den Jahren habe ich von keiner einzigen Frau in der Herzchirurgie gehört.«

»Wir sind schon ein paar. Haben Sie viel Zeit mit Ärzten verbracht?«

»Tja, reichlich. Ist Ihr Junge auch im medizinischen Einführungskurs?«

»Ja. Tendiert zur Orthopädie. Sportmedizin.«

»Die Vorstellung, Knochen brechen zu dürfen, macht sie so richtig an. Ich sag Zachary immer wieder, vergiß die Chirurgie. Tu was, was ein bißchen Grips verlangt, wie Endokrinologie.«

Ihr schien nicht bewußt zu sein, daß man dies als abfälligen Kommentar auffassen konnte. »Endokrinologie ist gut«, pflichtete ich ihr bei.

»Richtig«, sagte Zach seufzend. »Diabetes ist Mist.«

»Stimmt schon, man hat Diabetes und Schilddrüse als täglich Brot«, sagte ich. (Passende, wenn auch aufs Geratewohl herausgegriffene und mit ziemlicher Sicherheit ungenaue Erinnerungen an ein Doppelrendezvous in Kens Assistenzzeit.) »Aber die meisten Krankheiten sind doch interessant. Man hat es mit seltsamen Dingen zu tun: Zwergen. Sexhormonen. Theochromocytoma!«

Mutter und Sohn schauten mich beide an, beeindruckt.

»Andererseits braucht man Ausdauer für die Chirurgie«,

plapperte ich munter. »Vermutlich der Grund, weshalb so viele von uns schwimmen.«

Dies war der ideale Augenblick, um mit der Wahrheit rauszurücken. *Ich sollte euch gestehen, der Chirurg ist mein Mann. Und mein Junge* – aber warum würde ich dann hier bei ihnen sein, wenn nicht wegen Brown, Schwimmen und Medizin? Die Lüge jetzt zu offenbaren hieße, Zachs Mutter den Sex im Hotel zu offenbaren. Warum ich allerdings, Ärztin und auf einer Tagung in der Stadt, mir gerade ihre Gesellschaft ausgesucht hatte, blieb für sie offen.

»Ich traf mich mal mit einem Kinderarzt«, steuerte Mar bei, und bevor es uns dämmerte, waren wir schon wieder bei ihrem Hauptthema und ihrem Elend: wie das Single-Leben ihr als massiver Felsbrocken auf den Weg zum Glück geschleudert worden war. Wie sie nie wieder jemandem vertrauen konnte. Wie doch alle Männer gleich waren. Wie sehr sie sich wünschte, von irgendeinem gehalten zu werden, egal ob glatzköpfig, spitzbäuchig oder arm, nur freundlich mußte er sein, Grips haben.

Sie sagte das alles nicht direkt, aber beim Salat (natürlich war es Salat: Sie mußte schlank bleiben für den Mann, der nicht existierte) machte sie es mir ohne weiteres klar, daß es hoffnungslos war und daß sie dennoch die Hoffnung nicht aufgeben konnte. Zachary, der diese Bandschleife kannte, konzentrierte sich auf seine horrend üppigen Krebsfleischfrikadellen und versuchte seine Verachtung zu unterdrücken. Ich bewunderte ihn deswegen. Sie brauchte nicht noch seine Verachtung. Es ging mir durch den Kopf, daß er ungewöhnlich reif war, seiner Mutter den Kummer zu ersparen, den jede Mutter von einem Halbwüchsigen zu erwarten hatte – laute Musik auf seinem Zimmer und langes Wegbleiben mit den Kumpels. Statt dessen war er in der Welt und ließ seinen Schwanz sprechen, wie ein Mann. Nur, er hatte *mich* ausgewählt. Oder hatte es zugelassen, daß er von mir ausgewählt wurde. Oder von derjenigen, für die er mich hielt. Nicht nur eine Dr. med., sondern eine selbstsichere, starke Dr. med. in einer Männerdomäne. Er wollte mir auch zu verstehen geben, daß er den Unterschied zwischen mir und seiner Mutter kannte.

Als seine Mutter sich in einer Minitirade über Ärzte und Anwälte erging (»Ja, sie sind egoistisch, aber wenigstens geradeheraus«), begegnete er meinem Blick auf eine Weise, die besagte: *Lassen wir sie hier doch einfach sitzen und treffen uns draußen auf der Straße.*

Nicht, daß er das tatsächlich wollte.

Aber mir war der Gedanke durchaus angenehm.

»Bist du dir sicher, daß du wirklich Wein und Bier mischen willst?« unterbrach Mar sich und wandte sich an ihren Sohn. Er trank hastig, als wäre es eine Limo. Jedes männliche Wesen hätte, während er ihr zuhörte, einen Riesendurst bekommen, selbst ein unerfahrenes Bürschchen.

»Mischen?« spottete er. »Wein, Bier und Tequila – das heißt Mischen, Mom. Wein, Bier, Tequila und Black Russians.«

»Ich hoffe sehr, du hast Vernunft genug, bei solch einer Mixtur nicht Auto zu fahren«, sagte sie mit, wie sie gewiß meinte, verhaltener Sorge.

»Fahren?« sagte er.

»Wahrscheinlich auch Drogen«, erklärte sie mir verschwörerisch.

»Drogen?« sagte er.

Was machte er da? Er klang wie ein Elfjähriger.

An diesem Punkt gab sie das Thema vom ›Mann als Fiesling‹ auf und wandte sich den ›Prüfungen einer alleinstehenden Mutter‹ zu. Was vermutlich genau der Zweck seines Verhaltens war. Sie wegzulotsen. Das Band vorzuspulen. »Nicht, daß Sie eine falsche Vorstellung bekommen. Verglichen mit den meisten ist Zachary ein guter Junge«, informierte sie mich. Er zuckte mit den Wimpern in gespielter Dankbarkeit. Und wir beide ließen sie weiterreden, lehnten uns zurück, so daß der Hilfskellner unsere Vorspeisenteller abräumen konnte, und lehnten uns wieder zurück für den glanzvollen Auftritt der Hauptgerichte.

»Du meine Güte! Himmlisch! Wie viele zigtausend Kalorien, glauben Sie, hat diese Soße? Zellulitis pur! Bei mir geht's sofort auf die Hüften. *Sofort.* Wie halten *Sie* sich denn so schlank, Claire?«

Eine von Konkurrenz geprägte Unterhaltung übers Gewicht. Genau das richtige zum Abendessen.

Ich brachte einige Sätze über die entspannenden und durchaus straffenden Eigenschaften von Schwimmrunden zuwege.

»In unserem Alter«, sagte Mar, »kann man natürlich nicht gewinnen. Wenn es einem gelingt, dünn zu bleiben, kriegt man *die hier.*« Sie stieß mit der Gabel nach ihren Krähenfüßen am Mund. Der einzige Vorteil beim Fettsein, ließ sie uns wissen: die glatte, durchblutete Haut. Haben Sie bemerkt, wie schön die Hände von fetten Frauen sind?

Als nächstes wären wir jetzt vielleicht darauf gekommen, wie strapaziös Chlor fürs Haar ist, aber ich war mit dieser Frau nicht einmal eine Stunde zusammen, und schon haßte ich sie. *Haßte* sie.

Ich konnte einen fragenden Blick zu Zachary nicht unterdrücken: Gibt es ein Mittel, sie *abzustellen*?

Der Blick, den er mir zurückgab, konstatierte lakonisch: Hab es dir doch gesagt.

Unser Blickwechsel war recht ungeniert, da sie anscheinend dem keine Beachtung schenkte. Doch sie registrierte ihn gleich. Es ist immer wieder überraschend, wie weltvergessene Narzißten sofort eine Kränkung zu erkennen vermögen. Mar seufzte, verletzt. Selbst dieses schöne Abendessen, besagte der Seufzer. Ich kann nicht einmal ein schönes Abendessen mit meinem Sohn haben. Was ich als nächstes äußerte, überraschte sogar mich.

»Mar. Darf ich Ihnen einen Ratschlag geben? Als noch verheiratete Frau? Wenn das, was Sie sich am meisten auf der Welt wünschen, das ist: zärtlich umfangen zu werden, muß ich Ihnen sagen, daß Sie es falsch angehen. Völlig falsch.«

Sie schnappte hörbar nach Luft.

Wie leicht ist es immer noch, die Menschen mit der Wahrheit zu schockieren. Egal welcher. Sie forderte es ja direkt heraus, verletzt zu werden. Hier erfüllte sich ihre Prophezeiung.

»Sie wissen das bestimmt«, fuhr ich fort. »Viel zu reden ist das eine – Menschenskind, lesen Sie *Cosmo*. Aber dieser Hunger! Absolut lähmend! Was erwarten Sie denn, wohin Sie kommen, wenn Sie sich so präsentieren? Wenn Sie glauben, das Problem ist Ihr Körper – Ihre Oberschenkel, Ihre Falten –, dann arbeiten Sie an Ihrem Körper. Heben Sie Gewichte. Machen Sie zwei- oder dreimal die Woche ein einfaches Übungsprogramm. Bauen Sie die Knochendichte auf. Bauen Sie Selbstvertrauen auf. Gymnastik ist gut. Aber wie Sie sich bewegen! Ihre Gesten! Das ist nicht sexy! Fangen Sie mit *Ruhe* an. Ruhe und Konzentration. Yoga – das empfehle ich Ihnen. Kein Gewichtheben. Sie brauchen gar nicht Großmeister zu werden. Lernen Sie nur das Wesentliche. Legen Sie sich hin, schließen Sie die Augen und fühlen Sie, welche Muskeln in Ihrem Körper angespannt sind, was bei Ihnen so ungefähr jeder von den verfügbaren sechshundert ist. Lernen Sie die zu entspannen. Ihre Augenlider, Ihren Nacken, Ihre Knie. Lernen Sie locker zu sein. Vielleicht können Sie dann beginnen, Ihren Geist zu entwirren, der so verknotet ist, daß Sie nicht darauf hoffen können, Liebe oder Frieden oder sonst irgend etwas zu empfinden, außer nutzloser Angst.«

»Wer sind Sie, daß Sie –«, stammelte sie, als ich den Mund auftat, hörte dann aber einfach zu, hilflos. Ebenso Zach. Keiner von ihnen aß. Ich aber. Nachdenklich, in den Pausen sprechend, so daß diese Rede ziemlich viel Zeit brauchte.

»Ich möchte doch nicht unfreundlich sein«, fuhr ich fort. »Ich versuche nur zu helfen. Ruhe ist der Schlüssel. Wohin dieses Gehetze? Zum Tod? *Halt.* Eine kleine Lektion. Sehen Sie sich um. Wenn Sie mit irgendeinem hier vögeln könnten, wer würde es sein?«

Zach zeigte mit ausgestrecktem Finger zum Ausschnitt einer jungen Frau in einem Push-up.

»Nicht du.« Ich lächelte. Er zuckte mit den Schultern, wider Willen amüsiert.

»Ich –«, sagte sie. »Ich –«

»Nicht dieses ›Ich‹. Darum geht es. Schauen Sie sich einfach um und seien Sie offen. Versuchen Sie so zu tun, als könnten Sie jederzeit etwas Interessantes erleben.«

»Sie sind alle verheiratet«, wandte sie ein. »Verheiratet oder mit ihren Geliebten. Sie sind alle *mit* jemandem zusammen. Sie haben da leicht reden. Sie müssen nicht –«

»Passen Sie auf«, sagte ich. »Sagen Sie, ich mag den Mann da drüben – nein! Um Himmels willen, Leute, bitte, etwas unauffälliger!«

(Beide drehten sich so abrupt herum, um hinzustarren, daß besagter wohlhabend aussehender Typ, der praktisch am anderen Ende des Restaurants saß, jäh aufsah.)

»Okay. Noch einmal von vorn. Ich sage Ihnen diesmal nicht wer. Aufgepaßt.«

Ich gebe zu, ich war beschwipst. Ich verschränkte die Hände unterm Kinn und richtete den Blick in mittlere Ferne, in der Margot und Zachary nicht existierten, nur die Blumen und Kerzen, der luxuriöse Dunstkreis des Restaurants. Ließ die Augen schweifen. Plötzlich starrte ich aufs Profil unseres Kellners, der, ein wenig vorgebeugt, am Nebentisch die benutzten Teller eines Gastes auf seinem Arm stapelte. Er war Berufskellner, Anfang Dreißig und schön wie eine Skulptur, so daß ich ihn für schwul gehalten hatte. Er erwiderte meinen Blick. Seine Haltung straffte sich, und die Teller schienen noch ausbalancierter, fast schwebend auf dem Arm, und er kam auf mich zu, die Lippen leicht geöffnet.

»Kann ich mit etwas – dienen?« sagte er beinah flüsternd.

»Oh«, sagte ich und gab jedem Wort etwas Weiches, etwas Rauchiges, wie eine Portion Crème brûlée. »Nein. Danke. Es war – großartig.«

»Ich bin gleich zurück«, sagte er. »Hole dann Ihre Teller.«

Und das war er auch, schnurstracks.

»Vielen Dank!« sagte ich.

»Sehen Sie?« sagte ich zu Mar, als er weg war.

»Cooler Party-Trick«, sagte Zach. »Können Sie auch Gläser klirren lassen wie in *Carrie*?«

»Was ist so toll daran?« sagte Mar schroff. »Sie haben mit einem Kellner geflirtet.«

»Nein. Überhaupt nicht. Ich habe ihn bloß als menschliches Wesen wahrgenommen. Wenn Sie jemandem Aufmerksamkeit schenken, bekommen Sie vielleicht auch welche.«

»Wollen Sie andeuten, daß für mich das einzig Wahre ist, Kellner aufzugabeln?«

Sie hatte kein Wort von dem verstanden, was ich gesagt hatte. Ich versuchte ohne Bitterkeit oder Herablassung weiterzusprechen.

»Sie haben gerade davon geredet, wie sehr Sie geldgierige Ärzte und Rechtsanwälte hassen. Vielleicht sollten Sie Kellnern eine Chance geben. Schriftstellern, Schauspielern. Automechanikern. Tischlern. Stellen Sie sich nur vor, Mar, Sie hätten Harrison Ford geheiratet, als er einfacher Tischler war, dann wären Sie jetzt mit Harrison Ford verheiratet.«

Sie mußte lächeln. Also das war es, was ihr vorschwebte, ein Mann, an die Sechzig. Ihr Blick wurde weich, lange genug, um sich ihn mit ihr auf der gemeinsamen Montana-Ranch vorzustellen.

»Wie lang sind Sie jetzt allein?« fragte ich. »Allein mit diesem charmanten Jungen.« (Zachary spielte eine Verbeugung vor und akzeptierte das Kompliment.) »Die ganze Zeit haben Sie Ihr Single-Dasein als Gefängnisstrafe für ein ungerechtes Urteil betrachtet, am Gitter gerasselt und

Messer aus Seife geschnitzt. Er hat Sie also verlassen! Na und! Nach der Scheidung haben Sie bestimmt eine Therapie gemacht, aber auch wenn nicht, kommen Sie schon, das ist der übliche Pop-Psycho-Kram. Das einzige Gefängnis ist das Ich. Das Ich selbst. Die ganze Zeit, Sie können aber nicht so tun, als wäre es vergeudete Zeit, Sie können nicht so tun, als wäre es zu spät. Denn hier ist Ihr Junge, erwachsen, und hier ist Ihr Leben.«

Als ich zum Ende kam, kämpfte sie mit den Tränen. Mit dem Blick, den sie mir zuwarf, zeigte sie, daß ich recht hatte, natürlich hatte ich recht, aber es war hoffnungslos; sie konnte ihre Einstellung nicht nur nicht ändern, sie konnte sich nicht einmal zurückhalten, ungeniert im Le Bec Fin zu weinen.

»He, Mom!« sagte Zachary.

Sie schaute ihn, am ganzen Körper zitternd, an.

»*Mom!* Hand her!«

Sie schob ihm die Hand hin. Er nahm sie beim Gelenk und schüttelte sie kräftig, so wie sich ein nasser Hund schütteln würde. Dann ließ er die Hand los, schleuderte ihren Arm in die Luft, fing ihn auf. Er führte mit ihrer Hand ein ausgeklügeltes Abklatschen zwischen Sportlern durch, wobei ihrer beider Daumen gegeneinanderschlugen.

»Erinnerst du dich an das?« fragte er, noch immer ihre Handfläche und ihren Daumen bearbeitend.

»Margot, Margot,
Ißt escargot!
Wirft die Häuschen
Zu den Mäuschen,
Ob Feind, ob Freund,

Dein Knoblauchfurz
Ist mir so schnurz!«

Mutter und Sohn lachten beide ihr vesuvisches Lachen. Sie holte sich ihre Hand von ihm zurück und hielt sich den Bauch. Sie weinte nun, aber es waren gesellschaftsfähige Tränen von übermütiger Ausgelassenheit.

»Zach, du Schneck!« sagte sie.

»Verschon mich, edler Zach,
Erspar mir diesen Schreck,
Sonst ess' ich fetten Speck
Und pust dich weg vom Fleck!«

Erstaunlich. Er hatte sie kuriert. »Du meine Güte«, schnaufte sie.

»Nichts reimt sich wirklich auf Zachary«, erklärte er mir.

»Sellerie«, schlug ich vor, »Mercury. Trecke nie. Streck das Knie.«

»He! Nicht übel. Nächstes Mal können Sie mitspielen.«

Margot wischte sich mit dem Handrücken Wimperntusche ab. Dann schaute sie ihren Jungen an, glücklich. Sie hatte ihr Leben nicht *völlig* abgeschrieben, hier war der Beweis. Einen Augenblick lang blickte sie ihren Jungen auf eine Art an, wie ich es bei anderen Müttern und anderen Söhnen gesehen hatte, ein kaum wahrnehmbarer Blick, den vielleicht nur eine Frau registriert, die den Tod eines Kindes beklagt oder keine Kinder haben kann, obwohl sie sich das sehnlichst wünscht. Andere könnten den Blick als Ausdruck ganz normalen Stolzes abtun. Aber es ist komplizierter. Der Kopf ist bei den Müttern leicht zurückgeschoben wie im Bemühen, die angemessene Distanz zu finden, um das von ihnen Geschaffene ganz in den Blick zu bekommen. Als hätten sie das Gefühl: ›Hier ist ein Leben, das nicht vor meinen Augen fortflitzt, sondern bleibt und sich entfaltet, voller Überraschungen steckt, sofern ich es nur weiterhin aufmerksam, unbemerkt beobachten kann.‹ Wegen der freundlichen Distanz eine spezifische Mutter-Sohn-Angelegenheit. Ausgeprägte Asexualität: Eine Frau betrachtet einen Mann, den sie liebt, mit dem sie aber nicht vorhat zu schlafen. (Bei Frauen und ihren Töchtern gibt es auch Stolz und Freude, aber ebenso die Wehmut der erwachsenen Frau darüber, beiseite geschoben zu werden, ersetzt von der heiratsfähigen Neuen.)

»So!« sagte Mar munter. »Ich glaube, ich mach mich noch ein bißchen zurecht, bevor das Dessert kommt!«

Nachdem sie gegangen war, sagten Zach und ich ungewöhnlich lange nichts. Wir schauten uns nur an und genossen die entspannte Stille. Sein Blick war beunruhigend erwachsen. Hatten Therapeuten nicht einen Namen für Heranwachsende, die zu Vertrauten und Tröstern geschiedener Frauen wurden? Ich hoffte, diese vorschnelle Weltklugheit würde ihn nicht zu sehr verletzen, ihn nicht zum Frauenfeind oder Gigolo machen.

»Du warst richtig gut mit ihr«, sagte ich. »Ich bin wirklich beeindruckt.«

»Und du warst – ziemlich grob.«

»Tut mir leid.«

»Du kannst dir den Fortschritt nicht vorstellen, den sie schon gemacht hat. Fast das ganze Essen hinter sich gebracht, ohne auch nur einmal über meinen Vater zu reden.«

»Es tut mir leid, Zach.«

»Du jedenfalls, und das ist nicht als Beleidigung gemeint, bist nicht gerade ein Michael Jordan an seelischer Gesundheit, um anderen wegen ihres Spiels eine Strafpredigt halten zu dürfen.«

»Stimmt. Tut mir leid.«

Er schüttelte den Kopf wie ein strenger Schulleiter.

Warum war ich so gemein gewesen? Natürlich aus Besorgtheit um ihn. Aus Entrüstung seinetwegen, daß sie nicht einmal *vortäuschte*, als seine Mutter einigen Trost dabei zu finden. Warum bekommen schreckliche Eltern immer so sensible, selbstgenügsame Kinder? Irgendwie ungerecht. Und weil ich gelegentlich Niemand-kennt-meine-Sorgen spielen mußte. Ich sollte glauben, daß Mar Probleme hat, und das wegen einer *Scheidung*? Dennoch. Ich kam mir so mies vor, daß ich den Ausgeh-Abend dieser Frau zu einem *Herr der Fliegen* hatte werden lassen, und fand, ich könnte gleich selber losheulen.

Als hätte er meine Gedanken gelesen, sagte er: »He! Vergiß es! Es war *lustig*! Einwandfrei lustig, meine Ma so zu attackieren! Sie kann es verkraften. Glaub mir, wenn sie mit neuem Lippenstift von der Toilette kommt, geht es ihr gut. Du dagegen, da bin ich mir nicht so sicher.«

»Ich«, stimmte ich zu.

»Ja. Du. Wie bei ›du‹.«

Das *du* hing wie ein Vorwurf in der Luft.

Aber Margot war, wie von Zachary prophezeit, mit knallroten Lippen zurückgekommen, und die schimmernden Füße waren in Laufstegmanier daherstolziert, in gehobener Stimmung und versöhnungsbereit.

»Ich habe doch nicht den berühmten Dessertwagen von Le Bec Fin verpaßt, oder?« fragte sie. »Sind Sie schon mal hier gewesen? Was ist eigentlich Ihr Mann, Claire? Sie haben es nicht gesagt. Kellner?«

»Chirurg«, seufzte ich. »Kardiologe.«

»Wie romantisch! Haben Sie sich am College kennengelernt? Haben Sie eine Gemeinschaftspraxis?«

Das war meine Chance, die Geschichte zurechtzurücken. Ich mußte es tun, da gab es keine Entschuldigung. Und so tat ich es. Ich platzte mit der Mikrofiche-Kurzversion heraus: Unfall, schwierige Ehe, untreuer Mann, fiktiver Junge am Brown.

»Ich entschuldige mich bei Ihnen beiden. Insbesondere bei Ihnen, Mar, weil ich nicht das Recht habe ... «

Zach reckte verzweifelt den Hals. Hoffte auf die Ankunft des Dessertwagens, um weiteren Enthüllungen vorzubeugen. Aber Mars Augen schwammen wieder in Tränen, diesmal vor Mitgefühl. »Schrecklich«, sagte sie. »Wie hart.« Und: »Lieben Sie Ihren Mann?«

Ich nickte, um ihr zu zeigen, wie sehr dies der Fall war.

»Dann darf ich *Ihnen* einen Ratschlag geben«, sagte sie. »Halten Sie fest. Selbst, wenn Sie nicht sicher sind, an was Sie festhalten.«

Unser Kellner erschien und schob zwanzig oder dreißig Desserts auf einem Wagen heran. Er ließ uns Zeit, verzückt alles zu beäugen. Sanft erklärte er die Beschaffenheit eines jeden Desserts. Wir konnten haben, was immer wir wollten, sogar eine winzige Portion von jedem. Er machte viel

Wind darum, die Teller nach unseren jeweiligen Kind-im-Süßwarenladen-Vorlieben zu komponieren.

Wir lächelten und aßen und stöhnten. Der Kellner legte die Rechnung mitten auf den Tisch, und Zachary stürzte sich darauf. Er ahmte all die Gesten eines erwachsenen Mannes nach, der zu zahlen hat – schlug die Beine übereinander, las schräg auf seinem Schoß die Rechnung in der schwarzen Mappe, holte eine Kreditkarte hervor und legte sie mit Schwung in die Mappe, wie jemand, der ein Schloß knackt – ein Bild von einem erwachsenen Mann, wären da nicht die Worte gewesen:

»Probieren wir diese Karte aus, Mom. Mal sehen, ob sie geht.«

»Also, herzlichen Dank!« sagte ich. »An Sie beide!«

He, ich hatte ein Anrecht aufs Abendessen wegen geleisteter Dienste. Sex. Psychotherapie.

Aber ich zahlte für das Taxi zurück zum Hotel.

Das Dessert hatte uns betäubt. Wir sprachen über nichts anderes als über unser aller Befriedigung.

In der Hotelhalle schüttelten Mar und ich uns die Hände. Es gab so wenig zwischen uns jetzt, daß wir uns tatsächlich gerade bei einem Medizinerkongreß getroffen haben könnten. Wie ich war sie leicht berauscht. Zachary war anscheinend der einzige, der das Trinken vertrug. Wahrscheinlich mehr Übung.

War ich es, war es der Alkohol, oder machte jede Bewegung dieses Jünglings einen ironischen Schlenker, hatte etwas von sarkastischem Bauchreden? Als säße er sich selbst im Rücken und schnitte sich Grimassen, wie der alte Chevy-Chase-Sketch in *Saturday Night Live*. Den er vermutlich nicht einmal gesehen hatte. Zu jung. »*Doktor*«, sagte er und bewegte seinen Arm in einem Zeitlupenbogen zu mir hin, als wäre es Teil einer Tai-Chi Bewegung. »Sehr schön, Ihre Bekanntschaft zu machen.«

»Brown«, sagte ich. »Schwimmen.«

Ich versuchte anzudeuten, daß ich ihn am Swimmingpool treffen könnte, aber das ginge bei mir nicht – ich wußte das, selbst wenn er es nicht wußte –, und die Einladung schwamm sowieso an ihm vorbei.

»Und denken Sie dran«, sagte Mar, »wenn Ihnen je nach Plaudern ist –«

»Danke!«

»– rufen Sie einfach an. Direkt anrufen!«

»Das werde ich! Und Ihnen alles Gute!«

Wenn ich es je gewußt hatte, in welchem Staat sie lebte, in welchen Staat sie nach der Scheidung geflüchtet war, ich hatte es bereits vergessen. Aber Zachary, das wußte ich, konnte ich auftreiben. Er würde bald ein Postfach in seinem Wohnheim haben, eine E-Mail-Adresse.

Ich wußte auch, daß ich ihn nie mehr wiedersehen, nie mehr mit ihm sprechen würde.

Außer im Aufzug, den wir gemeinsam benutzen mußten. Nichts als zweimal ein völlig belangloses Auf-Wiedersehen.

Mein Zimmer war viel zu kühl und roch irgendwie übel, wie Eiswürfel, die den Geruch des Tiefkühlfachs haben, in dem sie aufbewahrt werden, das schlechte Leitungswasser, aus dem sie bestehen. Mein Bett war aufgeschlagen. Mein Voicemail-Lämpchen blinkte schwach.

Ich stellte die Klimaanlage kleiner, ging ans Fenster und strich mir über die Gänsehaut auf den Armen. Versuchte die glitzernden Lichter der Stadt als beruhigend unpersönlich aufzunehmen – eine große weite Welt, deren Teil ich war. Aber der Gedanke hatte nichts Tröstliches. Ich war kein Sandkorn in der Wüste, von Gott geschaffen, damit irgendeine Möwe daran pickte, Teil eines großartigen harmonischen Plans. Ich war bloß ein Pünktchen. Nicht bedeutsamer als ein Runway-Licht.

Wie dramatisch, dachte ich und auch: *Du kannst wirklich keinen Alkohol vertragen*.

Kurz danach stand ich vor dem Klo und würgte. Mir war hundeelend.

Nichts gegen den berühmten Küchenchef und seinen Umgang mit Butterfett in all seinen herrlichen Darbietungen.

Kotzen in fremden Badezimmern: nie sehnt man sich mehr nach der Behaglichkeit des Zuhauses.

Ich beantwortete den Anruf vom Empfang. Der Angestellte sagte, sollte ich vorhaben zu bleiben, benötigten sie einen Abdruck meiner Kreditkarte. Ich erinnerte ihn daran, daß meine Karte gestohlen sei. Ich hätte bar bezahlt. Aber nur für die erste Übernachtung, merkte er an, und das würde nicht unbedingt die Nebenausgaben decken. Ich sagte, ich würde mit der neuen Kreditkartennummer zurückrufen (die ich mir aber während des Telefonats mit der Bank nicht notiert hatte).

»Ich bin mir nicht sicher, ob das funktioniert«, sagte er.

»Und warum um Himmels willen nicht?« fragte ich ungehalten.

»Sobald die Gäste hier eintreffen, verlangen wir einen Abdruck der Karte. Jeder, verstehen Sie, könnte einen Ihrer Kreditkartenbelege aus dem Abfall fischen und vortäuschen, Sie zu sein, Ihre Nummer benutzen.«

»Sie wollen also meinen Führerschein sehen? Da haben Sie mein Bild drauf. Egal, würde das nicht ebenso auf die

Sicherheitsanzahlung zutreffen, die man telefonisch im voraus macht?«

»Es tut mir leid, das ist unser Grundsatz, aber ich werde es mit unserem Manager besprechen«, sagte er mit forcierter Geduld.

Ist das der Umgang, mit dem man rechnen muß, wenn man *zahlt*? Das Hotelpersonal war entgegenkommender zu mir gewesen, als ich illegal übernachtete. Selbst wenn es mir gelang, wieder einen Geldautomaten aufzutun, das Hotel akzeptierte vielleicht keine Barzahlung, so wie man ein Auto nicht mieten kann ohne eine Kreditkarte, die beweisen soll, daß man solvent ist.

Ich sagte ihm, ich würde mich bald darum kümmern. Dann legte ich mich angezogen aufs Bett, und ja doch, die Gedanken liefen darauf hinaus: Ken könnte jetzt kommen. Ken könnte mich holen.

Putzte mir nicht mal die Zähne. Verschränkte einfach die Arme wie eine Mumie und wartete auf Ken.

II

Nur, daß er natürlich nicht kam.

War es – Mittwoch? Donnerstag? Tag sechzehn, siebzehn meines Umherziehens? Auf meiner Armbanduhr hatten sich Tag und Datum verhakt; am Mittag krochen sie halbwegs zur nächsten Station und blieben dort zitternd wie eine Hauskatze, die sich mitten auf einer Kreuzung nicht weiterwagt, bis Mitternacht, worauf sie einen Tag oder anderthalb Tage vorrückten. Jedenfalls war es bestimmt kein Wochenende, und Dr. Kenneth Leithauser würde in seiner Praxis sein und Patienten empfangen, von denen im Gegensatz zu mir jeder tatsächlich jederzeit plötzlich sterben konnte.

Ein leichtes, aufzustehen, den Computer anzumachen, Datum und Zeit herauszufinden. Den Börsenkanal einzuschalten, Datum und Zeit zu registrieren, die am unteren Rand mit den Notierungen vorbeiflackern. Noch leichter: den Hals zu drehen und auf die Uhr zu schauen. Digital. Nicht einmal nötig, die Zeiger auf dem Ziffernblatt zu deuten. Aber es war irgendwie angenehm oder auch notwendig, es nicht zu wissen.

Leithauser. Ich lag im Bett, mit einem üblen Geschmack im Mund, und versuchte meinen Mann heraufzubeschwören. Versuchte, über ihn nachzudenken. Er war eine Denksportaufgabe, so wie sein Name ein Zungenbrecher war. Ich wollte ihn im Geiste mit der unbekümmerten Zuneigung einer Ehefrau umarmen, aber ich verfing mich ständig in einem vagen Wirrwarr. *Leithauser*: Ich versuchte, seinen Namen laut zu sagen, liebevoll. Versuchte, den eindeutig metaphorischen Assoziationen von *lighthouse*, Leuchtturm, zu folgen – dem tröstlichen Lichtstrahl, der mich nach Hause führte –, aber der Leuchtturm wurde immer wieder phallisch, die See darunter schwarz und verfilzt wie Schamhaar, und beim Versuch, Auge und Geist nach oben zu richten, war es nicht einmal Kens Leuchtturm, sondern Zacharys. Ein Stecher. Sex selbst ein computeranimiertes Spiel: Ringwerfen, wobei ich der im Wasser schaukelnde nahe Rettungsring war, der nach oben zu dem Riesenkopf hin geschossen wurde, aber ich schaffte es nicht so hoch, und sowieso würde ich nie passen, sank wieder zurück in den Sog. Geheule wie von Betty Boop: *Rettet mich!*

Auch Zachary kam nicht.

Nicht, daß ich auf ihn gewartet hätte. Aber vielleicht auf einen Anruf. Ein Nett-dich-kennengelernt-zu-haben-Abschiedsanruf wäre galant gewesen. Ich wartete irgendwie darauf; wenn er anruft, dachte ich, wache ich auf und mache weiter.

Schon wieder Hitchcock. Der Höhepunkt von *Berüchtigt*: Ingrid Bergman, die langsam und heimtückisch von ihrem Nazi-Mann vergiftet wird, liegt ungemein bezaubernd auf dem Totenbett, das Haar gekämmt, die Lippen angemalt, blaß in ihrem undurchsichtigen Nachthemd, so benommen und benebelt, daß der eintreffende Cary Grant sie regelrecht packen und die lange, lange Treppe hinuntertragen muß. Wo war Ken?

Cary Grant, Herzchirurg. *Das tut kein bißchen weh*. Wundervoll macht sich der Arztkittel bei ihm. Das sperrige Stethoskop zieht er so weltmännisch aus der Hose wie eine Taschenuhr.

Ich versuchte dem Operationssaal zu entkommen, indem ich mir meinen kurzsichtigen Ehemann vorstellte, wie er sich die Brille abnimmt, um mich zu küssen. Er nahm immer die Brille ab, bevor wir uns küßten, warum also stellte ich mir – warum konnte ich mir nur das erste Mal vorstellen? Es war klar gewesen, daß wir miteinander schlafen würden, wir beide wußten es, als wir uns verabredeten. Ich saß nach dem Film auf seinem Sofa, erwartungsvoll. Er saß nicht direkt neben mir, sondern mir gegenüber auf dem Polstersofa, passend zum Sessel. Er stand feierlich auf, um das Sofa näher zu schieben. Dann folgt der Teil, den ich mir immer wieder vorspiele, wo alles gleichzeitig passierte: Er entledigte sich der Brille, indem er sie am Steg faßte und sie neben sich auf den Boden legte (er hätte nicht die Zeit gehabt, die Bügel zusammenzuklappen); er gab ein fast unhörbares Stöhnen von sich, nicht so sehr aus Erregung, eher um seiner Unterwerfung, Niederlage Luft zu machen; und dann war ich blindlings seinem harten Kuß ausgeliefert. Kein romantisches Herumgealbere mit Ken, nicht einmal am Anfang. Er ist kein Fummler oder Lecker, kein Maestro in sich ausweitenden körperlichen Erkundungstouren. Er ist so funktional und ehrlich wie das gemietete, mit Scotchgard imprägnierte Wohnzimmermobiliar, das er damals als Medizinstudent hatte und das, ins Sexuelle übertragen, bestenfalls nackte Dringlichkeit ist, wie die Notaufnahme in bestimmten Fernsehserien. Und schlimmstenfalls Ehe. Geregelte Versorgung.

Aber bei diesem ersten Mal waren seine Augen offen. Er konnte nichts erkennen, blind, wie er ist, und als ich die Augen aufschlug, beobachtete er mich gerade. Zumindest versuchte er es. Mehr noch als seinen geäderten Schwanz erstmals sich aufrichten zu sehen, wie ein weißköpfiger Seeadler aus seinem Horst schwarzen Haars (jetzt ergrauend) – erigiert wirkte er zornig und kam mir manchmal vor wie die Karikatur der geballten Black-Panther-Faust –, gab mir der Anblick seiner nackten blaugrauen Augen das Gefühl, ein Geheimnis anvertraut zu bekommen.

Wenn ich daran denke, wie ich mich in meinen Mann verliebte, kommt mir dieses Stöhnen und die Verletzlichkeit seiner Augen in den Sinn. Es fällt schwer, das zu beschreiben, in der Erinnerung aber geschieht es schneller als ein Herzschlag und bleibt für alle Zeit eingegraben in mein Gedächtnis, die Kraft der Erinnerung in deutlichem Kontrast zur Zartheit des Augenblicks, ähnlich wie der Abdruck eines versteinerten Farns. Die Intensität, nur für einen Augenblick vorhanden, unwiederholbar. Im Gegensatz zur Heirat (Reinigen und sorgfältiges Trockenreiben der Brillengläser, Ablegen der Brille, »wo zum Teufel ist meine Brille?«). Ich war erst gestern mit Zachary im Bett gewesen, und schon war die Erinnerung daran weniger stark als an das erste Mal mit meinem Mann, aber man braucht ja Geschichte – die Zeit selbst –, um dem Augenblick Bedeutung zu verleihen. Darum ist die ganze Rhetorik der siebziger Jahre »für den Augenblick leben« so ein Schwachsinn. Nur, damals waren wir achtzehn. Alles war Schwachsinn.

Schwachsinn, Schwanz, und hier ist das Bluten, das Blut: die Geburt meines Sohnes. Ein weiterer Augenblick, nicht zitternd in Aspik konserviert, sondern in Plazenta. Ein letztes Pressen, und es wird Realität: Fleisch von meinem Fleisch. Bei meinen Krankenhausbesuchen war ich unmäßig beunruhigt, daß die Neugeborenen mit einem Etikett versehen wurden. Wollte nicht das Kind von jemand anderem. Wollte mein eigenes. Aber ich erkannte ihn sofort. Verknittert und blutig, besudelt, faltig und mit eingerissenen Nägeln, mißtrauisch, empört, resigniert: meins.

Das ist unbeschreibbar, nicht einmal in aller Ausführlichkeit. Daß ich es sofort *wußte*. So fremd er auch aussah, kam er doch nicht aus dem Weltall, er war gerade aus meinem Innern herausgeschleudert worden, und ich hatte im selben Augenblick, wo der Arzt ihn hochhob, das Gefühl, man könnte ihn nachts in ein Feld von Babys werfen, Babys, die sich wie Getreideähren vervielfachen – alle schreiend, lautes Grillengezirpe im Sommer –, und ich könnte ihn noch herausfinden, sein Geschrei noch hören. Würde direkt zu ihm hinsausen.

JUNGE NEWBOLD, verkündete das Schildchen am Handgelenk; ich habe nie meinen Namen geändert, und welchen mein Sohn erhalten sollte, war am ersten Tag noch nicht entschieden. Ich liebte den Klang. »Junge Newbold«: kühn, König Artus. Wir hatten einen Namen gewollt, der etwas darstellte, nicht den Wayne oder Guy von Gewichthebern oder Automechanikern, nur maskulin und entschieden, ohne dümmlich zu sein. Die einsilbigen Hunnen-, Wikinger- oder biblischen Namen: Ned, Luke, Matt, Jake. Aber dann sahen wir ihn, und es ging nicht. Wir sahen seine Weichheit – selbst beim zielgerichteten Nuckeln hatte er etwas Sanftes an sich. Etwas Höfliches. Fast Förmliches. Kens Eltern fanden den Namen hochtrabend (und natürlich auch WASP). »Was ist er«, fragte Kens Mutter, »eine Anwaltsfirma?« Aber was wußten sie denn. »Evan« war nicht einmal der Spitzenreiter, bis wir ihn kennenlernten, und es war sein Name.

»Liebe auf den ersten Blick?« Jede Frau, die glaubt, sie empfinde das bei einem Mann, lügt. Nicht hierbei. Man muß wirklich aus dem Nichts anfangen, von der Geburt. Ab der Namenlosigkeit der Geschöpfe, vor der Sprache, sogar vor dem Sex.

Und ist es nicht das, was die Liebe zu Kindern so tiefgreifend macht, daß sie einen auf die Kernschichten des eigenen Ichs zurückwirft, als man noch kaum existierte, aber das Geliebtwerden brauchte. Wiederholen wir nicht alle einzeln die Geschichte der Menschheit, die Evolution von der Kaulquappe bis zum Säugetier? Und wir alle brauchen das Geliebtwerden, nicht als vollkommene, attraktive Erwachsene, sondern als diejenigen, die wir bei der Geburt waren. Häßlich wie Maulwürfe. Bedürftig. Blind, mit offenem Mund.

Wenn mein Sohn gelebt hätte, würde er sich an nichts erinnern, was ihm bis dahin passiert war. Nicht an eine einzige Sache. Aber sein Leben als Säugling ruhte versteinert in seinem tiefsten Innern. Er hätte es gefühlt, wenn er eine Frau küßte, wenn er sein eigenes Erstgeborenes hielt.

Die Eichel des Mannes ist nicht wie der Kopf eines Säuglings. Sie gleicht eher dem Kopf eines Kobolds oder Elfen, nackt und glänzend, fröhlich. Aber der Penis hat das Auge eines Säuglings, der blinde, geschwollene Schlitz.

Da vom Schlitz die Rede ist. Über derlei Dinge grübelte ich, eingeschlossen im Zimmer des Four Seasons, und litt, wie Ken sagen würde, an einer Bewußtseinstrübung. Im Halbschlaf überließ ich mich diesen Gedanken, bis ich das Wort *Schlitz* als Eintrag in einem altmodischen hölzernen Bibliothekskarteikasten sah. SCHLITZ, DIE REDE IST VON. Getippt auf einer altmodischen Schreibmaschine von der Art, wo die Punkte mit solcher Kraft aufschlugen, daß sie Löcher ins Papier stachen. Um die Kraft zu veranschaulichen, nahm ich die Hand nach unten und rubbelte einfach an meiner Unterwäsche herum – gab es nicht ein Wort für dieses gemeinschaftliche Männlichkeitsritual: cold cocking, jemanden ins Land der Träume schikken? –, bis die Baumwollkante in die Spalte geschoben war. Versuchte, auf diese Weise zu kommen, indem ich mich nur auf die verrutschte Kante von Spitze und Gummi konzentrierte, auf Worte wie *kalt* und *Ritze*, ihre raffinierte Schlichtheit. Es klappte nicht. Mir dämmerte, ich mußte pinkeln. Erwog, aufzustehen. SIEHE AUCH: LOCH. Feucht. Erwog, mich zu duschen, zum Swimmingpool zu gehen. Malte mir aus, wie ich hin und her riebe, hin und her. *Du solltest dich kommen lassen, es ginge dir besser.* Aber ich mußte pinkeln. Nicht einmal genug Energie, um aufzustehen und das zu erledigen, geschweige denn, Schwimmrunden zu drehen. Nicht genug Energie, um aufzustehen und mich zu vergewissern, daß das Bitte-nicht-stören-Schild an seinem Platz war, so daß ich nicht onanieren konnte, weil jeden Augenblick jemand mich unterbrechen und das Zimmer aufräumen könnte. Ich hatte panische Angst, daß es Nofretete von gestern sein würde. Diesmal wäre sie gewappnet. Dann laß sie doch glotzen, dachte ich mir und richtete mich so weit auf, um die Bettdecke von mir zu werfen, die Unterwäsche auszuziehen und ungeniert zu onanieren. Aber schon beim ersten Streicheln erinnerte ich mich daran, daß es nicht möglich war. Ich mußte pinkeln. Und es war zu kühl. Nicht einmal genug Energie, um aufzustehen und den Thermostat einzustellen.

Aber schließlich tat ich es und ging ins Bad, stellte die Heizung so ein, daß es nicht zu warm würde und ich das Unterfangen von vorn beginnen müßte.

Bei alldem ständig ein Bild: der Mietwagen in der Garage vom Kinderkrankenhaus. Parkte da einfach.

Wo war eigentlich die Empfangsquittung? Ich hatte sie nicht gesehen. Sollte in der Handtasche nachschauen. War mir nicht mal sicher, ob ich mich an den Wagentyp erinnerte. War mir nicht sicher, ob ich ihn bei der Rückkehr zum Parkplatz finden konnte. Rot? Grau? Ein Buick? Ein Camry? Keine Ahnung. Nicht den blassesten Schimmer. Der Mietwagen war mir entfallen.

Wen juckt's? sagte ich mir, du kannst Enterprise anrufen, sie werden es in ihrem Computer checken, ihnen doch egal, daß man ein Dummchen ist. Das ist alles, was du bist, ein Dummchen. Aber ich wußte, ich war viel schlimmer als ein Dummchen und auch viel besser, denn die Zusammenhänge, die ich herstellte – das lange Band von Sexualität, Ich, Zeugung –, waren real und wahr, selbst wenn ich ein bißchen verrückt werden mußte, um sie aneinanderzureihen, und genügend entrückt, um die facettierten Gedankenperlen schimmern zu sehen.

Die Frage war, wie verrückt. Die Frage war, wieweit ich es ertragen konnte, ins eigene Innere zu dringen. LOCH. SIEHE AUCH: Ich war wie einer dieser Höhlen-Sporttaucher ohne Sauerstoff-Flasche, die kopfüber hineinspringen. Wie lange konnte ich den Atem anhalten, wie weit mich von der Oberfläche entfernen? Ich war wie eine dieser mathematischen Aufgaben in den Eignungstests fürs College, bei denen ich immer gut war, die ich leicht lösen konnte – wenn X mit der Geschwindigkeit Y reist und bis zu dem und dem Punkt kommt, wie lange braucht es, um bis dort oder dorthin zu gelangen.

Aber ich käme nirgendwo hin, wenn ich nicht aufstehen, nicht pinkeln, mich nicht duschen und anziehen, vom Hotel abmelden und zum Mietwagen finden konnte.

Wenn ich Ken anriefe, könnte ich sagen, komm und hol mich. Es tut mir leid, aber könntest du bitte nach Philadelphia kommen und mich holen. Er würde nicht wütend sein. Ich bin im Four Seasons. Er könnte bald da sein. Trotz Augustwärme sah ich, wie er mich fürsorglich in einen Mantel hüllte und zum Aufzug führte. Ich sah mich in der Sicherheit unseres silbergrauen Legend, der Motor lief, die Ledersitze kühl an der Rückseite der Beine, wartend, da er sich um den Mietwagen kümmerte. Hörte, wie er mit dem Parkplatzwächter in seiner gebieterischen Arztstimme sprach. Nein, wir haben den Parkschein nicht, gut, berechnen Sie uns das Maximum, sehe ich so aus, als würde es mich kratzen, was Sie mir fürs Parken abverlangen, nur beeilen Sie sich.

Aber er würde fliegen, nicht mit dem Auto fahren. Aber wie sollte ich auf sein Auto warten, wie es erkennen? Wen scherte es, welchen Wagentyp er sich am Flughafen mietete, mochte es ein Cavalier sein, mir egal, nur mich hier rausbringen. Vielleicht müßten wir nicht einmal den anderen Mietwagen zum Flughafen zurückbringen. Sollte Enterprise doch das fehlende Auto aufspüren und es holen, wie sie so frohgemut in ihren Fernsehspots behaupteten.

Auf diese Weise verlor ich mich stundenlang in der Logistik, wie ich mich aus diesem Hotel davonschleichen könnte.

Offensichtlich war ich unfähig, zum Flughafen zu kommen.

Dennoch war ich noch nicht so weit, daß ich Ken in diesem Zustand anrufen würde. Auch bildete ich mir nicht ein, daß bei meiner Handlungsweise in den letzten zwei Wochen Ken meine Meinungsänderung irgendwie spürte und kapierte, daß er jetzt kommen mußte, so wie Cary Grant den richtigen Moment erahnt hatte, obwohl man ihm sein Unerwünschtsein im Hause der Ingrid Bergman zu verstehen gegeben hatte. Ich hatte Raum für mich gefordert und meinen großen Auftritt gekriegt. Du bist hier nicht irgendwo auf der Milchstraße, schalt ich mich, das ist ein Hotelzimmer, du hast nicht einmal die Kapsel verlassen, und selbst wenn, du trägst einen Raumanzug, du hast keine Bindungen gekappt.

Ich sollte Dan Kramer anrufen.

Dan Kramer mußte mir eine Dosis von Zoloft oder sonstwas verschreiben.

Dazu müßte ich mir womöglich etwas anziehen und das Hotel verlassen, um das Rezept einzulösen, vielleicht auch nicht. Vielleicht hatte das Four Seasons jemanden, der Besorgungen erledigte.

Ich sah den alten Pagen an meiner Tür. Ich müßte mich also anziehen und aufmachen. Ich müßte mein Portemonnaie finden und ein Trinkgeld parat halten. Falls man mir Zimmerservice zubilligte, bevor noch die Sache mit der Rezeption erledigt war. Wenn ich all dies tun müßte, dann könnte ich genausogut das Rezept selbst einlösen.

Und dann wäre ich wieder total erschöpft.

Das ging so zweieinhalb Tage. Dann setzte ich mich auf und rief Kramer an.

»Können Sie essen?« fragte Kramer.

Ich rief ihn um zehn Uhr in seiner Praxis an, als er gerade eine Pause zwischen zwei Patienten hatte. Er hob tatsächlich beim ersten Klingeln ab, und ich erklärte ihm, daß ich seine Hilfe brauchte, da ich unter Willensschwäche litte, einer Art zeitweiliger Lähmung, ich sei in einem Hotel in einer fremden Stadt und brauchte eine kleine Menge des entsprechenden Medikaments, das mich nach Hause brächte.

»Na ja, essen gegangen bin ich jedenfalls.«

»Ihr Appetit ist also normal.«

»Ja. Danach habe ich mich übergeben.«

»Absichtlich?«

»Das Essen war einfach zu schwer. Weltberühmtes französisches Restaurant. Außerdem habe ich getrunken.«

»Wieviel?«

Ich seufzte. Vermutlich mußte er das abklären. »Etwas Weißwein.« Essen? Jetzt, wo ich daran dachte, wurde ich hungrig. (Am besten, gar nicht damit anfangen, sich Menüs vom Zimmerservice vorzustellen, Bestellungen beim Zimmerservice.) Womöglich lief das Ganze bald schon drei Tage. Mein Blick fiel auf die noch verschlossene Minibar. In Honig geröstete Erdnüsse? Wahrscheinlich keine gute Idee.

»Claire? Schlafen Sie überhaupt? Können Sie schlafen?«

»Es ist so ein Nicht-ganz-richtig-Schlafen. Eine Art von – Hypnose. Vermutlich schon. Nicht, daß ich mich besonders ausgeruht fühle, aber wer wäre das unter diesen Umständen.«

»Denken Sie daran, sich selbst zu verletzen?«

»Natürlich nicht«, sagte ich böse. »Ich *denke* nicht eigentlich daran, bin vielmehr schon dabei, finden Sie nicht?«

»Sie sind, nehme ich an, nicht in der Lage, von dort Ihrer Arbeit nachzugehen? Haben Sie Ihre Verabredungen gestrichen?«

Ich atmete laut aus und preßte die Augen zusammen, bemüht, mir die einunddreißig unbeantworteten Telefonanrufe nicht als einunddreißig schiefe Grabsteine im Schnee vorzustellen. Und jetzt noch mehr Anrufe. Weit mehr. Ich antwortete nicht darauf. Etwas grausam von ihm, dachte ich, daß er damit kam. Als ich die Augen öffnete, bemerkte ich, daß das Nachrichtenlämpchen am Telefon ein spastisches Tänzchen vollführte: Wie war es mir gelungen, Kramers Nummer zu wählen, ohne dies zu bemerken? Wie war es mir überhaupt gelungen, Kramer anzurufen?

»Claire, möchten Sie nun Ihr Büro anrufen und mitteilen, daß Sie gesundheitlich nicht auf dem Damm sind, nur um die Situation zu entschärfen?«

»Ja. Kann aber nicht.«

»Oder soll ich als Ihr Arzt es tun, wenn das leichter wäre, es sei denn, Sie haben das Gefühl, es würde dort nur beunruhigen? Vielleicht wäre Ken da besser –«

»Nein, Sie. Sagen Sie Grippe. Danke.«

»Haben Sie Ken angerufen?«

»Nein. Ich habe irgendwie darauf gewartet, daß er auf einem Pferd angeritten kommt und die Tür aufsprengt.«

»Sie haben ihm doch gesagt, er solle Sie in Ruhe lassen.«

»Wär sowieso nicht leicht, ein Pferd in den Hotellift zu bugsieren.«

»Ich sehe, Sie haben Ihren Sinn für Humor noch nicht verloren. Das ist gut.«

»Eigentlich mache ich keine Witze. Ich sehe ihn buchstäblich auf dem Pferd in die Eingangshalle stürmen. Weißes Pferd, weißer Arztkittel. Flatternde Pferdemähne.«

Ken schob die Brille den Nasenrücken hoch, was das Bild eigentlich ruinierte. Ich sagte das vermutlich nicht laut. Auch unterließ ich es zu erwähnen, daß das Pferd – eine Erektion hatte.

»Ein weiteres Symptom, das ich Ihnen gegenüber wohl erwähnen sollte. Ich bin einfach – ich bin geil.«

»Wie denn das?«

»Wie denn *das*? Ganz normal, bloß etwas mehr. Ich habe ausgiebig onaniert, wollte sogar noch häufiger. Außerdem habe ich diesen Achtzehnjährigen verführt, den ich am Hotel-Swimmingpool kennengelernt habe. Es war seltsam, irgendwie aber auch schön. Dann bin ich mit ihm und seiner Mutter essen gegangen und habe mit dem Gedanken gespielt, auch mit ihr Sex zu haben. Etwas, das ich noch nie gemacht habe, Sex mit einer Frau.«

Warum sagte ich das? Es stimmte nicht einmal. Ich hatte so etwas überhaupt nicht in Erwägung gezogen. Aber jetzt kam ich ins Grübeln, warum eigentlich nicht.

»Claire.« Er rief mich zurück, indem er meinen Namen, wie mir schien, mit etwas zuviel Nachdruck aussprach, bemüht, das »ai« zu dehnen, eine beruhigende Liebkosung. »Sind Ihre Zyklen ziemlich regelmäßig?«

»Bitte?«

»Ihre Menstruationszyklen.«

»Nicht sehr. Warum?«

»Der Überschuß an sexuellen Gefühlen könnte hormonell bedingt sein. Offensichtlich gibt es viele psychische Gründe, die wir erkunden könnten, und die Verbindung zwischen Sexualität und Kummer ist weniger ungewöhnlich, als Sie vielleicht glauben – ich versichere Ihnen, Sie sind keineswegs anormal –, aber wann waren Sie das letzte Mal beim Gynäkologen?«

»Ich brauche keinen Krebsabstrich, Dan. Ich brauche Prozac.«

»Claire, Sie wissen nur zu gut, ich kann Ihnen nicht einfach telefonisch Medikamente verschreiben, in Ihrem Zustand. Noch dazu in einem anderen Staat. Was, wenn etwas schiefliefe? Die richtige Dosierung des richtigen Arzneimittels zu treffen ist eine komplizierte Sache. Sowieso würde ich nie etwas verschreiben ohne – hören Sie, können Sie einen Augenblick warten?«

Ich tat es, während er vermutlich den Kopf aus der Tür streckte, um den Patienten im Vorzimmer hinzuhalten.

»Danke. Sind Sie noch dran? Tut mir leid. Wo waren wir? Kein verantwortungsbewußter Arzt würde diese Art Medikament verschreiben, ohne zuerst die physischen Ursachen zu beseitigen. Hormonfragen. Schilddrüse.«

»Hinzu kommt, daß Sie nicht die Zulassung zum Verschreiben haben, da Sie der Strenge der medizinischen Fakultät ausgewichen sind und nicht die geringste Ahnung hätten, was zu verschreiben wäre, nicht?«

Er weigerte sich, den Köder zu schlucken. Er blieb ruhig. »Claire, wenn Sie Medikamente nötig hätten, wäre ich der erste, der Sie an einen Dr. med. überweisen würde, der sich um Sie kümmern würde. Erinnern Sie sich nicht, wie Ken Sie unbedingt mit einem zusammenbringen wollte? Sie haben es allerdings vorgezogen, diesen Weg nicht zu gehen, und zufällig war ich Ihrer Meinung. Sie sind nicht depressiv. Sie brauchen keine Antidepressiva. Sie sind eine starke, gewitzte Frau, die einen sehr tragischen Verlust hatte, den sie größtenteils erstaunlich gut bewältigt hat. Dann war da diese Geschichte mit Ken und – die Geschichte eben mit Ken, aber ich glaube, Sie beide können damit fertig werden. Die Frage scheint eher zu sein, wie Ihr Hilferuf zu verstehen ist. Wollen Sie oder wollen Sie nicht, daß Ken Sie holt und mit nach Hause nimmt? Ich bin sehr zuversichtlich, daß er das, wenn das Ihr Wunsch ist, auch macht. Sie müssen nicht erst in eine Nervenklinik in Philadelphia, Pennsylvania, eingewiesen werden, um dieses Maß an Aufmerksamkeit von Ihrem Mann zu bekommen, auch wenn ich verstehe, daß seine Enttäuschung über Ihre Unnahbarkeit hart für Sie gewesen ist, besonders bei den zusätzlichen Schwierigkeiten, die durch Ihre Zeitpläne gegeben sind, und die Wut auf Ihren Mann ist etwas, auf das wir uns konzentrieren werden, sobald Sie zurück sind.«

»Ich bin nicht wütend auf Ken.«

»Verstehe. Sie sind nicht wütend. Sie lieben Ihren Mann, und Sie lieben die Männer im allgemeinen. Sie wollen einfach bloß lesbisch werden, ja?«

Er sagte es fröhlich. War das der richtige Ton, mit mir zu sprechen? Ich sagte nichts darauf.

»Kann mir nicht vorstellen«, fuhr er fort, »welche Probleme das für Sie lösen würde, auch wenn Sie zugeben müssen, interessant ist das schon, daß Sie diese Phantasie gerade jetzt haben. Und sicherlich sollten wir über den Jüngling am Pool sprechen. Es gibt Fragen. Ganz offensichtlich. Wenn Sie ehrlich meinen, daß es Ihnen unmöglich ist, sich vom Hotel abzumelden und zum Flughafen zu fahren, ist es vielleicht das beste, Ken anzurufen, daß er kommen soll. Oder ich rufe ihn an. Wollen Sie das?«

»Nein.«

»Okay. Dann strengen wir uns an, Ihre ganze Energie darauf zu lenken, hierher zurückzukommen. Was, meinen Sie, braucht es dazu?«

»Weiß nicht.«

»Glauben Sie nicht, daß, wenn Sie duschten, etwas äßen, Sie sich viel – ›zentrierter‹ fühlen würden? Kompetenter?«

Ich stellte mir Eier mit Speck vor. Pfannkuchen. Die doofe Garnierung: eine Erdbeere und ein Stück Melone, wie Nase und Lächeln eines Clowns. Das Kännchen mit schwarzem Kaffee. Das zinnerne Klappern des Silbers. Er hatte sicher recht. Aber es war mir einfach zuviel. Mein Geist war so vollgestopft und unzulänglich wie der viel zu kleine Tisch, auf dem das Frühstück serviert werden würde.

»Wäre es Ihnen sehr unangenehm, den Zimmerservice für mich anzurufen?« sagte ich.

»Dan«, sagte ich. »Bitte. Wenn es Ihnen nichts ausmacht.«

Dann heulte ich los.

Er ließ mich weinen. Ich weiß nicht, wie lange. Fragte mich nach der Zimmernummer. Wie war die Telefonnummer, stand sie auf dem Apparat? Was wollte ich essen? Ein Frühstück halt, antwortete ich. Er sagte sanft, daß er jetzt einen Patienten habe, aber er werde mir ein Frühstück hochschicken lassen, und ob ich Valium im Reisegepäck hätte? Nein? Ich hätte doch früher Valium genommen? Hatte es mich beruhigt? Ja, gluckste ich, aber immer noch schluchzend, Valium mache mich allerdings auch unglaublich geil. Nun denn, wir würden das Problem auf uns zukommen lassen, sagte er, aber er werde gewiß herausfinden, ob es möglich sei, mir Valiumtabletten zu verschaffen, um mir dabei zu helfen, nach Hause zu kommen.

»Vielen Dank«, sagte ich.

Er gab mir ganz freundlich die genaue Zeit an, wann er mich zurückrufen werde. Er sagte, er sei sich nicht sicher, wann genau er den Arzt, der Bereitschaftsdienst im Hotel hatte, erreichen könne, er werde mich aber auf jeden Fall zurückrufen, sobald er mit seinem Patienten fertig sei.

»Klingeln Sie einmal durch und hängen dann wieder auf«, sagte ich, »dann weiß ich, daß Sie es sind.«

»Erwarten Sie einen anderen Anruf?«

»Die Rezeption.« Ich schaute auf das blinkende Telefonlämpchen. »Ich sollte eigentlich nicht hier sein. Ken hat meine Kreditkarte gesperrt, ob Sie's glauben oder nicht, und so haben sie keinen Abdruck meiner neuen Karte. Könnten Sie den Empfang anrufen? Könnten Sie das in die Hand nehmen? Sagen Sie denen, daß ich verrückt bin, aber so schnell wie möglich verschwinden werde.«

»Sie sind nicht verrückt. Sie sind nicht verrückt, Claire. Sie haben Hunger.«

»Was sind Sie, Therapeut oder Ernährungswissenschaftler?«

Er lachte. »Ihnen geht's gut«, sagte er. »Konzentrieren wir uns einfach auf Ihr Nachhausekommen.«

Würde ein Hoteldiener vom Four Seasons, begrüßt von einer nackten Lady, das Tablett fallen lassen oder ruhig, mit der grimmigen professionellen Bereitwilligkeit eines Stauers, weitermachen? »Stellen Sie es bitte einfach dort hin.« *Ja, Ma'am, und wohin soll* (öffnet den Reißverschluß seiner Hose) *das?* Es erscheint – womit man gerechnet hat. Oder ein Sträußchen Gänseblümchen. Oder eine große Bratpfanne. Die Möglichkeiten waren erstaunlich begrenzt, abhängig davon, in welchen Film man geraten war: Buñuel, The Playboy Channel.

Das ging mir durch den Kopf, als ich die Zähne putzte. Mein Sinn für Größenordnung war beeinträchtigt. Der Zahnbürstenkopf und meine belegte Zunge fühlten sich riesig an, eine Art rostiger Speigatt, der das Flußbett scheuert. Andererseits kam mir mein ganzer nackter Körper winzig vor, handlich. *Niedlich wie ein junger Champignon*, dachte ich, denn sollte ich »Kommen Sie rein« trällern und nackt daliegend den Hausdiener begrüßen, würden meine »Geschlechtsteile« der Garnierung gleichen, die ich mir bereits im Geiste auf dem Frühstücksteller vorstellte: kecke rosafarbene Brustwarzen als Augen und darunter den Streifen Kopfsalat des Venushügels, aus dem als einzelne Frucht die Kirsche lugte. *Boop-boop-eee-doop*: ein Mund, schnucklig und saftig wie der einer Puppe.

Ich hatte keine Wahnvorstellungen (ich ertappte mich beim Notizenmachen, als sähe ich weitere Fragen von Kramer voraus), ich konnte durchaus noch Ereignisse in der realen Welt – das Rumoren im Wasserrohr, wenn mein Zimmernachbar die Toilette spülte; das blinkende Nachrichtenlämpchen, das Rezeption hieß und nicht Castro, CIA oder Son of Sam, der Serienkiller – von der Grenzüberschreitung unterscheiden, mit der sich mein strudelnder Kopf anscheinend plagte. Ich wollte den Hausdiener nicht unbedingt nackt begrüßen. Es brachte nichts, ihn oder das Hotelmanagement auf die Palme zu bringen.

Während ich die Shorts anzog, erinnerte ich mich an

einen Irren, den ich im Vorortzug gesehen hatte und der in Zeichensprache mit sich selbst redete. Ich kann sie nicht, aber als er wiederholt und heftig mit Daumen und Zeigefinger der einen Hand ein Doughnut formte und den Mittelfinger der anderen Hand durch das Doughnut steckte, kapierte ich, daß er jemandem im Geiste »Fick dich doch selbst« wünschte. Er bemerkte, daß ich ihn beobachtete, machte ein finsteres Gesicht, ließ die Hände sinken und brachte es einen Augenblick lang fertig, reglos zu bleiben, bis seine Schultern und sein Nacken wieder bebten und die Hände in seinem Schoß erneut mit ihm zu sprechen anfingen.

Soweit war es bei mir nicht. Nicht durchgeknallt; nicht einmal, so Kramers Versicherung, prädestiniert dafür.

Bloß hungrig.

Wie hungrig, wurde mir erst bewußt, als das Essen kam. Ich konnte es kaum erwarten, daß der Überbringer endlich das Zimmer verließ, um essen zu können. Aber er bewegte sich äußerst langsam und bedächtig.

Er konnte mich nicht direkt angucken. Konnte mir nicht in die Augen sehen, starrte mich nur auf Brusthöhe an, als ich ihm dankte und sein Trinkgeld zusammensuchte. Ich fand das doch so beunruhigend, daß ich das Kinn senkte, um an mir herabzusehen, was er denn da sah.

Nicht mehr, als daß ich unter meinem leichten T-Shirt keinen BH trug. Keine Sonderausgabe mit Bademoden von *Sports Illustrated* – der Umriß meiner Brustwarzen war nicht einmal ausgeprägt, meine Brüste nur leicht in Bewegung –, doch genug, um den jungen Mann aus dem Gleichgewicht zu bringen.

Du lieber Himmel, mußte ich mit dem etwa auch ins Bett

gehen? (Ich stellte mir vor, wie ich dramatisch Kramer befragte.) Alle Welt, nicht nur ich, völlig besessen.

»Äh, jemand hat etwas für Sie hinterlassen«, sagte er. Er beugte sich aus dem Zimmer und griff sich vom Teppich eine der Plastiktüten, mit denen das Hotel die Wandschränke bestückt – vermutlich für die Wäsche, wenn auch nur für die kleine Wäsche, da sie genau die Größe einer Kotztüte im Flugzeug hatte –, jemand hatte mit Kugelschreiber quer auf die Plastikhülle FÜR CLARE geschrieben.

»Danke«, sagte ich.

»Was?« sagte er und steckte den Kopf aus der Tür, als ein Zimmermädchen im Gang ihm auf spanisch etwas zurasselte. »Hm. Hm. Sie möchte wissen, wann sie das Zimmer aufräumen kann.«

»Bald. Aber jetzt noch nicht.«

»Sie möchte wissen, ob Sie gehen oder bleiben.«

Wir doch alle. »Bald.«

Ich mußte ihn fast aus der Tür stoßen.

Schaute nicht gleich in der Tüte nach, weil ich zu heißhungrig war. Eine Bombe, ein Million Dollar Falschgeld, van Goghs Ohr – es mußte halt warten.

Riß den Deckel vom Tablett ab. Käseomelette, Weizentoast, Fruchtsalat. Gott segne Daniel Kramer, Dr. phil. Das Traubengelee munter im schnuckligen Döschen; das festliche Papierdeckelchen über dem Glas Orangensaft; der Petersilienklacks, der sich aufs Omelette verirrt hatte, dessen einziger Zweck darin besteht, feierlich entfernt zu werden: All diese vertrauten optischen Signale lösen in mir ein tiefes Gefühl der Sicherheit aus. Ich befreite das Besteck aus der Zwangsjacke der Serviette, und fast stöhnend vor Anerkennung prustete ich und stopfte mir wie ein Bakkenhörnchen die Wangen voll. Dann zwang ich mich zur Ruhe. Langsamer zu futtern. Butter, Honigmelone, gesalzenes Ei: alles himmlisch.

In der Tüte (gesättigt konnte ich jetzt nachsehen) waren meine Scheißsandalen und eine Mitteilung von Zachary.

Die Sandalen wirkten wie eine Ausgrabung aus der Vergangenheit, die im Bata-Schuh-Museum in Toronto sein sollte, raffiniert ausgestellt zusammen mit den bestickten Schuhen, in denen man junge Peruanerinnen opferte, und den Pantoffeln für eingeschnürte chinesische Füße. Ich brauchte neue Sandalen. Stellte sie trotzdem ans leere Saftglas und lehnte Zachs Mitteilung daran, um sie beim Weiteressen zu lesen.

Liebe Clare/ire (Nachname – weiß nicht DOGOODER?!??)

Für mich wirst du immer DOKTER sein.
Hab deine Schuhe gerettet.
Dank für die Brustdrühsen
(wette Du findst das nicht Komisch)
Schau vorbei/Sag mal hi
Wenn mal wieder in R. I.
X
XX
X
Z.

Jesses, diese ganze Computerei fördert nicht gerade die guten alten Schreibkenntnisse, aber dann war ich einfach gerührt. Goß mir Kaffee aus dem Silberkännchen ein und ließ den Blick auf der trudelnden Schrift meines Kind-

Mannes verweilen. Die Mitteilung begann in Blockschrift, sprang zu Kursivschrift über und hatte diese seltsame Form – ob Konkrete Poesie oder bloß Schlampigkeit, war unmöglich zu sagen. Die X verloren sich auf eine Weise, die einem Huf ähnelte am Ende eines ausschlagenden Stierbeines. Ich malte mir einen Satyr aus, Zachs Kopf oben auf einem pelzigen Tierkörper.

Bei *pelzig* spuckte ich meinen ersten Schluck Kaffee zurück in die Tasse.

Abscheulich. Ich machte das Kännchen auf, um nachzusehen, ob eine tote Maus zusammengerollt darin lag, aber es schien reiner dampfender Kaffee zu sein. Versuchte es mit einem zweiten Schlückchen, genauso widerwärtig wie der erste.

Dann stöhnte ich im Geiste: Ich *bin* schwanger!

Konnte keinen Kaffee vertragen, als ich schwanger war.

Riß mir das T-Shirt vom Leib und stellte mich vor den Spiegel, um meine Brüste zu inspizieren. Legte sanft die Fingerspitzen darauf und prüfte sie auf Schmerz und Schwellung.

Wenn ich schwanger war, dann erst seit zweiundsiebzig Stunden. Und mein unfreiwilliges Brechstück hatte ich ja schon hinter mir, konnte darum kaum fett aussehen. Meine chaotischen Zyklen waren sowieso ein einziger Schlamassel, da ich gewöhnlich mal die prämenstruelle oder postmenstruelle, mal die schmierige oder klumpende Version bot und meinem fast klimakterisch knirschenden Innensystem ausgeliefert war.

Und dennoch, nach dem nahrhaften Frühstück, das die Energie vorübergehend zurückbrachte, spielte ich schon wieder an mir herum: leichteste Brailleschrift des Fingerdrucks auf die Brustwarze, der Versuch, den Nimbus früher Schwangerschaft zu erschaffen, nicht einmal eine Anregung, sondern Hoffnung darauf.

In dieser Stellung war ich, als Kramer anrief, ich ließ das Telefon einmal klingeln und rief wie abgesprochen zurück. Klappte prima.

Bis ich das Telefon auf Gesichtshöhe gebracht hatte, war die Energie verpufft. Plumpste glatt durch die Falltür unten in meinem Inneren. Wann setzte die Schwangerschaftserschöpfung ein? Konnte mich nicht erinnern. Bestimmt nicht nach drei Tagen. Ich ließ mich aufs Bett fallen und dachte, Kramer hat recht. Eine Blutuntersuchung ist durchaus angebracht.

Ich dankte ihm fürs Frühstück und sagte ihm, daß es mir bessergehe, allerdings beunruhige mich meine Müdigkeit. Als ich seine Stimme hörte, wurde mir klar, daß ich mich richtig darauf freute, die fünf Milligramm-Valium-Tablette mit ihrem eingekerbten Ohrloch in der Mitte zu sehen und ihre Bitterkeit auf der Zunge zu schmecken.

Aber er sagte, um ein Rezept auch nur für einige wenige Tabletten zu bekommen, müsse ich ein kleines Gespräch mit dem Hotelarzt führen. Ein Anruf genüge. Der Arzt würde zum Zimmer kommen oder ich ginge zu ihm. Kramer habe schon mit ihm gesprochen, aber aus Haftungsgründen –

»Ja, verstehe«, sagte ich. Angesichts der Einschränkungen am Swimmingpool konnte ich mir die Verzichterklärungen vorstellen, die man unterschreiben mußte, um auch nur Tylenol mit Kodein zu erhalten, wenn einem der Arm gebrochen herunterbaumelte. »Vergessen Sie's.«

Vielleicht könnte ja Ken etwas tun, schlug er vor. Ken

hatte keine Approbation, um in Pennsylvania zu verschreiben, aber vielleicht gab es jemanden, den er anrufen konnte.

Das würde er nur zu gern, unser Ken. Könnte gleich loslegen, den Klassenkameraden von einem Klassenkameraden anrufen oder die diensthabende Ortsansässige in der nächsten Unfallstation umgarnen.

»Ach, lassen wir es«, sagte ich. »Ich blas das Ganze ab. Aber habe ich Ihnen gegenüber erwähnt, daß ich womöglich schwanger bin?«

»Na so was!«

»Wäre nicht von Ken. Wäre von dem Burschen am Pool.«

Damit hatte ich ihn wohl sprachlos gemacht.

»Nicht, daß ich sicher bin«, fügte ich hinzu. »Muß im Computer nachchecken, sehen, wann meine letzte Periode war. Nicht, als ob das eindeutig wäre. Wäre sowieso erst seit ein paar Tagen. Aber ich habe so ein Gefühl.«

»Freuen Sie sich darüber?«

Schwangerschaft an sich ist eine dieser mathematischen Strecken-Geschwindigkeitsaufgaben, eine knifflige Berechnung von Raum-Zeit-Koordinaten. »Wenn es stimmt«, sagte ich, »ist es – mein Gott, ich höre mich an wie sechzehn. ›Hat so sein sollen.‹«

»Glauben Sie, daß Ken erfreut sein wird?«

Ich ging darauf nicht ein. Ja, höchstwahrscheinlich würde Dr. med. Kenneth Leithauser entzückt sein, ein Kind aufzuziehen, das nicht sein eigenes war, entstanden aus dem Sex, den seine Frau hatte in einem Anfall von Trauer, Rache, Labilität oder Blutarmut oder allem zusammen. Bereits die Tatsache, daß mir ein Gespräch mit Ken drohte, war ein großer Rückschlag.

»Wir haben sicher eine Menge zu besprechen, wenn Sie wider hier sind«, sagte Kramer energisch.

Ich verstand, was er beabsichtigte. Er spiegelte meinen eigenen Ton energischer Abgeklärtheit wider. Mein Leben wie ein bedeutendes Buch, das man in der High School und auch im College verpaßt hatte, aber jetzt in der Fülle mittleren Alters mit dem Buchklub diskutieren konnte. Mein Leben als Kitsch, nicht ganz Elvis auf schwarzem Samt, aber die Art von Landschaftsidylle, die man in Hotel-Ausstellungen kauft. Vielleicht war das allerdings gar nicht sein Ton. Ich war außerstande, seinen Ton einzuschätzen. Schon war ich, das Frühstück hinter mir, wieder so weit, mich dem Schlaf, diesem Halb-Leben, hinzugeben. *Ich zerfließe!* wollte ich wie ›die böse West-Hexe‹ krächzen. Aber es war wohl zu anstrengend, das zu sagen. Und wenn ich das nicht herausbrächte, konnte ich meinem Therapeuten dieses andere immer lästiger werdende Symptom nicht erklären, daß ich nämlich in diesen paar Wochen meinen Kummer dauernd in Popkultur-Anspielungen umgemünzt hatte, Hitchcock und *Der Zauberer von Oz*, womit mein eigenes Leben durch eine klebrige Andeutungsschicht getrübt war. Es erinnerte mich an den anonymen weißen Farbanstrich, den man, sobald neue Bewohner einziehen, auf die Wände von Mietwohnungen klatscht, ohne diese auch nur grundiert zu haben.

Und was käme zum Vorschein, wenn ich dieses Klebzeug entfernte? »Mein Mann ist ein Trampeltier?« »Ich vermisse noch immer mein Kind?« »Ich will eine Familie?«

»Ach, Dan«, war alles, was ich sagen konnte.

»Na, wie wär's, wenn wir eine Strategie ausarbeiteten«, sagte er.

Klar. Packen wir's an.

Wir gingen zusammen die notwendigen Schritte für den Aufbruch durch, behutsam wie Vater und Tochter bei der Probe für die Hochzeit. Da gab es Duschen und Kofferpakken. Der Anruf im Büro (er hatte noch nicht die Gelegenheit dazu gehabt), der Anruf bei den Fluggesellschaften. Da war die Sache mit dem Mietwagen in der Garage vom Kinderkrankenhaus, die er mich angehen ließ. Und schließlich das, was am meisten Angst einflößte, der wachsende Berg von unbeantworteten Telefonanrufen und E-Mails, die Zahlenkolonne auf meinem Piepser. Ich würde das Pendant zu einem Fluglotsen brauchen, um herauszufinden, wo mein Leben war, wo ich sein sollte.

»Gibt es irgend etwas so Dringendes«, fragte er, »daß es nicht bis Montag warten könnte?«

»Wie soll ich das wissen? Ich weiß nicht einmal, was sich da draußen tut. Aber ich könnte schnurstracks ins Meer marschieren und nie mehr rauskommen, und das würde in der großen weiten Welt bestimmt keine Wellen schlagen, wenn Sie darauf hinauswollen, was einigen Leuten allerdings ungelegen käme.«

»Darauf wollte ich eigentlich nicht hinaus. Ich wollte bloß sagen, daß es Donnerstag ist und auf die Mittagspause zugeht. Ich versuche nur herauszufinden, wie effizient Sie unter diesen Umständen wirklich sein müssen.«

»Zufällig weiß ich, daß Sie tiefschürfend über den Sinn des Lebens dahersabbern können wie der Typ von nebenan. Aber vermutlich wollen Sie, daß ich bei der Sache bleibe, was immer das ist.«

»Richtig. ›Bei der Sache!‹«

Einen Augenblick lang klang er durch das Nachplappern

wie Zachary. Ungeduld regte sich: Sollte mein Therapeut nicht etwas heller im Kopf sein als ein Erstsemester? Sollte er nicht weit mehr von mir verlangen wollen? Ich hatte mir einen mit beiden Füßen auf dem Boden stehenden, warmherzigen Typ ausgesucht, gegen den Rat meines Mannes, der sie natürlich alle als Scharlatane betrachtete und Trauer viel lieber mit einer Tomographie und einer kontrollierten Dosierung behandelt hätte, und wenn Nebenwirkungen einträten, dann könnte er eben die Nebenwirkungen behandeln. (Nicht, daß er selbst psychotrope Medikamente nehmen würde. Wie ein Friseur mit grauenhaftem Haarschnitt sah er sich der eigenen Fürsorge enthoben.) Schon der Begriff ›Trauerarbeit‹, den Dan während unserer Paarsitzungen vielleicht ein bißchen überstrapaziert hatte, ließ Ken zusammenzucken – das hatte ihn mir irgendwie nähergebracht. Seine langen mageren Beine waren übereinandergeschlagen, seine Haltung beflissen ruhig, der ideale Patient, Geduld demonstrierend – ein Bein fuhr hoch, als hätte sein Knie gerade eins mit dem Reflexhämmerchen draufgekriegt.

»Die Sache ist die«, fuhr Dan fort, »wir sollten aussortieren, welchen Erfordernissen man jetzt entsprechen sollte und welche man eher auf sich beruhen läßt, bis Sie zurückkehren. Ich weiß, daß Ihnen Ihre Arbeit äußerst wichtig ist, und ich respektiere das. Es ist auch offensichtlich, daß Sie sich nicht ganz ohne Ambivalenz auf ›die Bequemlichkeit des Zuhauses‹ freuen. Um es kraß zu sagen: Sie sind weggelaufen.«

»Nicht ganz zutreffend!«

»Genau. ›Nicht ganz zutreffend.‹ Bloß in etwa.«

»Genau in etwa«, stimmte ich zu.

»Warum kommen Sie dann nicht in etwa zurück, so daß Sie und ich zumindest richtig reden können? Wenn sich herausstellt, daß Sie das Gefühl haben, Sie brauchen eine Art Pufferzone, könnten Sie immer noch hier in einem Hotel bleiben.«

»Ein richtig verlockender Gedanke. Sich in ein charmantes Holiday Inn reinzukuscheln, drei Meilen von zu Hause.«

»Mein Problem, Claire, ist, daß es mir aus dieser Entfernung schwerfällt, durch all Ihre Schichten zu sehen. Daß Sie sarkastisch sind, hört man, aber es klingt auch, als beflügle Sie der Gedanke. Das eine, was ich sagen kann, ist, daß Sie aufrichtig leiden.«

Er hatte recht. Natürlich hatte er recht. »Geht in Ordnung«, sagte ich.

Gemeinsam stellten Dan und ich eine Liste zusammen. Wir besprachen jede Einzelheit, und ich schrieb alles ordnungsgemäß auf ein Briefpapierblatt des Four Seasons. Zuerst duschen, als zweites packen und so weiter. Ich ertappte mich dabei, wie ich dieses Verfahren mit Genuß anging, bemüht, es wie ein Exposé für ein College-Referat auszuführen –

I. Duschen
   A. Kleidung ausziehen
   B. Wasser aufdrehen
      1. Richtige Temperatur einstellen
      2. Wasser mit der Rückseite der Hand prüfen
   C. Duschvorhang zuziehen –

– ich konnte in diesem Exposé sehen, wie ich den Kopf nach hinten in den Duschstrahl legte. »Machen Sie es«, sagte

Dan gerade, »nicht Tag für Tag, sondern Schritt für Schritt, und überlegen Sie, ›was ist nötig‹.« War es nötig, den Kopf nach hinten zu legen? War es nötig, das Shampoo einzumassieren? War es nötig, es auszuwaschen?

Ja. Die Antwort war Ja, sonst würde ich für alle Zeit hier als Vier-Sterne-Hotel-Stadtstreicherin enden, Landsmännin von Howard Hughes, und Kaffeekannen auf Wasserwanzen hin inspizieren.

Sauber, angezogen, die Lippen sogar angemalt, fühlte ich mich ermutigt, meine Kontrolliste durchzugehen, von der ich jetzt ›Duschen‹ abhaken konnte. *Packen* kam als nächstes, aber das waren nur ein paar Kleidungsstücke, und mir war nach einer größeren Herausforderung zumute. Betrachtete den Plan: die Rezeption anrufen. Das Büro anrufen (bin krank). Dann die Wahlmöglichkeiten, einen Sonderpunkt für Schwierigkeitsgrad:

– Nachrichten durchsehen (nur durchsehen – was dringend ist) (!)

– Schwimmen????

Schwimmen war sinnlos; ich hatte mich gerade geduscht. Und so gürtete ich meine Lenden und rief die Nachrichten ab.

Auf der Voicemail des Hotels drei verschiedene Leute in verschiedenen Schichten an der Four-Seasons-Rezeption, die mit Rausschmiß drohten, wenn ich die Zimmerrechnungen nicht bezahlte. Augenscheinlich hatte ich bei all den

Anrufen und auch bei heftigem Klopfen an der Tür einfach weitergeschlafen. Waren sie ins Zimmer gekommen, hatten mich nicht wach gekriegt, einen Schrecken bekommen? Vielleicht, denn die letzte Nachricht lautete verbindlich – sogar entschuldigend, – daß man sich um alles gekümmert habe. Ich fragte mich, wie denn das (hatte Dan die Kreditkartennummer von Ken erhalten?), sagte mir, ist mir egal. Danach rief ich meine Voicemail am Arbeitsplatz ab.

Nicht schlecht. Nur dreizehn, vierzehn zusätzliche Nachrichten, einige bestätigten bloß Wünsche oder Anfragen, die schon bei früheren Anrufen hinterlassen worden waren, oder ersetzten sie. Es war, erinnerte ich mich, später August. Die Krankenhäuser hatten noch auf, bereit, die Sterbenden und die Toten in die Arme zu schließen, im allgemeinen aber gingen die Leute in Urlaub. (Wieso arbeitete mein Therapeut?) Sie nahmen gräßlichen Verkehr auf sich, um zum Strand zu gelangen. Sie machten freitags früh Schluß und lümmelten sich in den Gärten – zu warm, um sich ein Bein auszureißen.

Was, wenn mein allmähliches Abstürzen, mein Ausklinken, unter dem durchaus ehrbaren amerikanischen Stichwort ›*urlaubsreif*‹ liefe?

Ich fühlte mich durch diesen Gedanken so gestärkt, daß ich mich entschloß, ein oder zwei Anrufe zu beantworten, und ich begann mit dem einen, von dem ich vermutete, er würde mir am ehesten Freude bereiten: der reinen Weste eines neuen Klienten. Konnte nichts mit dem Namen anfangen – »Hill Cataract« klang es in der gestreßten Stimme der Sekretärin; aber es war eindeutig eine Telefonnummer aus New York City, und die Geographie, nicht meine mir sonst zugeordnete Route, machte mich neugierig.

Diese kleine Entscheidung war, wie sich herausstellen sollte, ein großer Fehler, es sei denn, man glaubt, es gebe keine Fehler. (Ich jedoch, die am College im Hauptfach Mathe Wahrscheinlichkeit studiert hatte, glaube unzufälligerweise an den Zufall. An das Zufällige des Zufalls.) Frühstücken und Duschen hatten mich nicht stark genug gemacht, um mit der Geliebten meines Mannes klarzukommen, und sie war es – nicht irgendein neuer Klient –, die hinter dem Anruf steckte.

»Sie haben Glück«, sagte eine Frau kauend, als die Sekretärin mich durchstellte, ganz offensichtlich lautete so die Anweisung. »Ich bin beim Essen. Ich kann reden.«

Ein Glücksgefühl hatte ich nicht. »Ich bin die Frau, mit der Ihr Mann einmal in Puerto Vallarta geschlafen hat.« Eine andere hätte es vielleicht geschafft aufzulegen, aber ich war so fassungslos, daß ich schweigend und eingeschüchtert zuhörte. Mein *Ehemann*, sagte sie, der sich geweigert habe, nach dem einmaligen Miteinanderschlafen jemals wieder mit ihr zu sprechen, und ihre Bemühungen zurückgewiesen habe, die akademische Kommunikation zu normalisieren, habe sie gerade letzten Abend völlig unerwartet angerufen und wirres Zeug geredet. Zu Hause! Er habe sie nicht im Büro angerufen, sondern zu Hause, und ohne sich zu erkundigen, ob Mann oder Kinder anwesend seien, habe er losgelegt und völlig paranoid ihr die Schuld für Handlungen gegeben, die sie nicht begangen habe, inklusive der wohl drohenden Auflösung unserer (Kens und meiner) Ehe.

Glücklicherweise sei ihr Mann nicht zu Hause gewesen, die Kinder im Zeltlager.

Kenneth aber, sagte sie, sei irre.

»Und ich habe gesagt«, sagte sie, »halt mal die Luft an. Von was *redest* du eigentlich? Worauf er mir erzählte, Sie hätten ihn verlassen, und anscheinend ist das mein Vergehen. ›Entschuldige mal‹, habe ich gesagt. ›Hast du ihr das Ganze *erzählt*? Habe ich dich gebeten, es ihr zu erzählen?‹ Darauf hat er geantwortet, er sei nicht so eine Schlange wie seine geschätzten Kollegen, er und Sie hätten ein erfülltes Zusammenleben mit völliger Offenheit (als hätten mein Mann und ich das nicht), und wer er denn, meiner Meinung nach, sei? Ob mir nicht klar sei, daß es hier wirkliche Probleme gibt? Als wenn – Augenblick bitte.«

Ich wartete doch tatsächlich, gelähmt, während sie einen zweiten Anruf entgegennahm.

»Okay. Also. Na ja. Hören Sie. Ich weiß nicht, was hier vorgeht. Ganz offensichtlich. Aber ich habe gedacht, es könnte hilfreich sein, wenn wir redeten. Mir ist nämlich klargeworden, daß ich – weil Ken –«

Daraufhin klang die Stimme der Geliebten meines Mannes erstickt. Als kämpfe sie gegen Tränen an. Oder würge an ihrem Essen. Schrecklicher ›Salat à la Chef‹ von der Krankenhaus-Cafeteria.

»Um ehrlich zu sein: Er hat mit meinem Kopf herumgespielt. Meine Gefühle für ihn waren ganz unerwartet und vermutlich bei ihm ebenfalls, und es war sehr, sehr interessant, und ich will sagen – wenn Sie das von mir hören wollen, wenn es hilft – ›es tut mir leid‹.«

»Ist schon in Ordnung«, sagte ich heiter.

Das waren wohl die allerersten Worte, die ich herausbrachte.

»*Stimmt* das?« sagte sie. »Wie denn das?«

Berechtigte Frage. Ich kramte nach einer Antwort. Grub

unterhalb der geistigen Ackerkrume naheliegender Antworten, wie – ich bemerkte, daß der Four-Seasons-Kugelschreiber über meiner Liste schwebte, als wenn dieser Wortwechsel Bestandteil davon werden sollte – (1) Es war überhaupt nicht in Ordnung; und (2) Es war nicht die Zeit, darüber zu reden, ob dies, ja oder nein, in Ordnung sei. Jedenfalls hatte sich bei mir als Schutz wieder Distanz eingestellt, eine Distanz, die fast feucht, schlüpfrig wirkte wie die einen Augapfel umhüllende Flüssigkeit.

»Mit Ihrem Sohn, das tut mir leid«, sagte sie (oder bildete ich mir das ein?) brüsk. »Sie können meinetwegen gerne, glauben Sie mir, als Heilige auf Erden wandeln. Aber ich habe es oft genug in meinem Beruf erlebt, und es ist ein Problem. Denn leider haben andere Leute auch ein Leben und Gefühle, verstehen Sie. Das Leben geht weiter, wie man so sagt.«

Sie stanzte jedes Wort mit gräßlicher Deutlichkeit heraus. Miststück! In diesem Augenblick wußte ich, daß sie Chirurgin war. Sie hatte die Grausamkeit eines Chirurgen. ›Das. Leben. Geht. Weiter. Wie. Man. So. Sagt.‹ Ich sah jedes Wort als Note auf einer Tonleiter, ihre Stimme der hüpfenden Kugel gleich, die einem in alten Filmen beim Mitsingen half. Dann wurde die schwarze Note zur Seite gedreht, bis sie zu einer Cartoon-Ameise wurde, auf den Rücken geschnipst, ihre Fühler wild schwingend. Archie & Mehitabel. *Leider*.

Ein Fehler. Ich wurde wieder kraftlos. Ich war sprachlos. Hatte keine Wahl: Ich hörte ihr nur zu.

Der Name der Geliebten meines Mannes war Hillary Katzenbach. Ich stellte sie mir kompakt, lebendig und eher klein vor, was, zugegeben, unfair ist. Das ist nur Mrs. Clinton mit ihren traurigen Stampfern, die da Anspruch auf ihren Namen erhebt. Bessie, Eleanor – die Namen von First Ladies. Ich stellte mir eine freundliche und entschiedene Krankenschwester vor.

Aber auch das ist nicht fair, denn Hillary Katzenbach war Dr. med. Nicht nur Dr. med., sondern Chirurgin. Nicht nur Chirurgin, sondern Kinderherzchirurgin, eine von vielleicht gerade mal hundert im Land, und unter diesen gehörte sie doch zur Crème de la crème. Gesucht für schwierige Operationen. Die natürlich alle schwierig sind, wenn es um Kinder geht.

Sie hatte die Stimme eines Chirurgen. Ich hatte genügend von ihnen kennengelernt, um sie an der Stimme zu erkennen. ›Kühl‹ und ›hart‹ ist eine höfliche Untertreibung. Kalter Stahl trifft eher zu. Erdölnebenprodukte statt Blut: ›die Außerirdische‹, die große Mutter. Man glaubt doch, Frauen seien sanfter, aber nachdem sie nicht nur die medizinische Fakultät überlebt haben, wo man sie noch immer wie die einzigen weiblichen Kadetten an einer rein männlichen Militärakademie behandelt, vor allem in der zermürbenden Assistenzzeit, neigen sie zu Überkompensation. Sie sind noch schlimmer als Männer. Leg dich bloß nicht mit mir an, und hier sind die Fakten. Ich hatte nie eine Kinderherzchirurgin kennengelernt, ich hatte allerdings die männlichen Pendants kennengelernt, und sie waren die schlimmsten. Die allerschlimmsten von der schon üblen Schar der Chirurgen. Sie sehen jeden Tag Kinder sterben. Wie können sie dabei nicht verhärten, wenn sie weitermachen müssen?

Man stelle sich die Hoffnung vor, die ein Elternteil fühlte, wenn Hillary Katzenbach ein Krankenhauszimmer betrat und ihre Hand ausstreckte. Sorgfältig manikürte Fingernägel – Ärztinnen, habe ich bemerkt, erheben ihre Nägel oft zum Fetisch. Man stelle sich vor, wie schnell die Hoffnung schwand, sobald die Eltern sie den eigenen Namen aussprechen hörten, ihre Stimme hart wie die Konsonanten. *So ist das Verfahren. Das sind die Risiken.*

Ich wußte, daß Ken sie auf einem Medizinerkongreß getroffen hatte. Sie wiedergetroffen hatte – de facto hatte er mit ihr schon einige Male geschlafen, vor einem Vierteljahrhundert, als Student an der Michigan-Universität. Ich wußte, daß sie Dr. med. war. Aber ich hatte, als er mir die Affäre im Frühjahr beichtete, nicht nach weiteren Einzelheiten gefragt. Nicht nach ihrem Namen gefragt, ihrem Familienstand, dem Spezialgebiet. Ich war vielmehr daran interessiert, herauszufinden, warum er das Bedürfnis verspürt hatte, es mir ausgerechnet zu dem Zeitpunkt zu sagen, denn es war meine Überzeugung, damals wie heute, er hätte es mir nicht erzählen sollen und gewiß nicht nach fast einem Jahr, wo doch die Sache, behauptete er, völlig abgetan war. Ich vertrat nicht den Standpunkt des Alles-wissen-Müssens, warum er bei einem Medizinerkongreß eine gegen die Liftwand drücken mußte.

(Das nämlich sah ich, wenn ich gezwungenermaßen die Sache betrachtete. Ich beobachtete, wie sie zusammen irgendein Seminar verließen. Sie sind allein im Lift, als er anfängt, sie zu küssen. Da gibt es nichts Tastendes in dem Kuß, da es nun mal Ken ist. Sie fällt zurück an die Wand.

In meinem Heimkino nimmt er ihre beiden Hände nach unten, und als sie sie heben will, um ihn zu umarmen, seinen Rücken auf herkömmliche Weise zu umfassen, packt er sie fester, während sie sich gegen den Druck seiner Hände stemmt, so daß sie schließlich beide ein Doppelkruzifix an der Liftwand bilden oder einen kleinen Seestern. Kein Film, den ich gern wieder abspulte, und ich brauchte keine schärfere Einstellung, indem ich ihn nach ihrer Größe oder der Höhe ihrer Schuhabsätze fragte, nach ihrer Haarfarbe oder ihrem Wohnsitz.)

Ich wußte also, daß sie Ärztin war. Aber eine Kinderherzchirurgin: das hatte ich nicht gewußt. Warum wählte Ken sich eine zum Beischlaf in einem Hotel aus, die heller war als er? Anerkannter? In der medizinischen Hackordnung war eine Kinderherzchirurgin – dazu eine am weltberühmten Manhattan-Lehrkrankenhaus – der Alpha-Wolf für den mageren Köter meines Mannes. Während sie das Leben eines Neugeborenen rettete und mit übermenschlicher Tüchtigkeit und Präzision in der winzigen Brusthöhle arbeitete, machte er eine Bypass-Operation bei einem groben, undankbaren zweiundsechzigjährigen Versicherungsbezirksleiter. Ken kannte nicht einmal den Namen des Mannes, er käme einfach herein und führte die Operation durch, arbeitete gegen seine eigene Bestzeit wie irgendein Handwerker, während die Familie jenes Neugeborenen zu Hillary Katzenbach aufblickte, als wäre sie der Herrgott persönlich. Sie war ein Genie, eine Lebensretterin. Mein Mann war Mechaniker, der mit dem Ölkännchen das Herz bearbeitete.

Was also wollte sie von ihm? Waren ihrer beider Einwanderer-Großeltern aus derselben Stadt in Rußland oder Polen? Erinnerten sie einander an den Schmelz ihrer Jugend, ihre glücklichen Haschisch- und Batik-Tage? Zugegeben, Kardiologen sind ziemlich unangenehm: dominant, Platzhirsche und übermäßig ehrgeizig nicht nur bei der Arbeit, sondern auch beim Sport, wenn sie Ski laufen, joggen, segeln, golfen, im Fitness-Studio stöhnen und einander Tennisbälle zuschlagen. Zudem richtige Don Juans, was wohl ein Witz ist. Die meisten von ihnen sind gebeugte Burschen mit schütterem Haar, unter Normalgröße, mit nicht eben vorteilhaften Brillen. Haben den Watschelgang einer Ente. Haare in ihren großen Nasenlöchern, Haare in ihren Ohren und Haare, die sich zwischen den Löchern ihrer Operationskittel kräuseln; die Taschen ihrer zu tief von der Taille herunterhängenden Hosen sind von Piepsern ausgebeult, und sie sind immer noch der Meinung, alle Krankenschwestern und Sprechstundenhilfen sollten vor Ehrfurcht vergehen. Man kann mir ruhig glauben, ein paar hundert arrogante Herzchirurgen auf einem Kongreß sind kein schöner Anblick.

Im Vergleich mit den meisten von ihnen wirkt Ken fein, empfindsam, weltmännisch. Ken ist jemand, der in seiner Assistenzzeit Frauenheilkunde und Gynäkologie genoß. Er überragt seine Kollegen wörtlich und im übertragenen Sinn. Er spricht leise. Ist glatt rasiert und hat volles Haar.

Und so hat Hillary Katzenbach vielleicht bloß das mit ihm gespielt: »Ich mag ja Chirurgin sein, aber ich bin auch noch Frau.« Und er hielt das so mit ihr. Wenn er disziplinierter gewesen wäre, hätte er selbst Kinderherzchirurg werden können. Oder hätte einfach Kardiologe werden sollen, ohne Wenn und Aber; die Arbeit war viel interessanter, und wäre er nicht so peinigend, so neurotisch verliebt in den Klang von *Chirurg* gewesen, hätte er das erkannt. Aber jetzt war es zu spät. Jetzt war er eingesperrt in seiner Praxis in Ohio, stritt sich mit seinen Kollegen herum, hatte schwankende Einnahmen, doch immer um die dreihundert, vierhundert Riesen im Jahr.

Armer, armer Ken.

»Das Problem mit Ken ist«, informierte Hillary Katzenbach mich, »er hat ein Herz. Er ist sich nur nicht ganz sicher, was damit tun.«

Da sie von Herz sprach, was machte eigentlich Hillary Katzenbachs Mann? Neurochirurg? Anwalt für bürgerliches Recht? Zuständig für Fusionen und Aufkäufe? Nein. Hillary Katzenbachs Mann war – Dichter.

Ein Dichter!

Sie nannte mir seinen Namen mit versierter Ironie, wohl wissend, daß ich von ihm nichts gehört hatte, aber andeutend, ich hätte es, wenn ich literarisch gebildet wäre. Hörbar auch ein Ton des Sich-Entschuldigens für das implizite Eingeständnis des Überdrusses, pflichtgemäß Verachtung gegenüber Leuten ausdrücken zu müssen, die nichts von ihm gehört hatten, denn es hieß, sich damit abzufinden, daß niemand von ihm gehört hatte und niemand je von ihm hören würde. Er war nämlich Dichter. (Und der Ordnung halber, wer außerhalb ihres Fachbereichs hatte von ihr gehört? Wer hatte von irgendwem gehört?)

Das war nun sehr interessant. Wenn man sich ausrechnete, daß von den hundert im Land praktizierenden Kinderherzchirurgen zwanzig, dreißig Frauen sind, wie viele davon konnten mit Dichtern verheiratet sein? Also war sie es, die die Brötchen verdiente. Ihr Dichter kochte, machte sauber und unterrichtete auch gelegentlich, kümmerte sich weit mehr um das Wohl der Kinder als bei Männern üblich.

Ein Junge und ein Mädchen: Allison (dreizehn) und Daniel (elf). Das richtige Geschlecht, die richtige Altersspanne. Hillary Katzenbach kriegte es irgendwie hin, die medizinische Fakultät zu durchlaufen und eine Prestige-Praxis zu etablieren und zwei Kinder in die Welt zu setzen, zweifellos ohne Epiduralanästhesie. (Die Frauenärztin war wahrscheinlich eine Schulfreundin, noch so eine unverblümt Redende, die keinen Quatsch duldet, aber wahrscheinlich haben sie sich hinterher umarmt und herzhaft gelacht.) »Es tut mir sehr leid, aber wir haben alles in unserer Macht Stehende getan«, sagte sie den Eltern eines Kindes, das nicht zu retten war, um dann nach Hause zu gehen und ihre Kinder schon gebadet vorzufinden, ihnen rasch einen Gutenachtkuß aufzudrücken und die Laken glattzustreichen, die ein Mädchen wäscht und wechselt, und ihrem starken, aber sanften Dichtergatten beim Abendessen, das er jetzt für sie aufwärmt, von der schmerzlichen Seite ihrer Arbeit zu berichten. Er schenkt ihr Wein ein. Massiert ihr geschickt den Rücken, hebt ihr Haar hoch und küßt ihren Nacken. Ein Dichter küßt im Gegensatz zu einem Kardiologen immer den Nacken. Dann schreibt er ein Gedicht darüber, über die schöne Spannkraft im Rücken seiner Frau. *Für H., wie allzeit.*

So die offizielle Version ihrer seligen Zweisamkeit.

Aber. Die Fakten. Was genau feiert das so fein ziselierte Gedicht: ihren Rücken oder des Dichters eigene exquisite Wahrnehmung von dessen Schönheit? Herrliche Worte, wie seine Lippen das zarte Fleisch streifen, aber die Wahrheit ist, daß sie sich selten berühren. Die Öde des ehelichen Gesprächs: Er weist darauf hin, daß sie nie daheim ist.

Wenn sie mal auf einen Sprung hereinschaut, sieht sie ihre Kinder an, als wären die ihr aus einer früheren Inkarnation irgendwie vertraut. So viel Geld, doch Ferien sind nicht drin. Wenn sie auf ihre Medizinerkongresse geht – ihr Mann begleitet sie nie, selbst nicht zu denen im Februar auf Hawaii, denn welcher Dichter könnte es ertragen, von den haarigen Chirurgen kastriert zu werden –, weiß er genau, was den Kindern zum Lunch einzupacken ist, weiß, wen man für Spieltermine anrufen muß. Meistens erledigt er das charmant, und meistens vergißt sie auch nicht, dafür zu danken. Hin und wieder jedoch fühlt er Bitterkeit, sagen wir, er versucht um zwei Uhr morgens, sie in einer Stellung zu nehmen, wie sie von billiger Pornographie als Weise suggeriert wird, gebildete Frauen zu domestizieren, die wirklich darauf stehen, ja darum flehen, hat man ihnen erst einmal ihre einschüchternden Papiere abgenommen. Was machst du da? sagt sie. Ich bin müde. Ich rette tagsüber Leben, wohingegen du – *Gedichte schreibst.*

Seine Antwort darauf, du Fotze. Das also ist der langen Rede kurzer Sinn, du respektierst mich nicht.

»Halten wir fest, was ich tatsächlich gesagt habe. Alles, was ich gesagt habe –«

»Ich habe gehört, was du gesagt hast. Ich verstehe die englische Sprache. Ich bin nicht einer deiner *Patienten.*«

»Glaubst du nicht, ich könnte deine ständigen Andeutungen, ich hätte keine Phantasie, allmählich satt haben?«

»Hast du denn welche? Phantasie oder Sinn fürs Spiel oder Einfühlungsvermögen oder nur einfache Menschlichkeit?«

Und so weiter, bis sie sich überlegte: Was habe ich mir bloß gedacht? *Ich hätte einen Chirurgen heiraten sollen.*

Jemand, der Verständnis hat.

Auftritt von Kenneth Leithauser, rostfreie Stahlaugen, die funkeln.

Weswegen ist Ken ständig ums Haus herumgegangen und hat einen Gummiball in den Fäusten gedrückt, wenn nicht, um seine Hände stark genug zu machen, daß er eine Frau an der Wand eines Aufzugs hochheben und ihren Arsch fest packen kann.

Wie stolz müssen sie gewesen sein, die zwei mit ihren starken Nerven und der ausgezeichneten Hand-Augen-Koordination, den langen Arbeitstagen und den langweiligen Entscheidungen über Abrechnungen und Personal, ihren Armen, keimfrei geschrubbt bis zum Ellbogen, so von Leidenschaft überwältigt zu werden.

Ich hatte schon versucht, Ken die Aufzugsszene zu gönnen. Intellektuell gesehen, ergab das Sinn. Ein menschliches Wesen möchte sich manchmal ganz ungehindert fühlen, möchte zumindest die Möglichkeit zur Transzendenz sehen. Sex ist eine Wahl. Es ist eine gute Wahl, da fast die einzige Wahl. Viele der anderen Alternativen (Bergsteigen, Halluzinogene etc.) sind bloß erbärmlicher Ersatz. Wir beide hatten eine Zerreißprobe hinter uns, und ich verstand, wie und warum es passieren konnte. Dennoch wollte ich es immer noch nicht wissen, weil es für ihn einfach unmöglich war, mich genauso gegen die Wand des Aufzugs zu pressen. Nicht nach siebzehn Jahren. Und anscheinend war dies das Gewünschte, aber ich konnte ihm damit ebensowenig dienen, wie ich den Fehler, den er in der medizinischen Fakultät begangen hatte, ausmerzen und ihn zufrieden mit seinem Leben machen konnte. Sein Geständnis und seine Entschuldigung waren eine heimliche Anklage:

Ich hatte ihm nicht genug gegeben, ihn nicht fest genug gehalten.

Während Dr. Katzenbach redete, hatte ich den Namen ihres Mannes in Großbuchstaben auf meinen Block geschrieben. Danach die Buchstaben verdickt. Ihnen Serifen verpaßt. Dann einen fetten wolkigen Kreis um den Namen gezogen und um den Kreis herum gekritzelt, bis er zahlreiche ausgeklügelte Widerhaken aufwies, wie bei einem Burggraben. Der Name lag angekettet innerhalb des Kreises. Ich starrte auf seinen Namen, während sie redete, so daß die Buchstaben aufbrachen, keinen Sinn ergaben wie bei der Orthographie irgendeines Wortes, wenn man zu lange draufschaut. Warum hatte *Michael* ein a-e? Gab es andere Wörter wie dieses im Englischen? Archaeology? Warum war es nicht Mi-keel? Ich fragte mich, ob sie ihn Mike nannte. Natürlich nicht; Dichter sind keine Mikes. Ich versuchte mir vorzustellen, wie sein Name in ihrer Steakmesser-Stimme klang. In dem Augenblick sagte sie zufällig das Wort *call*, so daß der Sprung von *call* zu Michael nicht zu groß war. Das l am Wortende war überraschend weich, fast verschluckt. Mehr wie *caw*. Nicht ganz, aber fast, *macaw*. Ich kannte dieses Halbverschluckte von meiner Verkaufsroute.

»Sind Sie aus Pittsburgh?« fragte ich.

Das ließ sie innehalten. »Aus der Nähe. Warum?«

»Ich erkenne den Akzent.«

Sie hatte ununterbrochen geredet, aber jetzt machte sie eine Pause. *Ich erkenne den Akzent*: Es war die zweite

Sache, wurde mir deutlich, die ich in diesem Gespräch herausbekommen hatte, seit ich die Nachricht von ihrer hilflosen Liebe für meinen Mann mit *Ist schon in Ordnung* quittiert hatte. Was dachte sie wohl von mir?

»Wenn Sie das nicht hören wollen«, schlug sie gereizt vor, »lass' ich es.«

Natürlich wollte ich das nicht hören. War das nicht klar? Die Worte *Natürlich will ich das nicht hören* lagen mir nicht auf der Zunge; vielmehr suchte ich nach ihnen auf dem Block, als hätte ich nur die Kraft, sie abzulesen, könnte sie nicht direkt vom Kopf zum Mund leiten. Aber sie ließ mir keine Zeit.

Ken habe sie angerufen, fuhr sie fort, nachdem unser Sohn gestorben sei. Sie habe seit Jahren nicht mit Ken gesprochen, obwohl sie durch Freunde von Freunden aus der medizinischen Fakultät über den Werdegang des jeweils anderen auf dem laufenden geblieben seien. Und so habe er gewußt, daß sie in der pädiatrischen Kardiologie arbeite. Er habe ihren Fachverstand anzapfen wollen. Habe ihr die Autopsie gefaxt. Das sei geschehen, als die Todesursache noch nicht definitiv festgestanden habe, erinnerte sie mich: ob es der Unfall selbst gewesen sei, ob der Stoß den Autositzgurt veranlaßt habe, die Halsschlagader zusammenzupressen, oder ob es bloß eine klassische anomale Aorta gewesen sei, die sich zufällig während des Unfalls gezeigt habe.

»Die Sache mit der anomalen Aorta«, erklärte sie mir, »ist die, daß sie nicht auffällt. Kleinkinder haben's nicht raus, über ihr Leiden zu klagen, denn sie können Schmerzen in der Brust nicht erkennen. Das ist das Problem. Es gibt keine Herzgeräusche. Und darum ist es schließlich genau wie bei Erwachsenen ein gewöhnlicher Herzanfall durch Überanstrengung, aber was bedingt die Überanstrengung? Ken hat nicht geglaubt, daß die Wucht des Zusammenpralls mit dem überraschenden Aufgehen des Airbags und all dem Durcheinander allein ausgereicht hätte, um den Anfall auszulösen. Was er aber wirklich von mir brauchte, war die Versicherung, daß er es nicht hätte herausfinden können. Daß, wenn er es gewußt hätte, er nichts daran hätte ändern können. Der schlimmste Alptraum eines jeden Arztes – daß man *etwas übersehen hat.* – Wie hätte er mir nicht leid tun sollen?« fuhr sie fort. »Ich gebe zu, ich habe mich engagiert. Es gab einen Artikel in *The Annals of Thoraic Surgery*, den ich ihm gefaxt habe. Einen zweiten in *Zeitschrift für Kardiologie.* Er rief mich an, sagte, er könne kein Deutsch. Ich habe ihm die Hauptpunkte übersetzt. Nach einer Weile fiel mir auf, daß wir einfach miteinander redeten. Einander alles mögliche über unser Leben fragten, und das war – Sie verstehen. Es ist schwer, so was zu kriegen. Das Leben – verschluckt einen irgendwie. Ich möchte nicht, daß es so aussieht – Ken ist jedenfalls genauso in dieser verdammten Tretmühle. Die macht einen total fertig, und man merkt es nicht einmal, weil man offiziell der Kommandierende ist. Aber innen – es gibt eben kein ›Innen‹. Kein Platz dafür. Man wappnet sich nur fürs Gefecht. Für Außenstehende ist das schwer zu verstehen, und darum ist es manchmal so erfrischend, einen alten Kameraden zu haben.«

Die vorher heraufbeschworene Aufzugsszene ist dem, dachte ich, vorzuziehen. Ken und Hillary gegen die Liftwand gepreßt, erfreute mich nicht, aber Ken und Hillary bei der Autopsie meines Sohnes mit feuchten Augen über ihr Seelenleben säuselnd – das konnte ich nicht verkraften.

Ich hatte geduscht, war angezogen. Trug sogar Schuhe. Ich legte nicht auf; ich ließ den Hörer nur behutsam sinken und verließ das Hotel.

Die Joggingschuhe verliehen meinen Schritten Sprungkraft, so daß die Bewegung auf den Plüschteppichen des Hotels leichter war, als wenn man barfuß ginge. Die Joggingschuhe waren Wunderwerke moderner Wissenschaft – das High-Tech-Gegenstück zu rubinroten Pantoffeln. Die Schuhe allein konnten aber nicht die Energie in mir erklären, die Klarheit. Ebensowenig das Nickerchen oder das proteinhaltige Frühstück. Ich hatte das Gefühl, zielstrebig und windschlüpfrig zu sein, ähnlich den in Naturfilmen gezeigten Habichten, die schärfstens ihre Beute fokussieren.

Ich ging in einer Art Trance den Großteil meines Wegs nach dem Laufen mit Zach zurück und befand mich auf einmal in einem dieser Komm-rein-Megabuchläden samt Cappuccino-Bar, Sitznischen und soviel Geklingel und Gepfeife wie bei einer Spielautomatenhalle. Heitere, attraktive junge Leute, die durch eine unendliche Menge heiterer, attraktiver Bücher streiften. Zumindest die Illusion von Möglichkeiten. Wir hatten diese Ladenketten sogar in Ohio. Die strahlende Lüge der Demokratie: Man könne vertrautes Gelände betreten und dennoch, um die Ecke biegend, Überraschungen erleben. Aufregung ohne Risiko. Wie jeder andere genoß ich es, die wohltuende, immer aktuelle Holzverkleidung im pseudoenglischen Stil auf mich wirken zu lassen, obwohl ich mich zusammenreißen und meinen Widerwillen unterdrücken mußte, als ich an den Selbsthilfe-

Abteilungen vorbeikam, bei denen ich eine Zeitlang viele tapfere Stunden im Versuch verbracht hatte, mir eine Reihe neuer Haltungen gegenüber dem Tragischen zuzulegen, so wie man sich im Reiseführer Hotels aussucht oder Schöner-Wohnen-Magazinen clevere Vorhang-Tips entnimmt.

Erst im ruhig hochsurrenden Aufzug bemerkte ich, was ich in meiner Hand umklammert hielt: das quadratische Papier vom Hotel-Notizblock, auf dem der Name des Mannes der Geliebten meines Mannes stand.

Ich ging schnurstracks zur Lyrikabteilung.

Fand ihn. *No Love Lost.* Keine verlorene Liebe. Ein Taschenbuch ohne – wie enttäuschend! – Foto auf dem Umschlag.

»Für Gavin«, lautete die Widmung in Großbuchstaben. Darunter, kleiner: »Und für Hillary. Immer.«

Falls ich schon fürchtete, ich hätte den falschen Michael erwischt.

Hieß das, für Gavin nur manchmal?

Ich stand im Gang des Buchladens und las gierig. Ich hatte keine Gedichte mehr gelesen seit der Studentenzeit, wo ich weit mehr Englischkurse belegte als das übliche Hauptfach Mathematik. Allerdings war das Jahre her, und so hätte ich mich eigentlich unbehaglich dabei fühlen müssen, die Gedichte dieses Mannes zu beurteilen, der laut Klappentext den Neuen Formalismus vertrat. Aber mich schreckte die Androhung von Sonetten oder Doppelsonetten nicht.

Ich hatte oft gehört, wie Schizophrene in gewissen Augenblicken, wenn sie unter Strom stehen, einen Adrenalinstoß bekommen, der es ihnen ermöglicht, das Schloß ihrer Gummizelle zu sprengen und Wächter, die dreimal so groß sind, auf den Boden zu schleudern. Anscheinend erlebte ich das mentale Pendant: Mein Röntgenblick richtete sich jetzt auf Gedankensysteme und unverfälschte Gefühle. Lyrik war zugegebenermaßen keine allzu schwere Probe. Es wäre besser gewesen, zur Wissenschaftsabteilung hinüberzugehen und herauszufinden, ob ich auch nur annähernd einem Problem aus der Physik folgen könnte. Oder ein Handbuch für Autoreparaturen überfliegen und mal darüber nachdenken, wie ich mein eigenes Getriebe wieder in Schuß bringen kann. Den Gedichtband in der Hand, die Beine zeusähnlich auf der Wolke eines jeden Joggingschuhs schreitend, die Schuhe weich und abstützend, *al dente*, war aber mein einziger Gedanke: Zeig mir einen Mann. Und ich werde auf sein stilles Zentrum niederstoßen, mögen seine rhetorischen Kunstgriffe noch so leichtfüßig daherkommen.

In Michaels Fall war mir gleich soviel klar: Dieser Mann war seiner Frau nicht treu gewesen. Man mußte kein Kinderkardiologe sein, um sich auszumalen, daß Mr. Mike in Herzensangelegenheiten seine Erfahrungen hatte, und aus dem Datum der Buchveröffentlichung zu schließen, waren sie noch reichlich frisch, wie diese Gedichte zeigen:

Ehebruch

Als öffnest du werktags für die Zeitung die Tür
Und findest statt dessen, in Plastik gehüllt, einen
  Vermeer.
Von wie vielen einer weltweit? Zwanzig? Umwerfender
Anblick, das klare Licht streichelt wie Mohair

Ihr Gesicht im dunklen Interieur,
Du meinst, du hast sie berührt, schon vorher,
Überall, oft, aber du kriegst sie nur
– Und weißt es, (nicht dumm) – als Thrill: nicht hier
Im Leben, mit fluoreszierender Ehefrau, Untergebener,
Nur in der Luxusabgeschiedenheit reiner Begier.

Liebe ist wie Kunst. Beide mußt du erschaffen.
Doch Begierde kommt wie die Zeitung.

Begierde wird spröde, schal, Nachricht von gestern, flau,
Während die gemalte Dame frisch bleibt wie Tau,
Als zöge Vermeer in diesem Augenblick genau
Den Vorhang auf vor den wahren Freuden
Häuslichen Lebens. Narr,
Wenn du glaubst, das gehörte dir. Irrtum.
Sie sitzt nicht da und sehnt sich nach dir:
Selbst die Reichsten stiften ihre Vermeers Museen,
Wo Frauen Dirnen werden, mit ihrer Schönheit
prunkend
Für alle, die betrachten wollen der Begierde Paradox:

Sie ist immer klarer dem geistigen Auge.
Du aber willst sie heimnehmen, wo du wirklich sehen
kannst.
(Warum verloren sich schon vor ›Paradox‹ die
Assonanzen?)

Einen Kuß entbehren

Was Mütter wissen und andere nicht:
Das Wollen beginnt im Mund.

Der Säugling saugt in grimmiger Lust,
sich dessen aber unbewußt,
es drängt ihn alles hin zur Brust.
Hunger kein Bitten nur,
vielmehr seine wahre Natur.

Ein Kuß ist eines vor allem: oral.
Wir tun, als wäre das banal,
doch trotz unsrer Weltlichkeit,
bleibt uns rätselhaft dieses Urmangels tiefste Natur.

Nur seinen Pulsschlag fühlen wir;
ein großer Säugling bin ich. Will dich.

Irgendwie gefiel mir das letzte Gedicht.

Es war natürlich möglich, daß diese Sehnsüchte aus seiner Vergangenheit herrührten. Möglich auch, daß Hillary selbst deren Objekt war; vielleicht war der eine oder waren beide verheiratet gewesen oder lebten weit voneinander entfernt, als sie sich kennenlernten. Ich hatte da meine Zweifel. Nicht, wenn ihr ältestes Kind dreizehn war. Man konnte einfach nicht wie er in dem Gedicht »Der Sporttaucher« über die Zungenunterseite einer ihm über vierzehn Jahre verbundenen Gattin meditieren:

muskulös, silbern, irisierend
wie der Bauch des erspähten Fischs –

es sei denn, man war Dichter. Es sei denn, man war berufen, sich über die eigenen noch so kleinen Eindrücke vom gelebten Leben auszulassen. Und warum nicht? Er hatte schließlich recht mit dem Küssen. Vertrat in einigen sich aufeinander beziehenden Gedichten die Auffassung, daß man in der Illusion befangen sei, *die Zeit angehalten* und eine Barriere zwischen sich und dem Tod errichtet zu haben. Man könne aber nicht in einem Kuß verfangen bleiben, wie leidenschaftlich der auch sein mag; bald gleiche der Mund der Geliebten dem eigenen, bekomme einen üblen Geschmack, Fäulnis etc. (Die einzige physische Beziehung, die frisch bleibe, behauptet er, sei die mit einem Kind, denn der kindliche Körper wachse ständig, verändere sich und schließe einen aus.)

So stand ich lesend da und hatte recht gemischte Gefühle. Bei der Sonettfolge übers Küssen spürte ich, daß sich die vertraute Victoria's-Secret-Begierde in mir regte. (Erotisches Zeug. Mikey mußte sich, einmal mit Dr. Katzenbach verheiratet, einfach einige Geliebte zulegen, und wäre es nur zur Forschung und Entwicklung. Es sei denn, sie war ein heißer Feger, wenn sie den Laborkittel auszog, aber mal abgesehen von Ken, ich bezweifelte das.) Ich wurde schon eingebildet ob der eigenen Klugheit, da er dem so nahekam, was ich mir vorgestellt hatte. Ein zärtlicher Vater, ein zärtlicher Liebhaber und Ehemann, vielleicht aber zu stolz auf seine Leistung auf dem Schauplatz des Lebens: Die Arbeit zeigte eine Spur von Selbstbeweihräucherung, als wenn er jedesmal, wenn er die Schnittwunde eines Kindes mit Pflaster versorgte oder das unübertroffene Blau des Himmels bemerkte oder seinen Lümmel in eine Dichterin steckte (seine Hauptgeliebte, zumindest seine neueste, war meinem Gefühl nach eine Kollegin), gleich hinrennen und ein Gedicht schreiben mußte, das die Erfahrung verewigte. Dies mochte unvermeidliches Berufsrisiko sein: Kann sein, daß man ein Gedicht nicht auftischen kann, wie man ein Nudelgericht für ein spätes Abendessen aus Vorhandenem zusammenzaubert, ganz beiläufig. Man mußte förmlich sein, als hätte man gerade das Sandwich erfunden.

No Love Lost. Sah er sie denn noch, seine Dichterin? Oder sehnte er sich bloß nach ihr? War sie auch verheiratet? Hatte sie Kinder? Wußte Hillary davon? Anscheinend nicht. War sie gedemütigt, als dieser Band erschien? Wie sollte sie nicht? Ich las von neuem seine Kurzbiographie auf der Klappe und achtete darauf, wo er Kurse gab. Suchte nach Gavins mit irischem Nachnamen – vermutlich ebenfalls Dichter –, um zu sehen, wo *der* Kurse gab, im Fall, daß er Mike zu seinem Dienstplatz eingeladen und ihn einer Kollegin vorgestellt hatte. Kein Glück.

Unsere Dichterin hatte messingfarbene Strähnchen im Haar. Ihre Finger waren lang und stark, mit fast quadratischen Nägeln. Die Nägel hatten große weiße Monde. Sie war Gärtnerin. Unter den Nägeln saß allerhand Dreck. Folgendes erschien Michael geeignet, um es mir, seiner Leserin, zu enthüllen:

Um einzudringen in dich,
folge dem Maulwurf ich
durch nächtlichen Garten –

Der Schwanz als Maulwurf? Ich war gefaßt auf Wortspiele von Maulwürfen als Spionen, aber nein, es war ein völlig ernst gemeintes Gedicht über derart guten Sex, daß er »die Grundfesten erschüttert«. Und das von so einem heimlichtuerischen Typ Ehemann, dem Privatdetektive, wie ich kürzlich aus einem Zeitschriftenartikel erfahren hatte, den Spitznamen »Das Hemd« geben (im Gegensatz zu »Der Rock«), wenn sie ihm zu seinen Rendezvous folgen und Schnappschüsse fürs Scheidungsgericht machen. *Jetzt reicht's*, dachte ich und hatte mit einem Mal Mitleid mit Dr. Katzenbach, besonders als ich bei den Dichterinnen herumschnüffelte, um Michaels Liebchen herauszufinden.

Hillary hatte recht! Während sie Leben rettete, schützten die Dichterinnen ihren Kopfsalat vor Kaninchen! Anscheinend gärtnerten sie alle. Ausnahmslos konnten diese Frauen jede Pflanze auf dem Planeten mit ihrem lateinischen Namen bezeichnen. (*Pflanze auf dem Planeten*: auch ich verstand mich auf Alliterationen.) Gärtnerten, machten Kuchen aus dem Nichts, besänftigten Babys und trieben es wie die Karnickel, wobei sie die ganze Zeit Augustinus zitierten. Sie alle vermißten ihre Muttis oder irgendwelche verstorbenen Verwandten, hofften, es anschaulich auszudrücken, selbst wenn die Tote nur eine Cousine zweiten Grades war. Wo waren wir denn: 1830? Hatte keine dieser Damen je ein weißes T-Shirt bei Gap gekauft? War ihr nie ein Auspuff abgefallen? Mußte sie nie ein Rezept für ein Antibiotikum abholen?

Sie machten mich stolz darauf, Mathematikerin zu sein.

Die Iren waren genauso schlimm. Derselbe Schund – Blumen, Wetter, Meere –, nur daß sie wie die Biber rammelten und gelegentlich ihre Berichte von der eigenen Potenz mit

Rezitationen über die IRA, Bosnien oder sonst einen politischen Aufruhr unterbrachen. Glaubten der eigenen Rhetorik nicht, daß die Familie wichtig war. Irgendwo mußte Blutvergießen her. Wenn's nach mir ging, die erdmütterlichen amerikanischen Dichterinnen und die bärtigen, bärenhaften irischen Dichter verdienten einander. Mochten sie Partner im Reimen sein, bis tief in die Nacht in ihren duftenden Gärten bumsen, im trauten Wettbewerb irgendwelche Leuchtkörper zitieren. Verglichen mit dem Rest dieser Trottel war Michael so was wie der Kronprinz. Zumindest ließ sich sagen, daß er seine Kinder liebte, daß sie mehr als Requisiten waren.

Mittlerweile hatte ich den Großteil des Nachmittags im Buchladen verbracht. Ich hatte viele schmale Bände herausgenommen, die nun verstreut um mich lagen, während ich im Schneidersitz auf dem Boden hockte. Die Vorbeigehenden lächelten mich freundlich an – war ich nicht die ideale Besetzung für ein Plakat, das die Verlockung der Megabuchkette demonstrierte? »Nur zwei Themen«, zitierte einer der Dichter Yeats, »können überhaupt von Interesse für ein ernsthaftes und kontemplatives Gemüt sein: Sex und die Toten.« Bei all ihrem Sabbeln und Schwärmen hatten diese Dichter keinen blassen Schimmer vom Tod. Alle vereint mit der kaltherzigen Königin Katzenbach und ihren Kohorten auf deren Kongressen (»Intraumatische Aorta-Transsektion: Diagnose durch doppel-transesophageale Echokardiographie«), und man könnte – Potentialis – vielleicht mit einem vollkommenen, ausgeglichenen Menschen aufwarten.

Hillary und Michael verdienten einander, sollten unbedingt verheiratet bleiben.

Das war, wußte ich, ungerecht sowohl dem reizenden Paar gegenüber als auch den Dichtern allgemein, aber mir doch egal. Ich war hundemüde.

Der Seite »Weitere Bücher von« zufolge hatte Michael noch zwei Gedichtsammlungen veröffentlicht, die hier nicht vorrätig waren. Aus Gründen der Vollständigkeit meinte ich, ich sollte sie prüfen. Vermutlich würde Hillary in früheren Bänden mehr geistigen Raum einnehmen. Beriet mich mit dem überversierten, an Nase und Ohr beringten Bübchen im lila Personalkittel am Computer und entdeckte, daß, ja, die Bücher lieferbar waren und, ja, für mich bestellt werden konnten, wenn auch von einem obskuren Grossisten, und sie wären in höchstens sieben bis acht Tagen da.

Das wäre klasse, wenn ich eine Adresse hätte.

»Ich bin nur geschäftlich in der Stadt«, sagte ich. Geschäftig dabei, durchzudrehen.

»Wir könnten es Ihnen ja mit UPS schicken. Sogar über Nacht, wenn Sie es eilig haben«, fügte er mit halbem Lächeln hinzu, um den Schwachsinn anzudeuten, daß jemand es eilig mit Gedichten hatte. (Ist doch kein Software-Handbuch.)

Nichts geht über den Versuch, per Mail-order zu bestellen, um die Kehrseite der Nichtseßhaftigkeit zu erfahren.

»Oder«, bot er verschwörerisch an, »Sie könnten es online bestellen bei amazon.com. Ist womöglich schneller.«

Zahlt man den Angestellten einen Mindestlohn, darf man keine Loyalität erwarten.

Ich kaufte das eine verfügbare Buch von Michael mit einem Teil meines schnell dahinschwindenden Bargelds, obwohl ich es schon von der ersten bis zur letzten Seite gelesen hatte und keine neuen Enthüllungen erwartete. Aus einem Gefühl der Höflichkeit dem Verfasser gegenüber.

Mußte mit dem letzten Rest meines Bargelds ein Taxi zurück zum Hotel nehmen. Sah, daß der Hörer noch immer herunterhing. Dachte: *gut*. Warf mich mit dem Gesicht nach unten aufs Bett und erzwang einen Schlaf, der den Nachmittag wegwischte, alles abstreifte – Hillary und Ken, Hillary und Michael, Michael und die Dichterin, dann die Legionen von Dichterinnen, die ein Frausein predigten, das bekanntlich ein Ammenmärchen war.

Ich wurde aus Träumen von Dichterinnen in durchsichtigen Gewändern (Harfe spielenden Dichterinnen, Baumwolle pflückenden Dichterinnen) durch Donnern an der Zimmertür aufgeschreckt. Ein so kräftiges Schlagen, daß es in den sich dahinschlängelnden Traum eindrang und zu Nazis wurde, die Leute abholen kamen.

Nofretete! Ich hätte mich vor Tagen bei der Hotelverwaltung beschweren sollen.

Oder war es womöglich die Verwaltung selbst? Aber wir hatten die laufenden Zimmerkosten bereits geregelt.

Ich konnte wieder zum Bankautomaten gehen und mehr Bargeld abheben. Durchaus drin. Bloß jetzt noch nicht.

»Gehen Sie«, sagte ich, nicht laut genug. »Können Sie das Schild nicht sehen?« Tatsächlich hatte ich es aber nicht geschafft, das Bitte-nicht-stören-Schild hinauszuhängen, denn ich konnte es vom Bett aus auf meiner Seite des Zimmers sehen. »Später!« versuchte ich es nachdrücklicher.

Aber nach weiterem Klopfen klimperten Schlüssel, und die Tür sprang auf und zeigte zwei Männer.

Sie wirkten riesenhaft, aber ich lag ja auf dem Bett, das Gesicht immer noch in die Tagesdecke gepreßt.

Beide waren im Anzug. Der eine rotgesichtig und rothaarig, ungesund aussehend – aß wohl zuviel Rindfleisch und trank zuviel Bier – und mit einem Namensschildchen des Hotels. Der andere, schwarz, jung, sehr gut aussehend, mit Aktentasche.

»Alles in Ordnung?« fragte der Rötliche wie entschuldigend.

Als ich nicht schnell genug antwortete, sagte er: »Ihr Telefon« und zeigte auf den Apparat.

Ich setzte mich abrupt auf.

Dann sagte er: »Dr. Kramer war in Sorge. Ihre Leitung ist den ganzen Nachmittag über besetzt gewesen.«

»Ich war aus.«

Was sie leicht hätten überprüfen können, da ein Zimmermädchen aufgeräumt hatte. (Aufgeräumt, aber den Hörer taktvoll nicht aufgelegt hatte? Das ergab keinen Sinn.)

»Das haben wir nicht gewußt. Die Leitung war belegt, dann – entschuldigen Sie. Das ist Dr. Groeser.«

Irgendwas wie ›größer‹.

Der Arzt nickte einmal, knapp.

Glücklicherweise war ich angezogen. »Mir geht's wirklich gut«, sagte ich.

»Was dagegen, wenn ich? –« fragte der Arzt.

»In Ordnung«, sagte ich. »Ist wahrscheinlich eine gute Idee.«

»Ich lasse Sie beide allein«, sagte der Verwalter und ging rückwärts aus dem Zimmer.

»Was dagegen, wenn *ich*?« lächelte ich den Arzt an, aufs Bad weisend.

»Nein, nein«, sagte er. Volltönende Stimme. Sich dessen auch bewußt. Sinn für Diplomatie und Zurückhaltung in seiner Stimme und auch in seiner Haltung – ein verärgerter Mann, der Gelassenheit vorspielte. »Selbstverständlich.«

Das Bad gab mir Zeit, vor dem Spiegel das Haar zu bürsten und die Neuigkeit zu überdenken, daß Kramer meinetwegen die Gesundheitswächter hatte kommen lassen. Wollte wohl nicht, daß ich à la Norma Jean endete, aber wie ich das bewerkstelligen sollte, blieb unklar (enorme Mengen von Antacidum? Etwas zum Reinigen fortgeben und den Kopf in die Tüte stecken? Mich in der Badewanne mit dem Four-Seasons-Fön durch Stromschlag töten?), wo doch der einzige Grund für mich, Kramer anzurufen, anfangs der Wunsch nach Medizin gewesen war, um ruhig nach Hause zu kommen. Aber ich stellte fest, es war mir gleichgültig. War sogar dankbar, schätzte seine Fürsorge.

Als ich aus dem Bad trat, nickte der Arzt mir wieder zu, winkte mich zu sich.

Während ich aus dem Zimmer war, hatte er begonnen, seine Tasche auf meinem kleinen Tisch auszupacken, von dem das Frühstück abgeräumt war, nicht aber Zacharys Briefchen, das noch an der Vase mit ihrer einen traurigen Nelke lehnte. Wie hatte ich das schwarze Köfferchen für eine Aktentasche halten können? Ich setzte mich fügsam in einen der zwei identischen Sessel und blickte bewundernd auf all die Fächer des Köfferchens, akkurat wie das Essenstablett im Flugzeug – Vertiefungen für Stethoskope und Pumpen, Nadeln zum Einmal-Gebrauch, verpackt in Plastik.

»Wie fühlen Sie sich?« sagte er.

»Müde.«

Ohne Zeit mit Vorgeplänkel zu verlieren, checkte der Arzt einige Dinge ab. Steckte mir ein Thermometer in den Mund, maß meinen Blutdruck, hörte den Herzschlag ab, blinkte mir mit einer Lampe in Augen, Nase und Hals. »Schlucken Sie.« Betastete meine Lymphdrüsen mit zwei Händen, ernst wie ein Heiler. »Irgendwelche Empfindlichkeit?« Jedesmal, wenn er mich berührte, schaute er weg, als wäre mich berühren und gleichzeitig ansehen Betrug.

Ein Medizinalassistent oder Arzt im Krankenhaus wäre meine Vermutung; eher hätte ich einen pensionierten Familienarzt erwartet. Normalerweise hätte ich jetzt versucht, ihn ein bißchen aus der Reserve zu locken, aber mir fehlte die Energie. Außerdem brauchte ich ihn nicht allzu freundlich. Er war in meinem Hotelzimmer; ich konnte die Vanille in seinem Aftershave riechen. Wir waren uns nahe genug.

»Letzte Periode?« fragte er. Scheint's, jede Sau will meinen Menstruationszyklus wissen.

»Vor fünf, sechs Wochen etwa, um den Dreh zumindest. Wie schnell würde der Urintest eine Schwangerschaft anzeigen?«

»Glauben Sie, daß Sie schwanger sind?«

»Es könnte die Müdigkeit erklären, schätze ich.«

Er notierte sich das. »Es gibt eine Menge anderer Gründe für Müdigkeit«, sagte er. »Gewichtzunahme oder Gewichtverlust?«

»Bin mir nicht sicher«, sagte ich. »Ich war unterwegs. Keine Waage im Hotelzimmer. Nicht auffällig jedenfalls.«

»Ihr Appetit?«

»Ausgezeichnet.«

»Schlaf?«

»Reichlich.«

»Mehr als üblich?«

»Ja.«

»Irgendwelche Schmerzen?«

»Sie meinen andere als psychische?«

Er rang sich nicht mal ein Lächeln ab. »Nein«, sagte ich kleinlauter. »Nur erschöpft. Abgeschlafft. Könnten Sie nicht Blut abnehmen, Eisen kontrollieren, die Schilddrüse überprüfen? Ich habe nämlich nicht gerade angenehme Stimmungsschwankungen. Von kraftstrotzend bis total erledigt. Weist doch auf die Schilddrüse hin, nicht?«

Er schüttelte verneinend den Kopf. »Machen Sie diese Tests daheim bei Ihrem Hausarzt.«

»Aber wenn ich es doch *brauche* –«

»Dann gehen Sie zur Unfallstation. Es gibt ein paar ausgezeichnete hier, zu Fuß erreichbar. Ich bin wirklich nur geschickt worden, um sicherzugehen, daß Sie nicht im Sterben liegen oder tot sind.«

»Aus Gefälligkeit«, sagte ich scharf.

Er nickte zustimmend.

»Und wenn ja?«

»Im Sterben? Also dann«, sagte er, »würde ich Sie zur Unfallstation bringen lassen.«

»Können Sie nicht mal einen Schwangerschaftstest durchführen?«

»Natürlich könnte ich das, aber wozu? Warum sollten Sie nicht bis zur Ecke laufen und sich das notwendige Set kaufen? Funktioniert gleichfalls mit Morgenurin.«

Zu was taugt ein Arzt überhaupt? Die hätten auch das Mädchen schicken können.

»In der Zwischenzeit, hat Ihr Arzt gemeint, könnten Sie vielleicht Valium nehmen.«

»Klar«, sagte ich, geschlagen.

Er reichte mir ein Rezept für fünf Milligramm Valium – bei dieser Menge war eine Überdosis kaum möglich – und seine Karte. Er schien niedergelassener Arzt zu sein mit Privatpraxis.

Gregory Groeserer. Verheiratet oder Junggeselle mit Pseudo-Ehering.

»Das hier ist für Sie natürlich bloß ein Nebenverdienst«, sagte ich.

»Natürlich.«

»Kommen Sie oft hierher? Interessante Probleme? Alte Knacker, die auf ihrer Geliebten einen Herzinfarkt haben?«

Er lächelte. »Meist Darmgrippe. Eine verdorbene Garnele. Üble Drogenreaktionen bei tourenden Rockstars. Und einmal ein Pickel bei einer berühmten Opernsängerin, die einen Abend mit dem Philadelphia-Orchester hatte.«

»Ein Pickel«, sagte ich.

»Ein dicker, genau auf ihrer Nasenspitze«, bot er zu ihrer Verteidigung an.

»Erscheinen Ihre Dienste auf meiner Hotelrechnung zusammen mit dem Frühstück?« fragte ich.

»Ganz recht. Aber ich werde Ihnen aus Versicherungsgründen eine Rechnung mitgeben.« Er stellte sie mit Genuß aus. Überreichte sie mir.

Diagnose? 780,7. »Müdigkeit.«

»Müdigkeit«, sagte ich. »Weniger eine Diagnose als der globale menschliche Zustand.«

Er schaute mich zum ersten Mal richtig an, neugierig. »Sie scheinen mir in Ordnung«, erklärte er. »Ihr ›Doktor‹, glaube ich« – er sprach das Wort mit kaum verhohlener Geringschätzung für das psychologische Establishment aus –, »hat etwas überreagiert.«

Ich merkte, daß es mich tröstete, ihn so etwas sagen zu hören, obwohl er eigentlich nicht genug Aufmerksamkeit aufgebracht hatte, um darüber zu befinden. Aber vermutlich hatte ich geistige Gesundheit auf die Weise demonstriert, die einem Mann am wichtigsten ist: Ich hatte Interesse an seiner Arbeit gezeigt.

Das war es nicht, was ich mir von einem Arztbesuch versprochen hatte. Ich hatte gehofft, innerhalb eines Tages oder so die Diagnose zu wissen. Nicht mehr das blinkende Telefonlämpchen im Auge behalten, sondern schlafen, essen oder schwimmen, und ich wäre angenehm überrascht von Dr. Groeserers Nachricht auf dem Anrufbeantworter, daß meine Schilddrüsenfunktion zu gering oder überhöht sei, und alles, was ich zum Fitsein brauchte, sei diese winzige Pille.

Wann werde ich eine Wirkung spüren, Doktor, konnte ich mich sagen hören. *Oh, fast sofort. Bestimmt innerhalb von vierundzwanzig Stunden.*

Wie kam ich dazu, als Frau eines Arztes so etwas zu denken?

Und warum, wenn ich auf ein Zaubermittel aus war, hatte ich mich geweigert, Prozac auch nur in Erwägung zu ziehen, was zusätzlich die positive Nebenwirkung hätte, meine unangemessenen Wollustwallungen mittleren Alters zu dämpfen?

Schwächt ab, hatten alle, die ein Antidepressivum nahmen, mir wiederholt versichert. Ich hatte es aufgegeben, diesen Leuten zu antworten, daß ich genau das Ungeschwächte wollte. Sie verstanden das so, als überließe ich mich einer Art retrospektiv-protestantischer Verleugnung. Oder als klammerte ich mich an den Schmerz, ähnlich einem nicht ausgetriebenen Geist. Man konnte richtig beobachten, wie ihre Augen im Geist dem Teleprompter mit diesen Hypothesen folgten, wie unerfahrene Nachrichtensprecher. Wer weiß. Vielleicht hatten sie recht. Aber ich hatte das starke Gefühl, daß eine Behandlung wegen Depressionen einer Chemotherapie bei Herzinfarkt gleichkäme.

Oder vergleichbar mit der Einnahme einer Handvoll Amoxycillin sei, um dann auf Streptokokken hin überprüft zu werden. Warum das Ungeschwächte verdecken? Es *war* der Zustand.

Ich stand am Abgrund. Der war nicht eben tief, dunkel oder steil, und ich war nicht nur nicht barfuß, sondern trug große robuste Schuhe. Kreppsohle. Dennoch lauerte Gefahr, die Variante von Die-meisten-Unfälle-passieren-daheim. Nicht das Rasen auf der Straße, sondern das Ausscheren aus der Parklücke am Lebensmittelgeschäft. Straßen sind nicht bei Überschwemmung am gefährlichsten, sondern bei leichter Nässe.

Mein Bemühen, wachsam zu bleiben, nach Zen-Weise Geistesbeherrschung und Selbstbewußtsein zu zeigen, das Ungeschwächte nicht bloß zu verdecken, sondern zu bewältigen, war derart, daß ich glaubte, wenn ich nur die Valium-Verschreibung genau *studierte* – die Unterlängen von Dr. Groeserers Buchstaben ansähe, mich beobachtete, wie ich zur Apotheke ging und die Medizin bekam, den kindersicheren Deckel aufkriegte, vielleicht sogar am Ladentisch einen Pappbecher Wasser fürs Herunterspülen einer Dosis erbat – daß das so wirksam sein müßte wie die Pille selbst. Ähnlich könnte ich, indem ich freundlich an meinen Mann dachte, ihm telepathisch mitteilen, daß ich nicht zornig war, nicht wirklich. Ich stellte mir Ken nicht einmal vor, vielmehr war ich schwanger mit ihm. Er war sehr, sehr klein, außerdem verschwommen. Aber ich ließ ihn im Kopf wachsen – meinen eigenen Kopf-Fötus.

Ken, sagte ich und doch nicht, in diesem Halbschlaf, in dem ich soviel Zeit verbrachte, ich bin bald zu Hause. Ich will hier bloß meine Geschäfte erledigen.

Ich bin mir nicht sicher, wann genau mir klar wurde, daß meine Geschäfte auch Zacharys Vater betrafen. Das Hotelzimmer hatte die Gelben Seiten gleich neben der Bibel in der Nachttischkommode, und er war leicht aufzufinden. Ich redete mir ein, ich bekäme einen Termin bei ihm, wenn ich den Fall als dringend herausstriche. Seine Kanzlei war ganz nahe, so daß ich sogar hinspazieren konnte.

Ich ging, nicht zu schnell, durch die Stadt, klickte ständig Passanten an und konnte den neuen Röntgenscharfblick anwenden, um direkt ins Innere von Fremden zu sehen, dabei war ich mir dessen unsicher gewesen, bis ich mir Zachs Zukunft ausmalte. Als Vertreterin konnte ich immer rasch den Schwerpunkt eines Menschen aus seinem Gang bestimmen – sehen, wie Geschwindigkeit, Vorsicht, Übermut oder Antriebskraft als Schutzmaßnahmen eingesetzt werden; sehen, worin und wie er verwurzelt und wie loszureißen war. Ich hatte dieses Talent nach dem Unfalltod eine Zeitlang verloren; einem Kriegsüberlebenden gleich konnte ich nur die eigenen Alptraumsirenen hören. Aber dann hatte ich das Betriebsgeheimnis des Schmerzes entdeckt: Wenn man erst mal ganz tief in sich gräbt, erhält man einfach ein besseres Gespür für das Leid. Die Wahrheit ist: *Kaum jemand ist glücklich*. Nicht einmal diejenigen, bei denen alles bestens ist. Sie kauern alle im Bunker des Ichs, im zarten Scheitern des Ichs.

Dan Kramers Reaktion auf all das – natürlich hatte ich versucht, es mit ihm zu besprechen – war etwa so gewesen: Keiner ist eine Insel. Im Gegenteil, hatte ich argumentiert. Jeder ist eine Insel. Ja, ja, hatte er gesagt, aber. Ein kognitiver Therapeut, wie er im Buche steht, unser Dan; er wollte mir helfen, das Glas halb voll zu sehen. Bei dieser Theorie konnte Leid mir helfen zu ›wachsen‹. Richtig. Überfahre den Hund, und was hast du? Einen dreibeinigen Hund. Sehr elegant. »Ich bin mir nicht ganz sicher, über was wir uneins sind«, hatte Dan Kramer ziemlich verdrießlich gesagt. »Sind wir alle im Grunde im eigenen Leid gestrandet? *Klar doch*. Überfahren, mit der Zeitung geschlagen, beim Tierschutzverein im Käfig eingesperrt. Wählen Sie sich Ihre Metapher. Aber: Wir machen weiter, nicht wahr? Weiter geht's.«

Und so machte ich mich dran, mein Geschick an einem Mann zu erproben, der wirklich eine Insel war, eine veritable Festung. Zacharys Vater würde die harte Nuß sein, die ich zu knacken hatte, der Fall, der über das Leid hinweghalf.

III

Noch ein Michael. Schwer, Botschaften nicht als von oben gesandt anzusehen, aber »wie viele sind da weltweit?« fragte reimend sich der große Ehebrecher und Dichter Michael. Ein paar Millionen wahrscheinlich.

Es sei denn, er haßte die Gewöhnlichkeit des Namens und lief sportlich unter seinen Initialen. Die lauteten zufällig M. D., Medicinae Doctor, so war sein Name angesichts seiner Spezialisierung auf ärztliche Kunstfehler ein Insiderscherz. Wie auch die Zuspitzung seines Spitznamens – er wußte, daß jüngere Kollegen ihn ›Empty‹ nannten.

Und weiter. Der Hohle Mann. Der Rechtsanwalt.

Nur ein Körperteil beanspruchte seinen wirklichen Namen. Seinen Penis nannte er Mikey, doch davon später. Diesen *Ur*-Schwanz, der Michelangelos David gehören könnte, wenn er bei David je erigiert wäre, behandelte er wie ein zahnlückiges Bruderherz aus einer Cornflakes-Werbung oder eine Fingermarionette, die er zum ›Sprechen‹ bringen konnte, indem er mit der Spitze wackelte: »Mikey wird gleich zurück sein.«

Aber zuerst mußte er bereit sein, mich zu sehen, und ich konnte nicht einmal einen Termin bei ihm bekommen.

»Womit kann ich dienen?« fragte eine Sekretärin am Telefon, um mich dann, als sie vom Tod eines Kindes hörte, mit teilnahmsvollerem, singendem Tonfall mit einem der Kompagnons des großen Mannes zu verbinden, einem vermutlich mit ihm schlafenden oder bereits geschlafen habenden Frau. Rein juristische Spuren von Besitzgier sickerten durch.

Der Kinderarzt, sagte ich ihr, habe nie den Meßwert von Gasen im Blut geprüft.

»Welches Krankenhaus?«

Sie tat mich sofort ab, als sich herausstellte, daß das Krankenhaus in Ohio war. Sie hatten natürlich keine Zulassung, Fälle dort zu verhandeln. Sie konnten wahrscheinlich jemanden empfehlen. Und warum sollte ein Kinderarzt überhaupt die Enzymwerte in einem gesunden Kind bestimmen? Und diese Frage kam, noch bevor ich den Unfall überhaupt erwähnt hatte, der den Fall für jeden rechtschaffenen Anwalt als unannehmbar erwies. Zu kompliziert. Der Arzt, der Hersteller des miesen Autositzes, die abgelenkte Hausfrau, die – so der Polizeibericht – wahrscheinlich versäumt hatte, gegenzusteuern, dann auf die Bremse stieg; Schicksal – keine einzelne Person konnte zu einer Strafe verdonnert werden oder sich den Scheck einheimsen. Außerdem, welche Gewinnerwartung gab es für uns? Welchen Trost konnte Bargeld einem so wohlhabenden Paar bringen?

»Die Wahrheit ist«, hatte der Kinderarzt mit unpassender Genüßlichkeit erklärt, »der Junge hätte jederzeit sterben können, überall. Er hätte sterben können, während er in Ihre Arme rannte, als Sie von der Arbeit heimkamen.« Nur einer dieser bedeutungslosen Zufälle: Autounfall, Herzinfarkt, Elvis und ich Geburtstag am selben Tag. Aber das Bild hatte sich ins Gedächtnis eingeätzt: mein Sohn, der in meine Arme rannte, und ich, immer wieder das Band langsam spielend, dasselbe Bild, als wäre es das Zapruder-Video, das die Suche nach den Schützen auf dem Grashügel in Dallas, Texas, nach dem Kennedy-Attentat zeigt.

Ich erzählte der Anwältin sogar, daß Michael mir von einem Freund meines Mannes empfohlen worden sei (keine

Angst, meine Liebe, ich bin versorgt) und ich es wirklich schätzen würde, wenn er sich während meines Aufenthalts in der Stadt der Dinge annähme.

Nun, er sei bei einer Schlichtung. Morgen habe er eine eidesstattliche Aussage. Sein Zeitplan sei äußerst eng. Mit etwas mehr Vorabinformation, vielleicht …

So hatte ich mir das wahrlich nicht vorgestellt. Seltsamerweise hatte ich nicht damit gerechnet, auch nur so viel über den Fall selbst sagen zu müssen. Ich hatte mir ausgemalt, wie ich im Kostüm meinen Auftritt hatte, die Aktenmappe in der Hand und den Laptop über der Schulter, mir vorgestellt, wie ich beim Sitzen leicht mit dem einen Bein wippte, den Blickkontakt herstellte, worauf es unmittelbar zum *echten* Trost überging. Ich vermutete, er werde, gemäß seiner gesellschaftlichen Stellung als Philadelphia-Rechtsanwalt und seinem Ruf als Schürzenjäger (das hatte ich von seiner Exfrau und seinem Sohn herausgekriegt), sofort verstehen, was ich wollte. Die Herausforderung für eine Frau in Topform – seit meiner Begegnung mit Zachary wallte es in mir – würde es sein, gradlinig, ohne irgendwelches Geplänkel, zum Sex überzugehen, die Kommunikation allein in der universellen Sprache der Hormone. (Warum sollte es für Außerirdische nicht genauso funktionieren? Ich stellte mir eine pornographische Version von *Unheimliche Begegnung der Dritten Art* vor, in der ich, ohne BH unterm Arztkittel, sexuell raffiniert genug getrimmt, um Marsmenschen zu verführen, ein wohltemperiertes Klanggedicht aus Östrogen und Progesteronen ausstrahlte.)

»Irgendeine Ahnung, wann ich ihn wohl erwischen könnte?«

»Er wird erst spät wieder zurück sein«, versicherte sie

mir, »wenn überhaupt. Ich könnte allerdings veranlassen, daß er Sie anruft.«

So leicht ließ ich mich nun nicht abwimmeln.

Inzwischen kam mir mein Kostüm – federleichte sommerliche Wolle in einem dieser Armani-Graugrüntöne, die sich fürs Doppeldeutige eignen, aber jetzt schon einige Sommerwochen hintereinander getragen war – mit einem Mal schwer, formlos, übelriechend vor. Ich gab dem Four Seasons eine Chance zu beweisen, daß es, während ich mich am Pool vergnügte, ein Kostüm und eine Seidenbluse blitzschnell reinigen konnte. Ich schwamm, schlief ein Weilchen, aß einen Salat auf dem Zimmer und zog mich dann mit genüßlicher Sorgfalt an, um Michael Davidoff von Davidoff, Freed, Spelling und Partner zu treffen. Fuhr langsam mit den Händen an den Strumpfbeinen entlang, um sie auf Laufmaschen hin zu kontrollieren. Benutzte Zahnseide. Machte sogar etwas Toilettenpapier naß und wischte den Dreckrand weg, der sich auf meinen Schuhen gebildet hatte.

Erreichte sein Anwaltsbüro mit Aktentasche und Laptop (nicht ganz so elegant aussehend wie in meiner Vorstellung, aber ich hatte ein mulmiges Gefühl, die Sachen im Hotel zu lassen) knapp nach sieben Uhr, die Zeit, in der er meiner Schätzung nach höchstwahrscheinlich allein am Schreibtisch saß, seufzend aufräumte, nachdem die weniger ergebenen Drohnen nach Hause abgeschwirrt waren.

Als gewiefte Hotelzimmerbetrügerin machte ich mir keine Sorgen um den Zutritt zu dem Gebäude, das Austricksen des Sicherheitspersonals. Doch es stellte sich als gar nicht so einfach heraus, schließlich kann eine Frau auch eine verärgerte Exfreundin sein oder eine Terroristin.

Aber sein Gesicht drückte bloß die empörte Langeweile aller Sicherheitsbeamten aus.

»Ich komme wegen Mike Davidoff«, sagte ich.

»*Mike*«, gab er ausdruckslos zurück.

»Ja, genau, Sir.«

»Werden Sie erwartet?«

»Nee.« Ich stützte die Ellbogen auf seinen geschwungenen Arbeitstisch, fing nicht an zu flüstern, sondern neigte mich vor, nur zu ihm sprechend, nicht als wenn irgend jemand sonst dagewesen wäre, außer einem Hausmeister hinten in einer langen Halle vor einer Reihe Aufzügen, der sich an einen Reinigungswagen lehnte. »Ganz und gar nicht. Ich bin eine Überraschung. Ich bin ein Geschenk. Ich bin sein Abendessen. Die Aktentasche« – ich hob sie in Tischhöhe hoch, damit er sehen konnte – »ist nur ein Requisit.«

Er grinste. »Ah ja?«

»Ah ja.«

»Sollte mehr dergleichen passieren«, sagte er.

Da war ich ganz seiner Meinung. Mehr Überraschungen.

Er sagte, es wäre besser, wenn ich mich eintrüge, und bot mir den mickrigen Kugelschreiber an, der am Schreibblock befestigt war.

»Marie-Antoinette?« fragte ich. »Madonna?«

»Was auch immer«, schlug er vor.

Ich lief unter Hillary Katzenbach. »Ihnen einen schönen Abend«, sagte ich, er wünschte mir dasselbe, und das kam mir, ich schwöre, fast wie ein richtig menschlicher Kontakt vor.

Das Anwaltsbüro erfüllte die Erwartungen. Gediegen mit Mahagoni und Pilastern. Ledergebundene Bücher, funkelnde Goldbuchstaben auf dem Rücken, reihten sich hinter dem geschliffenen Kristall von Apothekerregalen: stilvolles Leben, geliefert von Ralph Lauren. Rechtsanwälte! Ich versuchte mir einen unkonventionellen vorzustellen mit Sinn für Humor – die Innenausstattung von Andy Warhol, der hellgrüne Bezug protzend mit cartoonartigen Dollar-Zeichen. Wahrscheinlich sind Leute mit kaputten Knien aus Unfällen, mit häßlichen Scheidungen oder sehr hohen Kautionen nicht in der Stimmung, über ihre Probleme zu lachen. Ärzte versuchen natürlich ihre Inneneinrichtung unaufdringlich zu halten, ohne jeden Schnickschnack. Patienten mögen das Gefühl nicht, daß ihre Krankheiten Innenarchitekten finanzieren. Unklar ist, warum Rechtsanwälte ihr Übermaß an Geld zur Schau stellen dürfen: Wird irgendeiner verführt zu glauben, daß solche Räume »altes Geld« repräsentieren und seit Jahrhunderten schon da sind, dauerhaft wie der Staat?

Vielleicht nur so ein altmodisches Machtspiel. *Wir sind reich. Ihr seid es nicht.* Die Empfangsdame war bereits weg, aber ich hatte mich verkalkuliert: Wieso hatte ich geglaubt, daß schon um neunzehn Uhr im Büro alle Aktivität, die gebührenpflichtige Stunden erzeugte, versiegt wäre und Michael und ich uns selbst überlassen blieben?

Ganz im Gegenteil, die meisten der Rechtsanwälte waren noch da. Die Tür zum Vorraum der einzelnen Büros stand offen, und man konnte sie manisch-depressiven Elfen gleich vorbeihuschen sehen, mit Papierbündeln raschelnd, mit flatternden Krawatten im Rücken. Nach ihm zu fragen würde alles verderben, und so schritt ich durch die offene Tür, als gehörte ich dorthin. Fast war es so, denn offensichtlich mit Zugvogelgenauigkeit konnte ich erahnen, in welcher Richtung das größte Büro mit dem besten Ausblick zu finden war. Und seine Tür war nicht zu, nur angelehnt; tatsächlich wischte ein Elf heraus, so vertieft in die Papiere vor sich, daß er mich nicht einmal registrierte. Und dann stand ich vor dem Mann selbst, lächelte.

»Michael«, sagte ich.

Er schaute nicht auf, anscheinend hatte er den Eingang schon beobachtet, wartete ab. Er war ganz still. Er lächelte zurück, aber das Lächeln war – mehr als professionell. Auch mehr als »falsch«, weil das einen anderen Ausdruck impliziert: lesbar, aber verlogen. Dieses Gesicht enthüllte – ostentativ – absolut nichts.

Man stelle sich einige Sekunden vor. Lang genug für ein »Hi« oder »Sie sind?«, sogar für einen Händedruck, eine hochgezogene Augenbraue, eine Geste des Willkommenheißens oder des Argwohns. Von ihm nichts. Nichts. Außerdem war ich überrumpelt, sein Gesicht war mir so vertraut von Zachary. Ich hatte das Gefühl, mit diesem Mann schon geschlafen zu haben.

Claire, die Durchgeknallte.

Was machst du da? wollte ich, etwas fassungslos, von mir wissen.

Ich mache es mit dem Vater, dem Sohn und dem Heiligen Geist.

Drei, vier Sekunden, in denen er sein Pokergesicht beibehielt, wie eine Katze mit erhobenen Pfoten, zitterndem Schwanz, während mein Hirn fieberhaft arbeitete und dissonante Gedanken hatte, ein Nüsse vergrabendes Eichhörnchen, wobei Eichhörnchen natürlich zu blöd sind, sich zu erinnern, wo sie die Nüsse vergraben haben, und so ist alles, was sie tun, Nüsse vergraben und die Nüsse ausbuddeln, die ein anderes armes Dummchen von Eichhorn vergraben hat und jetzt nicht finden kann. Ein überreiches Mienenspiel hätte er konstatieren können, wenn er darauf achtete, was offensichtlich der Fall war.

»Ihr Sohn Zachary hat mich geschickt«, drang es schließlich aus meinem Mund.

Seine Schultern drückten kaum merklich ein *Ah ja?* aus.

»Ich bin eine Überraschung«, sagte ich hilflos. »Ein Geschenk.«

Er bedachte das.

Unsere erste Begegnung verlief, wurde mir klar, genau nach Plan. Hinter dem Schreibtisch studierte mich dieser attraktive Mann mittleren Alters, der nie etwas an sich heranließ, der angeblich für seine Arbeit lebte und sein Herz eichhörnchenähnlich an einem sicheren Platz versteckt hatte; er studierte mich also, überlegte sich, wie er auf eine Frau reagieren sollte, die verkündete, daß sie ein Geschenk sei, aber kein gesungenes Telegramm überbrachte, keiner Torte entsprang und Süßes überreichte; die realiter eine Aktentasche bei sich hatte und einen eleganten Laptop; jetzt dastand, die Hände vor sich gefaltet (denn ich hatte die Aktentasche in unserer halben gemeinsamen Minute abgestellt), eine völlig ungefährliche und ganz normale Bittstellerin. War ich nicht das, worauf alle Männer warten? Sogar verheiratet: Bestimmt konnte er meinen Diamanten vor dem feinen Kostümstoff blinken sehen; nach unserem Rendezvous würde ich auf den Ledersitz meines silbernen Legend gleiten und davonfahren.

Nur befürchtete ich, daß ich mich in meiner Fähigkeit, ihn und die Situation im Griff zu haben, getäuscht hatte. Wegen seiner Vorsicht überfiel mich leichte Verzweiflung – als wäre ich bereits stärker in ihn verliebt, als er es je in mich sein würde. Ich kannte ihn erst seit drei Minuten und benahm mich bereits wie seine eifersüchtige, bedürftige Ehefrau! He, ermahnte ich mich, du bist *Vertreterin.* Ich erwiderte seinen Blick, ganz leicht spöttisch. Und in dem kurzen Blickwechsel hatte ich die Oberhand gewonnen, einstweilen: Ich wußte, er dachte, Was soll's. *Bloß dieses eine Mal.*

»Es gibt nämlich«, sagte ich, »wenn Sie Zeit erübrigen können, einen Fall, den ich gern mit Ihnen durchsprechen würde. Sie sind mir natürlich wärmstens empfohlen.«

Ich sagte das so, um anzudeuten, daß dies ganz und gar nicht das war, was ich wollte, aber durchaus verstünde, daß es unserer Deckung diente, sollte irgend jemand Fragen an uns stellen. Die Art, wie ich es sagte – fest, allerdings ohne allzu große Förmlichkeit –, überzeugte ihn, daß ich eine verläßliche Zeugin sein würde, sollte es soweit kommen. Unterdessen könnte er – für ihn selbst aufregend – aus seiner gewohnten Rolle fallen.

Er muß dann seine erste Bewegung gemacht haben. Er hatte den Füller in der Hand gehalten. Jetzt klopfte er mit ihm gegen seinen Schreibtisch – die Geste eines ehemaligen Rauchers von filterlosen Zigaretten. Darauf lachte er. Dieses Lachen nun, man vergesse nicht, ich hatte das laute polternde Lachen der Exfrau und des Sohnes gehört: Das Lachen des Vaters war völlig lautlos.

Plangemäß hätte sein nächster Schritt sein sollen, mich zu küssen. Der Kuß enthielte durchaus Überraschendes. Hände, die nicht Wangen umfingen, sondern gleich zur Taille fuhren. Oder nichts mit Händen. Oder der Mund würde zuerst beißen, nicht die Lippen, sondern das Ohrläppchen – ich vermutete, daß dieser Michael grob sein würde –, oder kein Kuß, Verzicht aufs Küssen, dafür werden die Strümpfe heruntergerissen etc. Warum diese Vorstellung mir nicht nur nicht mißfiel, sondern mich regelrecht erregte, wieso sie sich unterschied von der mit dem Schmutzfink im Wilkes-Barre-Hotelzimmer und seiner rosigen Hand, einer Hummerzange gleich, die meine Brustwarze kniff, hätte ich nicht sagen können. Vielleicht die Gewißheit, daß jede Bewegung von Michael Davidoff wohlüberlegt wäre. Ich mußte bloß bereit sein, *mich* seiner zu *bedienen*.

Aber wie schon bei der Anfangsbegrüßung ließ er mich warten. Er würde nicht so geschmacklos sein und sich erkundigen, wieso ich seinen Sohn kannte oder was ich von ihm wollte. Ein Blick im Starkwaschgang von allem gereinigt außer spöttischer Erwartung: *Überraschen Sie mich.* Aber ich konnte es nicht. Ich könnte mich rittlings auf ihn setzen oder in Tränen ausbrechen oder ihm Schriftstücke auftischen oder sagen: »Wissen Sie, wie ich Ihren Sohn kennengelernt habe? Er ist planvoll-absichtslos im Hotel-Swimmingpool mit mir zusammengestoßen, und innerhalb einer Viertelstunde waren wir im Bett; wie der Vater, so der Sohn, nicht?« Was immer ich täte, ich würde dasselbe *Ah ja* zur Antwort bekommen. Hinter dieser Unerbittlichkeit, wußte ich, verbarg sich eine so große Traurigkeit, die schon eisig war. Was brauchte ich die Spitze eines Eismanns? Welchen Schatz hoffte ich in ihm vergraben zu finden, die DNS eines Dinosauriers in Bernstein? Konnte ich nicht einfach die eigenen Gefühlsberge erklimmen?

Mit solchen Überlegungen schaffte ich es, länger als er abzuwarten.

»Haben Sie zu Abend gegessen?« fragte er.

»Nein«, log ich.

Er hatte die Hände auf dem Schreibtisch zusammengefaltet, als posierte er für die Sorte von Firmenfoto, die man, wie ich gelesen hatte, nach der Band ›Guys in Ties‹ nennt. Er drehte das Handgelenk um und sah dezent nach der Zeit. »Sollen wir?« fragte er und stand auf. Blickte *wieder* auf seine Uhr. Eine teure sportliche Uhr – was für ein dummer Widerspruch in der Ausdrucksweise. Die Geste erinnerte mich daran, daß Fidel Castro immer zwei Uhren trug – eine auf der Innenseite seines Handgelenks, die zweite auf der Oberseite, so brauchte er für die Uhrzeit nie den Arm zu wenden. Jetzt hatte er mir seine Achillesferse gezeigt, die ich bei Bedarf treffen konnte. Wie man den Eisberg zum Schmelzen bringen würde: mit dem emotionalen Gegenstück zum Jetlag. Bring den Burschen aus seinem 24-Stunden-Rhythmus. Bei ihm war alles ein Spiel des Timings.

Das im Hinterkopf, konnte ich ihn gelassen anlächeln.

Er war größer, als er mir im Sitzen vorgekommen war. Größer als sein Sohn und weniger muskelbepackt, dazu hatte er einen rötlichen Schimmer im Haar. Das Gesicht war fein geschnitten und intelligent. Natürlich sehen alle Rechtsanwälte gewitzter aus, als sie sind, und das wissen sie – die zweite Achillesferse. Aber wegen der langen Beine, des hageren und hungrigen Aussehens ähnelte Michaels intelligentes Gesicht dem einer Gottesanbeterin. Egal, wie nachdenklich der Kopf sich auch dreht, es bleibt doch ein Insekt.

Als er neben mir stand, steckte er eine Hand in seine Hosentasche und klimperte angelegentlich mit dem Kleingeld. Dann legte er dieselbe Hand sanft auf meinen Rücken, um mich nach draußen zu lotsen. Das übliche altmodische »Hier-entlang-meine-Dame«, aber der Druck fühlte sich aufregend gut an.

Schweigen im Aufzug.

In der Eingangshalle warfen der Sicherheitsbeamte und ich uns einen anzüglichen Blick zu, ein »Bis-bald-Schnipsen« mit gesenkten Fingern. Wäre es eine romantische Komödie gewesen, hätte ich ihm zuzwinkern können und er hätte an seine Mütze getippt. Die filmische Parallelisierung, unter der ich schon die ganze Zeit stand: Als der Rechtsanwalt meinen Rücken wieder berührte und mich in die Drehtür schob, nachfolgte, mich einholte und nach links bugsierte, mit großen Schritten neben mir herlief, seine Hand dort in der Mulde beließ – wenige Zentimeter tiefer und er hätte meine Blase angeregt –, sah ich uns in einer Szene aus der Sorte Film, in der nervöse Großstadtpaare, die Kamera fährt immer mit, Richtung Vereinigung unterwegs sind, vorbei an sich spiegelnden Wolkenkratzern in einem Toronto, das sich als Manhattan gibt.

Wir waren auf der Walnut Street und steuerten, wie mir klar wurde, genau auf das Restaurant zu, dem ich mein Kotzen zu verdanken hatte, gingen aber zu einem anderen Lokal auf der anderen Straßenseite. »Schon mal hier gewesen?« fragte er.

»Wohne nicht in der Stadt«, sagte ich. »Bin bloß zu Besuch.«

»Ah«, sagte er. »Von wo?«

»Cleveland.«

»Sie werden's mögen.«

Wir brachten den Anmarsch zum Tisch hinter uns, die Bestellung der Getränke, das Servieren der Getränke, die Präsentation der Mammutspeisekarten, das rituelle laszive Aufzählen der Spezialitäten, ohne weitere Informationen auszutauschen. Sollte er irgendwelche Neugier oder Unruhe hinsichtlich meiner Identität haben – Edelnutte, vom Sohn im voraus bezahlt, als Dank für irgendwelche Nachhilfe? Geschiedene Mama von einem der Schulkameraden seines Sohnes? –, verriet er es zumindest nicht. Seine Zurückhaltung war beeindruckend wie der Raum, in dem wir Platz genommen hatten.

Das Restaurant war eine umgebaute Bank aus der Jahrhundertwende, und man hatte uns zu einem halogenerhellten Festsaal im Souterrain geführt, in den ehemaligen Tresorraum mit den Safes. Marmorwände, Marmorfußböden und Tresorräume strahlten den Ernst der Luftwaffe aus. Die Stahlwände der Tresorräume waren mehr als dreißig Zentimeter dick, die Scharniere für Kampfflugzeuge gerade recht. Ein Tempel zur Verehrung des Geldes. Trotz des Zigarettenrauchs roch es hier unten gut – der stählerne Ölgeruch von wahrer Männlichkeit und damit von Geschichte. Kolben, Schrauben, Nahtstellen. Schwer, sich eine Welt vorzustellen, in der diese Art von Stahlwaren, heute bloß seltsam und dekorativ, jemanden verleiten konnte, sich unverletzlich zu fühlen, aber ein reicher Kerl, der sein Vermögen aufsuchte wie jemand eine geliebte Person in einem Mausoleum, statt es an die Börse zu geben, wäre letztendlich durchaus glücklich gewesen. Wenn es denn noch möglich wäre, ein Gefühl der Sicherheit im Dinglichen zu haben, in der Beharrlichkeit der greifbaren Welt.

Als ich mich Michael zuwandte, lächelte er, zufrieden mit mir. Als wüßte er genau, welchen Gedanken ich nachhing, und würde ihnen zustimmen. Seine Auswahl des Restaurants war ein ironischer Kommentar über die Vergänglichkeit unserer Beziehung –, wir würden zusammen nichts anhäufen, sondern nur kurz in der Buchführung des anderen erscheinen und entschwinden, ein elektronischer Transfer.

Ich nahm die Hand vom Stiel des Weinglases und reichte sie ihm. »Claire Newbold.«

Er hob meine Hand und küßte sie. Der Druck, ähnlich dem Druck seiner Hand auf meinem Rücken, war genau richtig. »Freut mich.«

Dann hielt er die Hand einfach weiter, wobei sein Daumen meinen Daumen lässig streichelte.

»Claire«, sagte er genießerisch.

Es konnte nicht besser laufen. Unmöglich. Ich ließ ihn meinen Daumen betätscheln. Nachdem er eine Weile meinem Nagel mit seinem Finger nachgefahren war, erschien seine zweite Hand, danach wölbte er beide Hände über meiner Hand auf eine Weise, daß ich an jemanden denken mußte, der bei starkem Wind mit größter Sorgfalt ein Streichholz anzuzünden versucht. In seinen Händen kam sich meine Hand wie bei Kerzenschein vor, ihr Vergnügen rein privat. Er zog auch meine andere Hand hinein und hielt beide Hände gleichzeitig, strich zuerst über die Zacke meiner Diamantfassung und dann über die Schwimmhaut oder wie immer das zwischen den Fingern heißt, bemüht, aus diesem stummen entbehrlichen Stück Fleisch etwas Zitterndes, vielleicht eine Handtrommel zu machen. Ich fühlte dies mehr, als daß ich es sah, denn meine Augen waren geschlossen. Als ich sie aufschlug, beobachtete er mich gerade, und während das Lächeln noch ebenso starr und mißtrauisch war, zur Maske des Rechtsanwalts gehörig, hatten seine Augen Feuer gefangen, zuckten die Lider. Sein Blick sagte: Ja, schon eindrucksvoll, unsere Konzentration in diesem Themenpark-Restaurant, inmitten von Besteckgeklimper und Bargeplauder, aber versuchen wir es doch mal richtig.

»Okay«, sagte ich.

Er lachte. Diesmal entfuhr ihm ein kleiner Laut, bevor er ihn unterdrücken konnte. »Okay, also«, stimmte er zu, meine Hand *tätschelnd* – was nun? Ein herablassendes Bist-ein-braver-Hund-Getätschel, dann wandte er sich unserer Kellnerin zu, die neben dem Tisch aufgetaucht war.

»Für die Dame?« fragte er mich weltläufig und geschäftsmäßig.

Ich hatte nicht einmal auf die Speisekarte geguckt, die unter dem Gestirn unserer verbundenen Hände gelegen hatte. Ich sagte ihm, er solle für mich bestellen. Ich hatte natürlich keinen Hunger. Nicht nur, daß ich schon gegessen hatte, sondern die Geschichte mit meiner Hand ließ einen anderen Hunger in mir hochsteigen, so daß ich nicht sicher war, ob ich ein ganzes Essen lang darauf warten konnte, ihn endlich zu küssen. Er schien das zu verstehen, denn sobald die Kellnerin verschwunden war, die albernen Geschäftsberichte unserer Menüs mit sich nehmend, legte er die Hand an meinen Mund, den Mittelfinger auf den Winkel, wo es einem Wellensittich gestattet wäre, sich niederzulassen, und ich biß leicht in seinen Finger. Ich war überrascht – überrascht, daß er in einem Restaurant unweit seines Arbeitsplatzes so offen war. Er war wohl selbst überrascht. Meine Zähne auf dem Fingerknöchel und die Zunge darunter, wo sie etwas Schwieliges fühlte.

Er gab seinem Finger einen kleinen Ruck, gerade so viel, daß er aus dessen Krümmung eine Metonymie für andere Winkel bilden konnte: für mein erhobenes Knie, eine scharfe Kurve auf einer Straße an der Pazifikküste, die er abends immer fuhr, vorsichtig; für eine Brustwarze mit Hintergrundbeleuchtung, geschleckt. Und natürlich für das gewölbte Stoffzelt auf seinem Schoß, das mein Fuß unter der Tischdecke finden könnte, wenn dies ein beknackter Film wäre und die Kamera unten nah heranführe, um zu sehen, wie einer meiner Pumps abgestreift wurde und gestreckte Zehen die Lage erkundeten. Aber das hier war kein Film. Ich glaube nicht, daß uns auch nur einer bemerkt hätte, die Bewegung seiner Hand an meinem Mund war so unauffällig. Das Gefühl war überhaupt nicht lasziv: eher behaglich, wie bei einem Jungen, der schlafen soll und sich ein Zelt aus der Bettdecke baut, um darunter mit einer Taschenlampe zu lesen.

Als ich die Augen öffnete, hatte sein Blick sich geändert. Er war feucht und etwas gequält.

»Schwer vorzustellen« – sagte oder womöglich keuchte oder gar stöhnte ich, in Kauf nehmend, daß er seine Hand zurücknahm –, »Sie mit Margot.«

Das brach den Bann sofort. »Sie kennen meine Exfrau?«

»Würde nicht sagen ›kennen‹. Habe sie bloß getroffen. Ich habe mit ihr und Zachary im Le Bec Fin zu Abend gegessen, nicht lange her, vor ein paar Tagen.«

Beim Namen dieses teuren Restaurants zuckte er zusammen. Der Bourbon pur oder die Aussicht auf Sex hatten sein Pokergesicht einigermaßen aufgelockert. Wenn ich mich konzentrierte, hätte ich eine vollständige Chronologie bösen Bluts hinter seinen Augen sehen können – 3:00 morgens Weinen, Vormundschaftsverhöre, Unterhaltzahlungs-Schecks, mit so großer Feindseligkeit ausgestellt, daß eine Unterschrift das Handwurzel-Tunnelsyndrom hätte auslösen können.

»Und woher kennen Sie Zach?« wollte er mit betont beiläufiger Stimme wissen.

»Bin in dem Mini-Swimmingpool des Four Seasons handfest mit ihm zusammengestoßen. Endete damit, daß wir uns über Medizin unterhalten haben, da mein Mann Herzchirurg ist.«

»Ah. Vermutlich durchläuft Ihre eigene Ehe gerade einen wundersamen Wandel?«

»Ehen«, informierte ich ihn, »durchlaufen immer einen wundersamen Wandel.«

Er überlegte sich diese Aussage. »Wenn man Glück hat. Wenn nicht ... «

»Dann nicht«, pflichtete ich ihm bei. »Diese Art Befragung ist weniger interessant, finden Sie nicht« – ich bedachte das Wort *interessant* mit ein bißchen Geringschätzung, was ihm bestimmt auffiel –, »als der von uns bis dato beschrittene Weg?«

(Ich ahmte, wurde mir bewußt, Zachary nach, seinen Vater nachahmend, der seinerseits seinen eigenen Gerichtsstil nachahmte.)

»Das hat Ihnen gefallen, nicht wahr?«

Zur Antwort reichte ich ihm die Hände wieder, die Innenfläche nach oben.

Durch das Erscheinen der Vorspeisen, kleiner Portionen auf Riesentellern, wurde er daran gehindert, sie zu nehmen.

Er hatte mir einen Salat bestellt, in dessen Blättern sich überraschenderweise gegrillte oder marinierte Stückchen verbargen. Er war recht gut, und ich aß ihn auf, obwohl ich keinen Hunger hatte und es auch für unnötig hielt, für diesen Tag noch mehr Ballaststoffe aufzunehmen. Wir redeten nichts. In seinem Schweigen erkannte ich den Sohn; wir genossen dieselbe Art geselliger Ruhe wie Zach und ich im Le Bec Fin, während Mama sich frisch machte. Jemand, der uns beim Essen zusah, hätte vielleicht geglaubt, wir wären verheiratet und hätten uns nichts mehr zu sagen. Aber es war ein aufgeladenes Schweigen, kein stumpfes. Wir aßen beide und überlegten, ob es möglich sei, Klassesex mit einem Fremden zu haben, nicht wie in *Der letzte Tango in Paris* mit dieser Spur von Gefahr und Feindseligkeit, sondern eher – kameradschaftlich. Nichts Bedrohliches. »Zum gegenseitigen Nutzen«, hieße es in der Juristensprache. Unsere Szene war nur möglich, weil ich verheiratet war, aus einem anderen Staat kam, gerade auf Durchreise war, eindeutig nicht verfügbar. Das machte mich so sicher, wie eine Frau sicher sein kann; die Gefahr war gering, lediglich eine Art Schmiermittel. Nur, daß eine Frau, die eine solche Situation mit einem Fremden nicht nur bejaht, sondern auch geschickt lenkt, labil sein mußte, wie er, da war ich sicher, dachte. Dennoch, ich hatte das Zauberwort *Herzchirurg* gesagt. Als Annahme galt, daß eine Frau einen Chirurgen nicht leichthin verläßt. Nicht einmal für einen Rechtsanwalt. Nicht mal für einen Rechtsanwalt, der Sex de luxe zu bieten hat, wobei er bestimmt von mir glaubte – anscheinend nicht zu Unrecht –, daß ich es mir vorstellen konnte.

Wir bekamen eine Flasche Wein, einen sehr schönen Pinot Noir und unseren Hauptgang. Er hatte sich ein Steak bestellt und mir eine Schweinelende in einer Beerengeleekruste, dazu delikat gebratene Zucchiniblüten und geraspelte Kartoffeln von der Größe abgeschnittener Fingernägel. Etwas, das sich auf einer Speisekarte gut anhört, auf dem Teller aber und am Gaumen überkandidelt wirkt. Nicht die ideale Wahl für ein zweites Essen, aber ich war glücklich, daß er meinte, genau dies sei für mich das richtige und nicht irgend so ein Edelfisch, denn ich fand mich immer vier Pfund zu schwer. Eine von denen, die Diäten machen, sich was Gedünstetes oder Gegrilltes bestellen – ein härenes Gewand von Hauptgericht –, sich dann mit einem Extrabrot, bestrichen mit süßer Butter, belohnen. Und Dessert. Ich war glücklich, daß er mich als eine einschätzte, die blutroten Wein trank und wonnevoll Fleisch aß.

»Wie finden Sie das?« fragte er.

»Ambitiös. Aber mir schwante so was schon bei dem pompös subtilen Verzeichnis der Speisekarte.«

Er lachte. »Und wie finden Sie mich?«

»Ich glaube, Sie sind nicht ganz der Mann, für den ich Sie gehalten habe.«

»Sie meinen, den aus dem Gespräch mit der schönen Margot.«

Ich nickte.

»Nicht Hitler, meinen Sie?«

»Nicht einmal Warren Beatty.«

Er grinste zustimmend.

»Nur ein einigermaßen netter Typ«, fuhr ich fort, »dessen Seele ein wenig geplättet vom Leben auf dem Planeten ist, vom Leben als raffgieriger Amerikaner, der die Seele gern ein bißchen aufschütteln würde, allerdings nicht recht weiß wie. Er mag das Gesetz, liebt es sogar, hat aber den – nicht ganz unberechtigten – Ruf eines Fieslings satt und würde darum lieber etwas anderes tun, am liebsten etwas Romantischeres als eine glorifizierte Version des Anklageerhebens – Romane schreiben vielleicht à la Grisham?«

»Nein, danke«, sagte er. »Ich wäre lieber Wissenschaftler. Und würde mit meinem kleinen Chemiekasten spielen. Aids heilen. Krebsgene erkennen. Außerdem«, gestand er, »spiele ich Cello.«

»*Cello*?«

»Schlecht. Und Sie?« Er kam in Schwung. »Was war eigentlich in der Aktentasche?«

»Mein Gott«, sagte ich erschreckt. Und ich merkte, hektisch auf meine Füße schauend, daß ich es tatsächlich fertiggebracht hatte, die Aktentasche in seinem Büro zu lassen. Der Laptop war mir geblieben – ich hatte ihn irgendwie von der Schulter abgestreift, nachdem wir hierhergekommen waren. Aber ich hatte meine Aktentasche vergessen. War im Grunde nicht daran gewöhnt, Aktentasche und Laptop bei mir zu tragen, außerhalb ihrer Plätze auf meinem Gepäckkarren, wenn ich unterwegs war in einem fremden Hafen. Wie schon bei der Anmeldung im Four Seasons erlebte ich den drohenden Verlust meines Besitzes jäh und äußerst schmerzhaft, als hätte ich gerade in einem Militärkrankenhaus das Bewußtsein wiedererlangt, um mit meinem Beinstumpf konfrontiert zu werden. Oder hätte die falschen Sachen gerettet, als ich aus dem brennenden Haus floh. *Schussel!* schimpfte ich mich aus, um die aufkommende Panik zu vertreiben.

»Die Aktentasche können wir holen«, beruhigte M. D.

mich. »Sie ist sicher in meinem Büro. Nun zu Ihnen. Vertreterin für etwas Lukratives – diese Tasche war zu schmal für Muster. Viel unterwegs mit reichlich Zeit, um diskret die eigenen Bedürfnisse zu befriedigen. Besonders jetzt, wo Ihre Kinder älter sind, weniger fordernd. Sind sie – im Ferienlager? Ferienlager für den ganzen verdammten Sommer! ›Liebe Ma, lieber Pa. Joey hat einen Frosch in meine Badehose getan. Er hat groß gemacht. In der Kinderlimonade schwamm eine tote Küchenschabe rum. Alles Liebe vom Junior!‹ He, Sie sollten diese Freiheit mit Ihrem Ehemann genießen. Wann waren Sie das letzte Mal in Paris? Aber ich wette, er ist *zu beschäftigt* ...«

Allerdings war mein Gesicht in Reaktion auf diese Rede zusammengefallen, der Zeitpunkt deutete ihm an, daß das Anstößige offenbar im letzten Teil war. Der arbeitswütige Mann mit seinen vorhersagbaren Mittagspausen-Liaisons. »Tut mir leid«, sagte er. Ich schüttelte verneinend den Kopf und wartete mit meiner Erklärung, bis die Kellnerin Wein nachgeschenkt hatte.

»Ein Kind. Tot. Ich habe viel über Ferienlager phantasiert. Da ist etwas, was ich immer noch nicht ertragen kann, nämlich Freunden zuzuhören, wenn sie über ihre Kinder in Ferienlagern sprechen. Die Zärtlichkeit. Die Art – fröhlicher Sehnsucht. Manchmal habe ich mir selbst etwas vorgemacht, einfach so getan, als wäre er tatsächlich im Lager, der Trick positiver Einbildung. Nicht tot; nur weg. Ich meine, wenn ich ihn in der Erinnerung leben ließ, was ich, heißt es, durchaus machen durfte, warum konnte die Erinnerung dann nicht eine Zukunftsprojektion umfassen? Aber ich bin weiter gegangen. Mußte es. Haßte es, ihn mit zwölf einfrieren zu lassen. Schaffte es nicht, ihn scharf einzustellen, da sich seine Stimme änderte, er wie verrückt wuchs. Jetzt tu ich so, als wäre er auf dem College, genau wie Ihr Sohn. Seine Erwachsenengestalt schon erkennbar, noch sich formend, hat noch all das Aufregende des Unbekannten – bloß von meinem Radarschirm verschwunden.«

Er senkte den Kopf kurz, signalisierte, tut mir leid.

Wir studierten einander eine Zeitlang, und ich beobachtete, wie ihm eine Gedankenparade im Eilschritt über das Gesicht marschierte, dann weggerissen wurde. Echtes Mitgefühl für mich. Auch pornographisches Interesse an der Todesart, am Wann und Wie, ob sie eine einklagbare Forderung darstellte, ein Unrecht – haben die Bremsen sachgemäß funktioniert? Ekel oder Scham angesichts seines Interesses und auch Überdruß – wer möchte sich beruflich verpflichtet fühlen bei einer Frau, mit der man ins Bett gehen will? Enttäuschung, wie wird man denn mit einer Frau in den Pranken des Leids seinen Spaß im Bett haben, dann Interesse, sich der Herausforderung zu stellen, als er in Betracht zog, daß mein Plan vielleicht war, mich *aus* dem Leid *herauszuficken*, was eine gewisse Konzentrationsstärke erforderte und ihm auch neu war, vom Üblichen abgesetzt: Ärger, Depression, Niedergeschlagenheit, Rachgier, mit dem er es jeden Tag zu tun hatte. Eine Erinnerung, die für ihn wachbleiben mußte. Die aufblitzenden Berge Papier, in einer Generalstabskarte auf seinem Arbeitstisch, verbreiteten Schrecken und trösteten gleichzeitig.

Und so löste er die anstürmenden Konflikte: Er stand entschlossen auf. Er zog die Brieftasche aus der Hosentasche und häufte Scheine auf den Tisch – einen Fünfziger, noch einen Fünfziger, einige Zwanziger. Ich sah zu, wie jeder Schein hingeknallt wurde: Die Kellnerin würde glücklich sein. Dann glitt er neben mich auf meine Seite der gepolsterten Bank an der Wand, so daß ein Bein von ihm eines von meinen unterm Tisch berührte. Er legte den Arm um mich, hob die Hand, als wolle er über mein Haar streichen, legte statt dessen den Daumenballen auf meinen zweiten Halswirbel und drückte fest wie ein Akupunkteur.

»Claire«, sagte er grüblerisch.

Die Weise, wie mein Name in seiner Stimme klang – scharf, knorrig, skelettartig –, bewirkte, daß ich fast losheulte.

Er sagte: »Sollen wir?«

Draußen schien es gerade erst dunkel zu werden, als hätte der Sonnenuntergang auf uns gewartet. Wir waren alt genug, um als Langverheiratete durchzugehen. Mühelos mit ihm Schritt haltend, sah ich, daß Michael die Größe meines Mannes hatte und eine ziemlich ähnliche Gestalt, hochgewachsen und geschmeidig. Dennoch, er war nicht mein Mann. Anscheinend konnten wir zu seinem Apartment über den historischen Rittenhouse Square spazieren, einen eleganten Platz, sah man ab von den Bettlern und den aus Heilanstalten entlassenen Schizophrenen, Opfer der versagenden amerikanischen Gesundheitsfürsorge. Das wär doch was fürs Gespräch.

Statt dessen fragte er leichthin: »Wo ist der Haken?«

Er sah mich dabei von der Seite an, prüfend, höflich. Ich senkte den Kopf, wollte Näheres erfahren.

»Kommen Sie schon«, sagte er. »Eine Frau taucht mir nichts, dir nichts auf, bietet Sex an – wenn ich so kühn sein darf anzunehmen, das haben Sie mit ›ein Geschenk‹ gemeint –, ohne Bedingungen. Frauen tun das nicht. Nicht Frauen wie Sie.«

»Aber Männer? Was sind überhaupt ›Frauen wie ich‹?«

»Wer nimmt hier eine eidesstattliche Erklärung ab?« fragte er unbehaglich.

Wenn man Zachary nicht zählte – und aus irgendeinem Grund tat ich es nicht so richtig (darauf lief es wohl bei Zach hinaus) –, hatte ich seit siebzehn Jahren keinen anderen als meinen Mann berührt. Neun oder zehn Jahre ans Kind gebunden, vorher, während seines Lebens und danach. Zuvor: Kens Assistenzzeit im Krankenhaus. Kens Niederlassung als Arzt. Drei verschiedene Jobs für mich und drei verschiedene Häuser (zwei gemietet), in drei unterschiedlichen Gegenden und Klimazonen: neues Girokonto, Neuanmeldung des Autos, neue Scheckkarte für bargeldloses Einkaufen im Lebensmittelgeschäft. Dinner-Partys für Kens gegenwärtige Kollegen samt deren Ehefrauen, Frauen, mit denen ich sonst wahrscheinlich keinen Kontakt hätte, obwohl ich so tun mußte, als bemühte ich mich darum. Falls Ken und ich uns scheiden ließen, würde mein Anwalt dies hervorheben (*Sie haben ihn beim Medizinstudium unterstützt!*), aber ich habe die Straße gewählt. Soldaten-Göre oder Diplomatentochter, das hätte wohl gepaßt, nur daß ich meine Kindheit in einer stabilen Familie verbracht hatte, in einem Halbgeschoßhaus in der Vorstadt, und vielleicht wollte ich gerade deshalb keine Identität, die an Orte und Dinge gebunden ist.

»Ich meine«, sagte er, »warum ich?«

Die Frage war durchaus berechtigt. Aber ich konnte sie nicht beantworten. Ich öffnete nur die Lippen auf eine

Art, die hoffentlich meine Hilflosigkeit vor seiner Unwiderstehlichkeit andeutete.

Wäre dies ein Film, würde er vor dem Sex mit einer Fremden bestimmt nicht zuerst seinen Anrufbeantworter abhören. Aber er tat es, kaum daß wir in seiner Wohnung waren. Ich entschuldigte mich und ging zum Badezimmer am Flurende, um ihn ungestört zu lassen, nur konnte ich selbst von dort bei rotierendem Ventilator das Gemurmel der abgespielten Mitteilungen hören: die Stimme einer ihn bedrängenden Frau. Dann ein schroffer Rückruf – nicht an sie. Arbeitsbezogen. Beschaffen Sie die Akten von dem und dem. Da wurde ich doch ziemlich ärgerlich auf ihn. Hoffentlich hatte er mit mir was richtig Gutes vor, um den Verrat, den er da gerade beging, zu rechtfertigen. »Wenn Sie jetzt auch noch die E-Mails checken und die Voicemail abhören wollen, können Sie's vergessen«, warnte ich ihn, und er lächelte, schüttelte den Kopf und führte mich zum Schlafzimmer.

Ich bin überzeugt, daß ich den ersten Kuß von diesem Mann, sagen wir, mit dreiundneunzig, auf dem Sterbebett, nicht vergessen haben werde. Doch an was werde ich mich erinnern? Nur an meine Hingabe.

Kein Gefummel im Flur. Als wir in sein Schlafzimmer kamen, warf er die Schlüssel und das Kleingeld aus seiner Tasche in einen Keramikbehälter auf seiner Frisierkommode, den ein Innenarchitekt speziell dafür ausgewählt hatte, und sah mir beim nicht zu schnellen, nicht zu langsamen Ausziehen zu. Ein Stuhl stand parat für die Sachen. Mein

Kostüm fiel wellig, im leinenen Rhythmus darauf, als fände der Stuhl Gefallen an dem handgewebten Stoff. Dann begann auch er sich auszuziehen, mich beobachtend, wie ich ihn beobachtete.

Ich sehe mich in der Erinnerung auf seinem Bett knien. Das Bett steht nicht parallel zur Wand, sondern als Folge einer Inspiration des Innenarchitekten schräg in einer Ecke, und ich knie ebenfalls auf einer Ecke des Betts, so daß sich visuell eine Art Dreiecksmotiv ergibt. Ich werde seitlich angeleuchtet und fühle es. Bin exponiert und gleichzeitig ganz bei mir. Michael hat sein Jackett unbemerkt abgelegt, ist ansonsten aber angezogen, sein Hemd im gleichen synthetischen Blau wie der Stadthimmel, den man aus seinem Hochhausfenster sieht, und er steht einige Meter entfernt, symmetrisch konzentriert auf die Bettecke: ein zweites Dreieck. Ein weiteres: die Entfernung zwischen meinen sich sehnenden Brüsten und der Quelle darunter, zu der alle Empfindung fließt. Und noch eines: der Abstand zwischen den Brüsten und seinen Händen, seinen Händen und seinem Mund. All diese pythagoreischen Gleichungen, die den Körper zum Schweben bringen.

Sex ist eine Geschichte mit bekanntem Ende. Mehr oder weniger die gleiche Geschichte und jedesmal das gleiche Ende. Dennoch wollen wir sie immer wieder hören, wie ein Kind, das einem Märchen lauscht und jede Veränderung registriert. Ich kniete da, ich schwöre es, in der zitternden Spannung des Nichtwissens, wartete darauf zu sehen, wo und womit dieser Mann auf mir landen würde.

Und das war's: Er küßte mich bloß. Kein Vereinen der Hände oder Oberkörper. Wenn meine Augen offen gewesen wären, könnte ich berichten, wie er das tat. Er mußte sich nach vorne geneigt und das Bett als Strebe benutzt haben. Wir waren zungenverbundene Spund und Nut. Blind und ohne Geschichte, ich fühlte und war nur Mund.

Nicht in diesem Augenblick, sondern erst viel später, als ich die Szene rekonstruierte, erinnerte ich mich an das Gedicht des anderen Michael über das Stillen, über die Totalität des Hungers und dessen Beziehung zur Identität, und eine Gleichung kam mir in den Kopf, die mathematisch die Verbindung zwischen Entbehren und Begehren zu verdeutlichen schien:

Want = Want (entbehren = begehren)

Diese Worte drücken aus, was für ein Gefühl der Kuß war. Mund. Mund. Eine genaue Spiegelung. Das = war das ›wir‹. Und bis er – und dies war sein nächster Zug, entschieden genug, um als harmonisch zu gelten – nur eine Hand jeweils zu einer Brust führte, als wollte er mit Braille das Verhältnis zwischen Brustwarze und Mund erkunden, dann den Mund an die Stelle legte, die seine Hand zuvor, einem Blindenstock ähnlich, ertastet hatte, um seine gerade erfundene Sprache von den Lippen zu lesen, war ich weg, ja weggetreten. Später wäre Zeit, mich auszuschelten: »Was machst du da?« oder mich zu mahnen, wenigstens ansatzweise Scham über die Brust zu zeigen (am hellichten Tag nicht mehr die einer jungen Frau) oder mit einer Witzelei aufzuwarten wie: »Für einen Philadelphia-Rechtsanwalt bist du ein wahrer Zuchthengst.« Aber ich überließ mich für den Augenblick dem *Sei jetzt voll da, Mädchen*, was das Wesentliche am Sex mit einem Fremden war.

So fremd war er mir allerdings nicht. Sohn und Vater hatten unheimlicherweise fast die gleichen Hände, die gleichen Zähne. Die gleichen Ohrläppchen, Augenbrauen, die gleiche Zunge; selbst, will man das unfeinerweise erwähnen, nahezu den gleichen Schwanz, im Fleische, wenn nicht in Aktion. (Irgendwann kam ich drauf, daß, gäbe es das Inzesttabu nicht, Väter und Söhne ideale Versuchsobjekte für Masters und Johnson wären, wie es von Geburt an getrennte Zwillinge für alle Kontrollstudien über Biologie und Schicksal sind.)

Am liebsten würde ich sagen, daß Berührung einfach berührend ist. Aber ich hatte das nicht beim Sex mit dem Sohn erlebt. Beim Sohn hatte ich draußen gestanden, beobachtend. Bei Michael zählte nur das Innere. Es gab ehrlich gesagt eine unterschiedliche Fertigkeit. Der sexuelle Modus operandi des Anwalts war sehr ungewöhnlich. Das geringe Ausmaß seiner Berührung, die intensive Konzentration auf Daumen oder Wirbelsäule, mochte vielleicht ein Trick sein aus einem Lehrvideo, auf das er sich wie auf einen Schriftsatz bei einer Berufung stützte. Aber es funktionierte. Es erlaubte mir, in eine Quelle meines eigenen Empfindens einzutauchen. Ließ die ganze Hautzone und die Zeitspanne, Erzählbogen des Aktes, klitoral werden – um es simpel und direkt auszudrücken.

Das Wort Lust selbst ist klitoral, rasch verschluckt vom Sog des eigenen Lauts. Lust gleicht einem Schwarm Vögel, der in V-Formation über den Himmel fliegt. Die Worte: *Ich war im Inneren des Sex* sind ein Widerspruch in sich. Eines jener Zen-Paradoxa wie: »Zu denken, ich werde nicht an dich denken, ist immer noch an dich denken. Somit schwöre ich, nicht zu denken, daß ich nicht an dich denken werde.« In der Sekunde, wo man sagt, man sei verloren, hat man sich sprachlich schon verortet. Das ist das Problem, wenn man versucht, über Sex zu sprechen. Wir leben gleichzeitig in der Sprache und in unserem Körper. Beide setzen Begrenzungen. Um die Angelegenheit noch komplizierter zu machen, Worte und Handlungen existieren in der Zeit, einer weiteren Begrenzung, vielleicht die härteste. Einen Orgasmus zu beschreiben braucht viel zu lange und ist somit falsch.

Nur beim Sex kann man solche Gedanken haben, ohne sie zu haben. Mein Vergnügen war eindeutig ein intelligentes. Ich war mir bewußt, auf Elementares zurückgeworfen zu werden, darauf, wer ich war und warum es mich dorthin verschlagen hatte; hinzu kamen, wenn auch nur indirekt, Verweise auf meinen nuckelnden Sohn, auf das unterschiedliche, aber verwandte Vergnügen, zu beobachten, wie seine Zehen sich zusammenrollten, seine Befriedigung stark, doch unverkrampft war. Von außen sähe man bloß das Softporno-Klischee meines um den Rücken des Anwalts geschlungenen Beins, meinen biegsam sich wölbenden Fuß. Aber niemand sah zu. Und Michael war nicht außen.

Während des Orgasmus sieht man nie das eigene Gesicht oder hört den eigenen Aufschrei. Man kann allerdings das Ich nicht für lange abschütteln. Bald schon flutet alles zurück. Toter Sohn, herumflirtender Ehemann, Problem mit der Schilddrüse (?), Hillary Katzenbach (!), Gerichtstermin, Unterhaltszahlung, ambitionierte Innenausstattung. Nicht endender Autoalarm. Dann bizarrerweise: Hunger. Wie oft mußte ich heute essen? Ich versuchte mich zu erinnern, ob Hungergefühl ein Symptom früher Schwangerschaft, frühmorgendlicher Übelkeit war. Nein, ich hatte mir wahrscheinlich einfach Appetit geholt. Mein Körper war durcheinander – so ein aberwitziger Rube-Goldberg-Apparat, wo die Glöckchen aller Bedürfnisse gleichzeitig klingelten. Als aber Michael das Schlafzimmer verließ und mit einer Packung Mikrowellen-Popcorn zurückkam, auf der Paul Newman ikonographisch lächelte, und sich an mich kuschelte, während ich überlegte, ob Popcorn nun das Gewünschte war, war unbestreitbar, daß mein Körper in gewissen entscheidenden Dingen immer noch funktionierte.

Weit nach Mitternacht spielte Michael Davidoff, der früh am Morgen eine eidesstattliche Erklärung abnehmen wollte, Cello für mich, nackt. Während ein nackter Flötist vielleicht einen gewissen Pan-Elan ausstrahlt, kann ein nackter Mann, der auf einem Cello fiedelt, nur wie ein Clown aussehen. Bachs Suiten, fromm und düster, verlangen einen Smoking. Das sinnliche Holz des Instruments, dessen rotbrauner Schimmer den gleichen Ton hat wie das Brusthaar, das es verdeckt. Seine behaarten Beine mit knochigem Knie, die an jeder Seite hervorschauten und in behaarten Füßen endeten: Mann und großknolliges Cello ergaben eine Art stockbeiniger Mr.-Potato-Head-Figur. Ich sah vom Sofa aus zu, ebenfalls nackt, vorgebeugt, mit hängenden Brüsten, die Schale mit dem mikrowellengerösteten Popcorn als Bullauge auf dem Schamdreieck.

»Ich bin nicht sehr gut«, gestand er hinter dem Cello. »Aber aufgegeben hab ich es nicht, wegen einem Mädchen, das Geige spielte. Marion.« Noch jetzt streichelte er den Namen leicht, als er ihn sagte: seine ewige Jungfrau

Marion. Jeder Mann hatte eine auf der High School, Ken auch.

»Ich war ein echter Sturkopf auf der High School«, enthüllte er, als würde mich das überraschen. Was nicht der Fall war. Waren nicht alle Casanovas Sturköppe auf der High School? »War sogar in der Mathegruppe.«

»Ich auch«, sagte ich.

»Wirklich?«

»Ja. Mathegruppe und Literaturzeitung. Ungewöhnliche Kombination.«

»Ah. Plath auswendig zitiert?«

»Ja. ›Daddy‹ und Joni Mitchells ›Blue‹ – ich habe mich ungelogen hundeelend für sie gefühlt. Wie konnte James Taylor sie nur abschießen? Wenn Joni abserviert werden konnte, wer war da noch sicher? Und ich habe meine ganz persönlichen *Depressed Ballads* verfaßt, wie schwer es war, samstags das Auto zu kriegen, um ins Einkaufszentrum zu fahren.«

»Hattest du damals richtig lange Haare?«

»Achselhöhlenlänge, ja. In zwei Zöpfen, die ich in Schnecken über jedes Ohr gewickelt habe, wie beim Widderhorn.«

»Wie Prinzessin Leia in – wie hieß der Film noch?«

Vater wie Sohn machten Anspielungen aufs Kino. Ich lächelte. »Dein Sohn ist anscheinend kein Sturkopf.«

»Nein. Vermutlich weil er Sport treibt. Na ja, ich habe mich lang genug bei der Baseball-Liga für Kinder herumgedrückt. Und selbst *in absentia* kriegte ich eine passende Blümchen-Biene-Rede zuwege, was mein Vater nie gemacht hat.«

»Die hätte ich mir gern angehört.«

Er grinste. Auf dem Cello fiedelte er einige Takte, die irgendwie nach ›Purple Haze‹ von Hendrix klangen. Dann sagte er kopfschüttelnd, als wäre er leicht verärgert über die Erkenntnis: »Mein Gott, du bist …«

»Danke«, erwiderte ich.

Wirklich, wir hätten miteinander gehen können. Warum nicht? Außer der Tatsache, daß ich bereits verheiratet war. Hinzu kam das kleine Problem mit dem Sohn. Ich versuchte uns beim Essen in späteren Jahren vorzustellen, wie wir angesäuselt unseren neuen gemeinsamen Freunden erzählten, auf welche Weise wir uns kennengelernt hatten. *Sie stürmte einfach ins Zimmer!* Konnte es mir nicht so recht vorstellen. Er wohl auch nicht; als seine Hand nicht mehr die Cellosaiten berührte, war sein Gesichtsausdruck wieder verschlossen, starr ausgerichtet wie eine Venusfliegenfalle. Einfach so, ich war gar nicht auf seinem Radarschirm. Und dann klingelte das Telefon.

Er hob nicht ab, aber der Anrufbeantworter war gleich zur Stelle, so daß wir beide zuhören konnten, wie der Anrufer die Nachricht hinterließ.

»Nun«, sagte eine Frau. »Was gibt's Neues?«

Es war die Anwaltskollegin, mit der ich früher am Tag gesprochen hatte! Ich erkannte die verärgerte Stimme.

Sie machte eine Pause. »Heb ab«, sagte sie.

»Komm schon«, sagte sie. »Du bist nicht am Schlafen.«

Dann seufzte sie und hängte auf.

Michael schaute mich an, zuckte mit den Schultern, während der Anrufbeantworter geräuschvoll zurückspulte.

Ich gab ihm ein verkniffenes Lächeln, das gedämpftes Mitgefühl andeutete. Wenn *ich* mit dir befreundet wäre, besagte der Blick, würde ich nicht zulassen, daß sich diese

Rollen einschliffen: ich in der Bettelposition und du auf dem Rückzug. Hast du nach Mar nicht die Nase voll davon? Aber natürlich konnte ich so etwas leicht sagen. Ich ginge ja nach Hause. Und würde den Teufel tun, mit ihm darüber zu reden. Statt dessen fragte ich: »Hast du was zu trinken für mich?«

Der Cello spielende nackte Sexprotz-Anwalt tauchte gut gelaunt hinter seinem Instrument auf, um mir sein anderes Instrument, ein Semi-Holzblasinstrument, entgegenzuhalten, als wenn es Bert oder Ernie wäre, und fragte mit dämlicher *Sesamstraße*-Stimme: »Was kann ich Ihnen bringen, meine Dame? Pepsi, Wasser? Oder wollen Sie lieber etwas Eleganteres: Cognac?« Und ich hörte meine Antwort: »Cognac paßt prima zu Popcorn, auch wenn man's nicht glaubt. Beachte, ich sage dir das mit meiner eigenen Stimme. Keine sprechende Möse, vielen Dank.«

Er lachte, setzte sich rittlings auf mich, um mich zu küssen. Verkündete: »Salzig.« Verkündete in meine intimen Höhlungen hinein: »Im doppelten Sinn des Wortes.«

Während M. D. mir Cognac holt, erscheint das folgende halluzinatorisch klare Wortbild eines anderen M. D. Dr. med. Kenneth Leithauser, Ehemann, in unserer Küche. Wir waren unterschiedlicher Meinung über etwas. Nicht direkt ein Streit; nur eine hitzige Diskussion. Er blickt aufs Spülbecken, schaut mich nicht an. Schrubbt etwas auf seine gründliche Art. Ich höre ihn sagen:

Das ist ein sehr, sehr, wenn nicht kreisförmiger, dann zumindest konvexer Streit.

Bloß diese Zeile in der Stimme meines Mannes.

Sehr, wenn nicht kreisförmig, dann zumindest konvex.

Das Thema unklar.

Das Bild so überwältigend, daß es mich umwarf und meine kosmische Müdigkeit schlagartig zurückkam, und bis Michael mir den Cognac gebracht hatte, war ich eingeschlafen.

Er weckte mich nicht, brachte nur eine Decke. Als grelles Morgenlicht mich weckte, war er schon in seinem Büro gewesen, um wichtige Papiere und meine Aktentasche zu holen. Ich hatte offensichtlich bei seiner übermüdeten Geschäftigkeit am Eßzimmertisch weitergeschlafen. Wie er sich die Bartstoppeln rieb, in seiner Calvin-Klein-Unterwäsche stöhnte, sah er völlig gestreßt und männlich aus – die leibhaftige Reklame für den erfolgreichen Mann mittleren Alters.

»Ich bin zu alt«, informierte er mich, »irgendwie zu alt, um die Nacht durchzumachen. Das ist *nicht* gut. Wenn ich heute Mist baue, ist das deine Schuld. Kaffee?«

Ich nickte zustimmend. Meine Nacktheit unter der Dekke hatte die Wundheit morgendlichen Danachs. Er stellte den Kaffee auf den Beistelltisch und hob die Decke mit einem übertriebenen *Voilà* von mir hoch. Beugte sich mit beiden Händen hinunter, um meine Brustwarzen zu zwikken, als wären es Clowns-Nasen. »Tüt-tüt«, sagte er.

»Bist ein richtiger Blödian, was?«

»Was soll ich sagen. Du hast mich glücklich gemacht. Wie geht's dir? Wie geht's *euch*?« – hier wurde jede Brustwarze einzeln begrüßt mit der spöttischen Pantomime eines festen Händedrucks. Und dann: »Brr! Was ist das denn?«

Ich schaute nach unten. Und als wir beide hinsahen, stieß die eine Brustwarze ein Kügelchen trüber Flüssigkeit heraus, etwa von der Größe und Substanz eines Blutstropfens aus einem zum Test gepiekten Finger, der nun da hing und nicht herunterfallen wollte.

Er schnipste rasch mit dem Zeigefinger, um den Tropfen aufzufangen, schmeckte ihn. Bekam den abwägenden Gesichtsausdruck eines Weinprüfers. »Nicht pasteurisiert, das steht fest, aber definitiv – he.«

Ich fühlte, wie die Milch in die andere Brust schoß. Die Brustwarze preßte krampfhaft erregt die Milch hinaus, wie einen Furz.

»Cool«, sagte Michael Davidoff in Nachahmung seines Sohnes. Dann besorgt: »Soll das so sein?«

»Weiß nicht«, gab ich zu. »Werde es überprüfen lassen. Badezimmer.«

»Kannst ruhig meine Zahnbürste benutzen«, rief er hinter mir her, »schätze, die Keime haben sich schon im großen Stil gemischt.«

Die Frau eines Arztes! Die Frau eines Arztes, die, als ein Arzt sie auf dem Hotelzimmer aufsuchte, vergessen hat, das Symptom zu erwähnen, daß ihre Brüste ein Sekret absonderten drei Jahre nach dem Begraben eines Kindes, das schon Jahre vor seinem Tod entwöhnt war. Die es geschafft hat, diese Einzelheit zu unterdrücken – die sich beim erstmaligen Erscheinen des Symptoms im Four Seasons mit Zachary sogar an die Fachbezeichnung für die Beschwerden erinnert hat, sich jetzt, bei Bedarf, nicht daran erinnern konnte, außer, daß es nach Science-fiction klang.

Milch so früh als Vorbote einer Schwangerschaft? Unwahrscheinlich, aber im Badezimmer war das meine erste optimistische Hypothese. Die zweite ging in Richtung einer ausdauernden pathologischen Trauer, die vielleicht auf die Spitze getrieben wurde (wenn das der passende Ausdruck für eine Brustwarze ist) durch den Blödmann in Wilkes-Barre, seinen wuchtigen Druck auf die Milchquelle. Oder noch wahrscheinlicher Krebs. *Deshalb* hatte ich den Namen für diese Beschwerden vergessen. Weil ich nicht mit meiner unmittelbar bevorstehenden Sterblichkeit konfrontiert werden wollte – ich wußte es, ohne es zu wissen, wie Frauen angeblich die Untreue ihrer Männer intuitiv erkennen. Sollte ich jetzt nicht denken: *gut*? Positiv daran ist, daß ich mich nun zu meinem Sohn gesellen kann in einer schwach erhellten vierten Dimension.

Ich versuchte mich zu beruhigen, nahm Michael mit der Zahnbürste beim Wort. Die Frau eines Arztes hat doch genügend Urteilskraft, um tief Luft holend zu sagen, *es ist wahrscheinlich nichts*.

Als ich zurückkam, in eines seiner Handtücher gewickelt, bot er Frühstück an – »viele Möglichkeiten, alles Tiefkühlkost, tiefgefrorene Waffeln, tiefgefrorene Bagels, Lean Cuisines, wenn man den freien Tag mit fettucine Alfredo beginnen will«, aber so unbeschwert der Satz klang, in Gedanken war er schon woanders. »Muß los«, sagte er. »Komplizierte Sache. Falls wir verlieren, schwöre ich, werde ich dich verklagen. *Du bist verantwortlich.*«

Es war kurz nach sechs.

Der Kaffee, auf den ich pustete, obwohl nicht mehr so heiß, und den ich zögernd in Schlückchen trank, schmeckte normal. Während er duschte, ließ ich das Handtuch sinken und machte meine tägliche Prüfung, wie es um meine Fortpflanzung stand. (In der Hitze des Gefechts, genau wie mit dem Sohn, war Geburtenkontrolle nicht zur Sprache gekommen. Erschreckenderweise war das Thema nicht mal in mein Bewußtsein gedrungen.) Schwanger, vor meiner Periode, beides unzutreffend – ich wollte nur den ganzen blinden Alarm des vergangenen Monats wegen einer möglichen Schwangerschaft und die Reaktionen darauf abhaken. Baldiges Sterben. Wer mochte das wissen. Ich kam mir allerdings nicht aufgebläht vor. Eher angenehm ausgehöhlt, straff. Natürlich kann guter Sex das auch bewirken.

Ich konnte Michaels Abgang kaum erwarten, um mein *Merck-Handbuch* zu studieren. Bis dahin war das beste, mich abzulenken. Als ich hörte, daß er mit dem Rasieren fertig war – er hatte die Tür geöffnet, genau wie mein Mann und vielleicht alle Männer, um den Dampf herauszulassen –, goß ich mir weiteren Kaffee ein und kuschelte mich auf sein Bett, wollte ihm beim Ankleiden zusehen. Ein herrliches Gefühl, verblieben aus Mädchenjahren mit Vätern, zu beobachten, wie ein Mann sich mit dem Panzer seines Arbeitstages wappnet und am Ende des Tages sich dankbar seiner entledigt. Die Schuhe fest geschnürt, korsettgleich. Der Pfadfinderernst eines Mannes, der sich die Krawatte bindet, und später das Rascheln des aufgelösten Krawattenknotens, seidig wie Strumpfware. Alle Männer haben auch ihre talismanähnlichen Tricks beim An- und Entkleiden, geheime Fetische und Verschrobenheiten. Mein Mann zieht zuerst die Hose an, schließt den Reißverschluß und macht den Knopf zu, und erst dann folgt das Hemd. Er mußte also die gerade angezogene Hose wieder aufknöpfen und den Reißverschluß öffnen, um das Hemd hineinzustecken. Ich habe oft das Ineffiziente daran vermerkt. *Ich tu es eben so, okay?*

Ken allerdings häufig im Operationskittel. Kein Reißverschluß. Männer in Kitteln sehen etwa so sexy aus wie Insassen einer Heilanstalt.

Der Innenarchitekt hatte einige Zeit darauf verwendet, Michael Davidoffs begehbaren Schrank militärisch anzuordnen. Wie seine Exfrau hatte er einen Kleiderfimmel. In seinem Schrank bekam er den männlichen Schritt eines Zimmermanns mit Werkzeuggurt. Jedes angezogene Kleidungsstück half ihm, sein Arbeits-Ego aufzubauen. Er war dabei völlig konzentriert und beachtete mich nicht.

Der Kaffee war nicht gerade bekömmlich. Vater oder Sohn Davidoffs Küchengebräu oder der bitter schmeckende Kaffee auf leeren Magen nach zwei Essen, Kopfsalat en masse, allzu schwungvoller Sex; Popcorn, das, wenn ich mich recht entsinne, pro Becher ewig lang zum Verdauen braucht. Oder die Nerven, ganz einfach und schlicht.

»Wie lange hast du denn so vor zu bleiben?« wollte Michael von mir, im Hintergrund des Spiegels, wissen.

Im Geiste erwiderte ich: *sechs Monate zu leben.* Kahl und schwach würde ich sein, dankbar dafür, daß mein Mann mir vergab. Was würde Chemotherapie dem Fötus antun? Vielleicht könnte ich sieben, acht Monate dranhängen. Ken weint in seiner OP-Maske, seine Finger hat er durchs Bullauge des Inkubators gesteckt. Was würde es dann schon ausmachen, daß das Baby nicht seins war?

Worauf ich mich ausschimpfte. Hatte doch gerade eine Mammographie mit unauffälligem Ergebnis! Tumor in der Größe eines Golfballs, Tumor in der Größe einer Pampelmuse wirklich höchst unwahrscheinlich! Sich in das

Schlimmste-Fall-Szenario hochzuschrauben, verbieten Ärzte sich. Sie nehmen die Dinge gelassen, Schritt für Schritt. Lesen das Kleingedruckte.

»Ich sollte eigentlich nach Hause«, sagte ich zu Michael. »Aber ich könnte versuchen, das Wochenende zu deichseln, wenn du es gern hättest.«

»Sehr gern.« Er machte vorsichtig eine Pause. »Muß meinerseits allerdings auch noch was deichseln.«

Ich hielt es fürs beste, dies durchgehen zu lassen. »Hast du etwas dagegen, wenn ich noch eine Weile bleibe?«

»Ja. Verlasse auf der Stelle im Handtuch das Gelände.«

Abgesehen vom neckischen Ton war er bereits nicht mehr anwesend, sammelte sich schon, um ins Anwaltsdasein zu schreiten. Während unserer Choreographie über Schlüssel und Einbruchalarm – »Du brauchst nicht ans Telefon zu gehen«, sagte er, »das Band nimmt es auf, es sei denn, ich bin es und du willst« – befragte er zwanghaft seine Uhr. Wenn er ohne jeden Schlaf auf diese Art funktionierte, würde es viel schwerer sein als ursprünglich angenommen, seine Selbstbeherrschtheit zu durchbrechen. Könnte Folter notwendig machen. Oder so guten Sex (und hier fiel mir eine Zeile vom anderen Michael ein), daß er die Grundfesten erschüttert. Nein, kein sexuelles Erdbeben. Denn man kann immer einfach davongehen und das Versicherungsgeld kassieren. Rechtsanwälte, Ärzte – Ärzte brauchen keinen Schlaf, die nehmen ihn sich, wo auch immer, wann auch immer, wie Soldaten oder Stewardessen. Was hieße es, mit einem normalen Mann zusammenzuleben, der zu festen Zeiten von der Arbeit heimkäme und dann dabliebe? Vielleicht lesen in einem Sessel.

Als wäre ich gesprächig.

Ich hätte gern ohne das Schreckgespenst von Krankheit oder Tod in Michael Davidoffs Apartment Winterschlaf gehalten. Hätte mir tagsüber die Talk-Shows angesehen, eine Lean Cuisine gegessen, die Gabel gespült. Das Bett gemacht, ein fremdes Shampoo ausprobiert, den Schimmel von seinem Duschvorhang gescheuert – ein geschätzter Hausgast wie Schneewittchen. Sein Portefeuille überprüft. Den Vibrator im Schuhkasten unter dem Tennisschläger ausgegraben. Oder mich nur unter seine cremefarbene Bettdecke gekuschelt, so daß ich bereit wäre, wenn er zurückkam, erschöpft, doch bestens gelaunt nach einem langen Tag des Zeugenaustricksens. Wir würden in einer Atmosphäre freundschaftlicher Regsamkeit beginnen, zwanglos wie durch den Hintereingang, aber uns ihr ganz überlassen, zufrieden mit unserer eigenen Selbstvergessenheit. Pizza-Service, nackt essen, schöner als das traute Klischee vom Mädchen im viel zu großen Herrenhemd: Ich sah, daß er das labbrige Stück Pizza vertikal hochbog, um es mundgerecht zu machen, während er mir von des Tages Mühsal berichtete. Ich hätte nichts dagegen, daß er mit vollem Mund und herabtropfendem Käse spräche. Tut mir leid, wenn ich dir weh tue (Michael zur Kanzleipartnerin wie auch Geliebten), wir haben uns einfach verliebt. Warum müssen alle Geschichten mit Veränderung, mit Schicksal enden, obwohl wir es eigentlich besser wissen sollten? Weil Sex einen frei macht, wenn man Frau ist. Wir können aus allem ein Nest bauen. Wir beäugen jeden Zweig und jedes Stückchen Kaugummipapier für potentielle Wiederverwertung.

Wieviel wiegt das *Merck-Handbuch*? Drei Pfund oder

vier, obwohl es aus Gideon-Bibelpapier ist – dünn, die Schrift mikroskopisch. Dennoch, ich war mit diesem Wälzer, in meiner Aktentasche vergraben, fast ein Jahrzehnt herumgelaufen, und warum? Die meisten Produkte, die ich verkaufte, kannte ich genau. *Merck* versorgt einen zumindest mit der Zusammenfassung des Wesentlichen, wobei es mit überholten medizinischen Angaben kokettiert. Gerade genug Information, um Paranoia auszulösen. Man entspanne sich in einem Hotelzimmer mit einem Führer der örtlichen Schlemmerlokale, einem *People*-Magazin und dem *Merck* für eine nette frostige Gutenachtgeschichte: So vieles kann schieflaufen.

Eine halbe Stunde mit dem *Merck-Handbuch* lieferte mir Namen und Abriß meines Leidens. Galactorrhea, zweiter Offizier des Raumschiffs *Enterprise*. Wenn die Produktion von ›nichtphysiologischer‹ Milch nicht das Ergebnis von ›verlängertem intensiven Stillen‹ war, könnte es (was denn nicht?) Streß sein. Der Zustand wird durch Antidepressiva verschlimmert, Valium. »Hypothyreose sollte ausgeschlossen sein; gesteigerte TRH regt Übersekretion von TSH und auch PRL an.« Könnte ein hormonelles Problem andeuten: zuviel Östrogen oder falls in Verbindung mit Amenorrhoe – *keine* Menstruation! Darauf war nicht einmal ich gestoßen! Viel wahrscheinlicher in meinem Fall als Schwangerschaft! Das würde erklären, warum die Blutungen so schwach waren, daß sie wie die Schmierblutungen früher Schwangerschaft aussahen. Auf Amenorrhoe hin sollte man – den Schilddrüsenhormonspiegel untersuchen. Siehe: »Ernährungsbild«: kein verhungernder Äthiopier, Olympia-Sportler. Siehe: »Befindlichkeitsstörung – Streß.« Damit sollte mein Fall erledigt sein, nur daß ein Drittel der

Frauen mit völligem Ausbleiben der Menstruation ein Hirnanhangsdrüsenadenom haben.

Das war es: Krebs.

Die meisten Mikroadenomas sind ungefährlich, lese ich. Meist sehr klein, langsam wachsend oder stabil! Nicht neoplastisch!

Fast alle reagieren auf medikamentöse Behandlung!

Es ist noch normaler Werktag, und schon hatte ich eine Diagnose, war hysterisch geworden und kuriert.

Ich versuchte ruhig zu bleiben, aß eine von Michaels nach Pappe schmeckenden tiefgefrorenen Waffeln, duschte mich. Warf mich wieder in die Kleidung vom Tag zuvor. Reine Donquichotterie, einen sauberen Körper in schmutzige Unterwäsche zu hüllen. Dann mußte ich nur zehn Minuten warten, bevor ich loslegen konnte.

Dr. Groeserers Geschäftskarte war nicht in meiner Brieftasche, sondern auf der Hotelkommode. Er stand jedoch im Telefonbuch. Ich rief seine Praxis an, hinterließ eine Nachricht, daß es dringend sei und er mich zurückrufen solle bei – aber Michael Davidoffs Telefonnummer war nicht wie in der guten alten Zeit am Apparat vermerkt. Auch war seine Privatnummer nicht im Telefonbuch eingetragen. Und ich durfte nicht annehmen, sie von seinen Kanzleimitarbeitern zu erfahren. Aber ich war ein schlaues Mädchen. Rief Bell Tel an und verstand nach wiederholtem Wortschwall den Mechanismus, um diese Information zu erhalten. *#958* – für künftige Befragung – verhilft zu einem Computer, einem emotionslosen Besatzungsmitglied vom Guten Raumschiff *Galactorrhea*, der die Telefonnummer aufsagt, von der man gerade angerufen hat. Rief Groeserer zurück, übermittelte sie seiner Sprechstundenhilfe, ebenso meine Zimmernummer im Four Seasons.

Rief dann meinen Frauenarzt in Cleveland an. Sagte der Sprechstundenhilfe, es sei dringend.

Freitag ist nicht der beste Tag, um Krebs zu bekommen. Freitag ist nicht der beste Tag, um etwas zu machen, das mit den Helfer-Berufen zu tun hat. Patienten stellen sich vor, daß die grausamen Ärzte in ihren elektrischen Golfwagen herumkutschieren. Tatsächlich entsteht das Wochenendproblem durch die Leute niedriger Dienste, deren Freitag im allgemeinen beim Mittagessen am Donnerstag beginnt, Röntgentechniker, Bluttestauswerter, sogar dateneingebende Angestellte, die alle Versicherungsangaben eintippen müssen, damit die Blutproben überhaupt bearbeitet werden. Einen Freitag im Sommer, im August, kann man vergessen. Ich wußte das. Natürlich ist es etwas besser in einer Stadt von der Größe Clevelands als in Manhattan, wo alle Gewebeproben aus der Brust mittels Aspiration, von ungewissen Mammographien am Freitag morgen entnommen werden, so daß Frauen bis Montag nachmittag, Dienstag morgen, manchmal später noch, auf Ergebnisse warten dürfen. Ein Marathon von glatt fünfzig, sechzig, siebzig Stunden, wo man nicht weiß, ob man Ehemann und Kinder weiterhin sehen kann, und sich den Krebs als haarige Faust oder grünlich-langzahniges und sabberndes Etwas aus *Alien* vorstellt.

Konnte mich beim besten Willen nicht daran erinnern, wo der Hirnanhang war. Hatte *Gray's Anatomy* nicht bei mir. Entdeckte Michaels Lexikon, schaute nach. Da ich schon dabei war, suchte ich nach *Galactorrhea*, das den Weg nicht ins *American Heritage* gefunden hatte, aber die Etymologie wurde beim Nachforschen offensichtlich: Galaxie. Milchstraße. Alles, was wir vom Himmel wissen, lernen wir an der Brust.

9:20. Die medizinische Bibliothek der Pennsylvania-Universität war nur eine kurze Taxifahrt entfernt. Näher noch mein Computer: Ich konnte mich in die medizinische Online-Bibliothek einklicken und die neuesten Forschungsergebnisse abfragen. Aber nichts davon würde mir helfen. Ich brauchte eine Blutanalyse, pronto, und ich würde hier sitzen bleiben, bis ich einen Termin dafür kriegte.

Nichts schlimmer als Warten auf ärztliche Befunde. Ich habe viele beiläufige Gespräche durchgestanden, welche Todesart man rein hypothetisch bevorzugt: jäh oder sanft degenerativ. Als wenn man die Wahl hätte. Jeder zieht den Herzinfarkt einem langsamen häßlichen Dahinsiechen vor. Ich würde nicht darüber diskutieren, selbst ich, die ein Kind blitzschnell verloren hat. In keinem dieser Szenarios *weiß* man es. Das ist das Problem. Der vollkommene Tod wäre derjenige, bei dem man im voraus wüßte, wann genau man dahinscheidet. Man könnte sich ein Datum aussuchen, sagen wir, einen Samstag spät im Mai. Ein passendes Arrangement, dann die Zeremonie.

Statt mich einer Auf-den-Arzt-warten-Gedankenflucht hinzugeben, versuchte ich in Michaels Apartment mir vorzustellen, ich durchlebte gerade die entnervende Phase einer jungen Liebe, wo nichts zwischen den Liebenden entschieden ist, die Dinge aber auch nicht wirklich frisch sind. Man wacht in der Wohnung des anderen auf, und die eigene Wohnung – mit Post, sauberer Kleidung, einer anderen Lippenstiftfarbe – lockt. Diese Einbildung machte mich fast sehnsüchtig nach dem netten ordentlichen Zimmer im Four Seasons. Es ging so weit, daß ich das Hotel anrief, um zu erfahren, ob sie mir meine Voicemail-Nachrichten übermitteln könnten, aber offenbar war das im System nicht vorgesehen.

Warum zahlte ich für ein Hotel, wenn ich vorhatte, bei Michael zu bleiben? Es machte mich nur auffindbar. Wollte ich, daß Ken kommt, oder wollte ich es nicht? Daß Ken das Hotelmanagement veranlaßte, meine Tür zu öffnen, das Bett unbenutzt anträfe und zur Polizei ginge – schien mir unnötig grausam. Ich mußte ihn unbedingt anrufen, sobald der Arzt sich gemeldet hatte, denn ich wollte natürlich nicht, daß der Arzt anriefe und die Leitung besetzt wäre.

9:45. Versuche, mich mit Kabelfernsehen zu beruhigen, waren ebenfalls erfolglos. Auf einem von Michaels Premium-Kanälen liefen humorlose Mafiahits, und auf einem anderen war ein Psychopath, dessen Wonne es war, seine Opfer bei lebendigem Leibe zu begraben. Lebendig begraben zu werden ist nicht jedermanns Traum vom schönen Tod. Ich brauchte im Augenblick nicht zu überlegen, was ich tun würde, wenn ich mich im unausweichlichen Dunkel eines Sarges befände. Das Beste, was mir einfiel, wäre zu onanieren. Heftig atmend das zu verbrauchen, was mir von meinem Sauerstoff geblieben war, und dann einen tollen Abgang zu haben.

Dieser Gedanke brachte mich auf die Idee, nach Michaels versprochener Sammlung von Pornofilmen zu suchen. Sie war nicht, wie Zachary behauptet hatte, auffällig und angeberisch exponiert. Besonders schwer zu finden andererseits auch nicht. Es gab ein paar Lesben-Phantasien, von denen mir Zachary bereits erzählt hatte, aber wer weiß, vielleicht hatte sich Papas Geschmack weiterentwickelt, denn die meisten (keineswegs hundert, doch einige schon) waren Lehrbeispiele zur Liebestechnik, als wär's der Golfschwung. Womit ich auch da richtig getippt hatte; er hatte Jura und Sex studiert. Ich schleuste mich in *Geheimnisse der Tantra-Liebe* ein und saß ungerührt in meinem Kostüm da, während ein Duo in Nahaufnahme so tiefe Küsse austauschte, daß man die Plomben zählen konnte, sich darauf in sinnlicher Liebe erging zu einer Musik, wie sie im Aufzug dudelt, so langsam, daß ich mit den Augen rollen mußte und nach der Fernbedienung griff. Mit der Vorlauftaste durch Tantra-Sex: wenn das nicht ein Mantra für unsere unruhigen Zeiten war. (10.00.) Die Männer trugen alle Kondome. Ich konnte mich aus verflossenen Pornozeiten nicht daran erinnern. Ein neues Paar wurde aufgeboten – anscheinend hatte ich genau den Höhepunkt des letzten Zweiers verschwitzt, falls Tantra-Sex überhaupt den Höhepunkt erlaubte –, worin ein bärtiger Bursche mitspielte, der einen viel stärkeren, biegsameren Rücken hatte als jedes männliche Wesen, mit dem ich jemals persönlich verkehrt hatte, denn er schien keine Schwierigkeit zu haben, dazustehen, in einem Winkel von fünfundvierzig Grad nach hinten gebeugt, eine ausgewachsene Frau hochzuheben und dann ihren ganzen Körper in traumhaft schönen Kreisen rotieren zu lassen, ein Rodeo-Lassowerfer in Zeitlupe, etwa drei oder vier Jahre lang, wobei sie hin und wieder aufmunternd stöhnte.

10:15. Mit ihrem Gefiepe als Hintergrund schaltete ich den Computer ein, rief die Datei ab, in der ich meine unregelmäßigen Zyklen vermerkt hatte, und übertrug die jeweiligen Daten ordentlich, so daß ich sie, sollte mein Frauenarzt anrufen und nach ihnen fragen, für ihn parat hätte.

Wann war Ihre letzte Periode? *Hängt davon ab, was Sie eine Periode nennen.*

Wie die meisten Frauen hatte ich mich nach der Entbindung ein wenig in meinen Gynäkologen verliebt. Schwer, sich nicht in einen Mann zu verlieben, der tapfer genug ist, in dieses blutige Chaos hineinzuschauen. Er hatte sinnierend über das Unwürdige des Ausstellungsverfahrens bei den Rechnungen für die Health Maintenance Organization gesprochen, während er meinen Dammschnitt zunähte, aufmerksam aufs Detail achtend wie eine Spitzenklöpplerin. Er war klein wie viele Gynäkologen – manche fast schon Toulouse-Lautrec-Größe, um praktisch in Augenhöhe zwischen den Steigbügeln zu stehen. (Die großen starken Typen, wie mein Mann, sind meist orthopädische Chirurgen.) Klein und süß. Er würde mich, hoffte ich, bei einem Fern-Notruf nicht lange warten lassen, und ich hatte recht. Ich hob den Hörer beim ersten Klingeln ab, bevor die *Tantra-Liebe* zu Ende war, falls es denn ein Ende gab. Wir brachten den Small talk schnell hinter uns – ja, geschäftlich unterwegs, könnte etwas dauern –, und ich setzte ihn hinsichtlich meiner vorläufigen Diagnose ins Bild.

»Sehr gut!« sagte er. »Haben Sie sich Ihren *Merck* zu Gemüte geführt?«

»Klar.«

»Noch andere Symptome?«

»Müde. Ich dachte, ich könnte schwanger sein, bis mir einfiel, es könnte Amenorrhoe sein.«

Wir gingen meinen per Computer erstellten Kalender mit den Blutungen durch. Er war nicht zufrieden mit meiner Buchhaltung. Ich hatte die jeweilige Dauer der Regel vernachlässigt, so daß es schwerfiel, zu bestimmen, was Periode war, was eine Schmierblutung. »Brechreiz, Brustempfindlichkeit?« fragte er.

»Nix.«

»Verminderte Libido?«

»Gesteigerte, wenn schon.«

»Werden Sie – irgendwo haariger?«

»Wie bitte?«

»Lippenbärtchen, Haare auf der Brust? Überhaupt behaarter?«

Ich lachte. Er gebrauchte genau das Adjektiv aus dem *Merck*, um die Symptome der Cushing-Erkrankung zu beschreiben. »Nein«, sagte ich, »und ich hab auch kein Mondgesicht.«

Er lachte ebenfalls. Nichts Schöneres, als mit seinem Gynäkologen zu lachen.

»Kein Anlaß zur Sorge«, versicherte er mir. »Das Adenom ist ein weitverbreitetes Problem. Nichts Dolles. Geschätzte zehn Prozent der Bevölkerung haben es, falls es das ist, was Sie haben, bei Ihrem ruhelosen Programm und all dem anderen – na, muß nicht unbedingt sein. Muß die Zahlen durchgehen. Galactorrhea kann spontan auftreten. Wenn Sie und Ken ein sportliches Miteinander haben – ich meine, mit *Drücken* und allem, ist es nicht unbedingt symptomatisch.«

Und so konnte der Wilkes-Barre-Zwicker es tatsächlich ausgelöst haben.

»Kennen Sie jemanden hier in der Gegend?« fragte ich ihn. »Einen Schulfreund, der mich auf die Schnelle sehen könnte? Ich hätte gern eine Prolaktinbestimmung. Sagen wir, heute.«

»Keine Eile. Rufen Sie einfach an, wenn Sie wieder zu Hause sind. Sie kommen gleich dran.«

»Ich weiß nicht, *wann* ich zu Hause bin, und würde es

wirklich gern gleich wissen. Soweit ich verstehe, ist doch Bromocriptine «

»Jetzt Dostinex«, korrigierte er. »Prima Verbesserung, Dostinex wird zweimal in der Woche gegeben gegenüber zweimal am Tag.«

»Meines Wissens vergrößert es die Empfänglichkeit.«

»Stimmt, aber Sie zäumen das Pferd vom Schwanz auf.«

»Alles, was ich will, ist eine Blutanalyse.«

»Aber niemand wird Sie dort deswegen aufnehmen. Nicht, daß es so kompliziert wäre. Aber es ist ein Spezialtest. Sie dürfen die Nacht davor nichts gegessen haben, keinen Beischlaf gehabt und keine Brustuntersuchung gemacht haben. Und wenn die einzelnen Anteile darauf hinweisen – die Chancen sind gleich null, Claire, aber wollen Sie wirklich von sich aus dort eine Magnetische Resonanz-Tomografie machen lassen? Und in Philly müssen Sie da wahrscheinlich zwei Wochen auf eine MRT warten, wenn Sie kein Notfall sind.«

Ich begriff, daß eine MRT genau das war, was ich wollte, aber es würde nicht leicht sein, ihm das zu erklären.

Wenn ich etwas tun wollte, schlug er vor, könne ich mir selbst einen Schwangerschaftstest für zu Hause kaufen. Das würde zumindest diese Sache klären. Ob ich mit Amy sprechen wolle, um gleich einen Termin auszumachen?

Gehorsam ließ ich mir einen Termin für Mitte nächster Woche geben, doch mir war klar, ich mußte vor dem Heimkommen Bescheid über meinen Zustand wissen. Es würde mir schwerfallen zu erklären warum, aber ich war mir ganz sicher, daß ich es wissen sollte, bevor ich zu Ken zurückkehrte. Um einen Arzttermin zu bekommen, müßte ich lügen. Das dürfte kein allzu großes Problem sein; ich hatte alle angelogen. Inzwischen war es fast Zeit fürs Mittagessen, Freitag. Keinesfalls passierte heute etwas, selbst wenn Groeserer wundersamerweise mich zurückriefe und ein Treffen mit einem hiesigen Frauenarzt vereinbart hätte, denn meine große Liebesnacht hatte offensichtlich meine Chancen für eine eindeutige Blutanalyse zunichte gemacht. Nichts passierte bis Montag, was für mich hieße, in ein Wochenende voller Unsicherheit eingesargt zu sein. Ein Wochenende wie in der engen MR-Röhre – so klaustrophobisch und unheimlich.

Für eine Blutanalyse am Montag hätte ich sofort Vereinbarungen treffen müssen. Aber ich hatte keinen Namen von einem Arzt und wollte nicht alphabetisch die Frauenärzte in den Gelben Seiten durchgehen, obwohl jeder Schwachkopf einen Bluttest beaufsichtigen kann. Und so verfiel ich wieder aufs Schlafen und träumte, daß ich die Viertelmeile zum Four Seasons fuhr, um meine Nachrichten abzuhören und in dem zu schlafen, was ich bereits als mein eigenes Bett ansah.

In meinen Träumen schien Ken aufgeregt in der Eingangshalle zu warten. So wußte ich, daß ich träumte, denn eine Eingangshalle zu überwachen war nicht Kens Stil. Allerdings gäbe es Post. Federal Express. Eine kaum lesbare Notiz auf einer seiner Werbegeschenkblöcke, die für neue Arzneimittel warben: LIEBE DICH

Es reichte nicht, mich mit dem Personalpronomen ich oder einem Punkt zu verwöhnen.

Im Schlaf entschied ich, daß ich, wenn der Federal-Express-Umschlag von Kenneth Leithauser eine Notiz enthielte, die nicht auf einem Block von einer Arzneimittelfirma gekritzelt war, und er das Pronomen doch eingesetzt und das Federal-Express-Formular selbst handschriftlich ausgefüllt hatte, statt es von seiner Sekretärin tippen und das Abholen organisieren zu lassen – daß ich dann noch heute heimfahren würde. Danach ein Sicherungsplan: Selbst wenn es keinen Federal-Express-Umschlag von Kenneth Leithauser gibt, werde ich ihn anrufen und ihn beruhigen.

Ich bin überrascht, als er den Telefonhörer in der Mittagspause zu Hause abnimmt. Er hat es irgendwie geschafft, die Anrufe von seinem Privattelefon aufs Handy umgestellt zu bekommen. Er antwortet aus der Chirurgie. *Kannst du dranbleiben*? Wie durch eine Muschel das Rauschen fernen Wassers. Ich stelle mir den blutigen Daumenabdruck auf dem Handy vor. Wo hat er das Mobiltelefon während der Operation hingelegt, auf das Instrumententablett? Wer kümmert sich um die aufgerissenen Rippen des Patienten, während Ken *Claire, bist du es?* sagt? Ich hatte immer das dunkle, sanfte Timbre von Kens Stimme gemocht. Schlafend drängte ich mich in seine Stimme ein, als wenn ich den Kopf in seinen Nacken stieße und Kraft aus der groben Tatsache des Verheiratetseins nähme – Jahre schraffiert und sich zusammenfügend wie Latten auf einem Querbalken. *Ich vermisse dich!* Konnte bloß das auf dem Anrufbeantworter sagen.

Aber ich ging nicht zum Hotel und rief auch nicht an. Ich schlief halb oder dämmerte vor mich hin, wobei Dinge mich im Dreierpack überfielen:

Galactorrhea
Amenorrhoe
Pituitäre Mikroadenoma

Hillary
Kenneth
Michael

Michael
Zachary
Margot

Defektes Herz
Defekter Autositz
Lausiger Fahrer

Michael
Kenneth
Ich –

eine Liste, die irgendwie bei *Ferienlager* endete, mein Sohn (riesig!) war das einzige, was allein und unversehrt aus dem Durcheinander in Erscheinung trat, nur glich er mit seinem Pferdeschwanz Zachary, wobei Michael Davidoff und ich seine Eltern zu sein schienen; und Hillary Katzenbach war wohl bei einem Autounfall in Puerto Vallarta umgekommen; Hillary Katzenbach und Michael Davidoff schienen sich (mit einem kleineren Blechschaden?) kennengelernt und geheiratet zu haben, es mir überlassend, den Dichter Michael ausfindig zu machen, um ihn zu trösten, mich in ihn zu verlieben und ihm zu helfen, seine Kinder aufzuziehen, und ihm zu erlauben, in Versen das Wesen meiner Trauer auszudrücken.

Das Hotelzimmer im Four Seasons wurde totemistisch sichtbar, ebenso der in der Garage des Kinderkrankenhauses geparkte Mietwagen: etwas Verlorenes, schattenhaft und unvollständig. Vermutlich war das Zimmer noch für mich reserviert. Ich konnte Kontakt aufnehmen mit den Leuten an dem, was für mich zu Dem Schalter geworden war, als wäre es Die CIA oder Das Politbüro. Mein schwarzer Koffer stand immer noch in dem Zimmer. Und wieder mußte ich mich fragen: Was soll's? Die Versicherung würde dafür aufkommen, mein Arbeitgeber würde ihn gleich ersetzen, und sowieso, ich war die Frau eines Chirurgen. Das einzig Wertvolle in meinem Leben war mein Leben. Auch wenn das nur ein sentimentaler Wert war.

Als Michael Davidoff von der Arbeit zurückkam mit etlichen Einkaufstüten voller säuerlich-ranzig riechender Take-away-Thaispeisen, hatte ich den ganzen Nachmittag verschlafen, und er war fast zwei Tage auf den Beinen gewesen. Er sei sich nicht sicher, verkündete er, ob er das Essen überhaupt wach durchstehen könne oder auch – und hier grinste er, die Kassette meines kürzlichen Sehvergnügens hochhaltend – irgendwas Tantrisches. Er wolle es versuchen, sagte er. Sich mit Pad Thai, dem klassischen Nudelgericht, stärken, dazu ein Gläschen. Und wie, wollte er wissen – er stand noch immer neben dem Bett, in der Hand die braunen Einkaufstüten –, gehe es Elsies berüchtigten lecken Brustwarzen?

Ich setzte mich auf. »Du kennst nicht zufällig einen guten Gynäkologen in der Stadt?« fragte ich.

»Klar doch«, sagte er. »Warte einen Augenblick.«

Ich war so benebelt zu glauben, daß er, wenn er das Zimmer verließe, mit einem Arzt zurückkehren würde. Aber er verstaute nur die Einkaufstüten. Dann kam er ans Bett und zog die Daunendecke von mir.

Ich kannte ihn erst seit zwei Tagen, aber diese Geste – Hüllen abzureißen mit der Entschiedenheit eines Stierkämpfers oder dem Schwung eines Kellners beim Auflegen eines frischen Tischtuchs – war mir bestens vertraut. Schlecht passend zu der sonstigen Feinfühligkeit seiner sexuellen Schritte. Subtilität, die Dreistigkeit verbarg; Dreistigkeit, über die er Stolz und Scham empfand: Vermutlich lag darin sein sogenanntes Geheimnis. Wenn wir die Familiengenealogie durchgingen, den Lebenslauf, frühere Flammen und alte Mißerfolge, würde ich es verstehen.

Wahrscheinlich hatte er den Kontrast zwischen meinem nackten schlafwarmen Fleisch und seinem Anzug vor Augen. Dabei hatte ich mein Kostüm an. Ich hatte es einfach nicht fertiggebracht, mich auszuziehen. Das Kostüm war gerade in der Reinigung gewesen. Wir lächelten über die blödsinnige Situation. Er beugte sich aus irgendeinem Grund zum Küssen nahe an meinen Bauchnabel, in einem Winkel, daß seine Krawatte die Schamgegend wischte, wie ein französischer Schnurrbart.

Ich schob ihn weg. »Tut mir leid, kein Sex«, erklärte ich. »Bringt meinen Bluttest durcheinander, den ich hoffentlich bald habe. Morgen vielleicht. Kennst du einen Arzt, bei dem du deine Beziehungen spielen lassen kannst?«

»Nach dem Essen«, sicherte er mir zu.

»Für mich auch nichts zu essen. Muß fasten.«

Er grinste. »Hm, *das* verspricht ja ein unterhaltsames

Wochenende zu werden«, sagte er. »Geht in Ordnung. Kein Sex. Wie wär's, wenn ich nur –«

Aber ich packte seine Hand. »Jetzt folgt der Teil, wo wir im nachhinein ›einander kennenlernen‹.«

Er machte die verdrossen zustimmende Geste eines Rechtsanwalts. Ich konnte allerdings erkennen, daß er zu müde war, um so enttäuscht zu sein, wie er es seiner Ansicht nach hätte sein sollen. Tatsächlich konnte ich erkennen, daß er sich genauso im unklaren war, warum ich da war, wie ich selbst.

Michael hatte für den Bluttest, sagte er mir beim Essen, Dr. Sharon Rieff vorgesehen, die manchmal in Fällen unnötiger oder verpfuschter Chirurgie und Komplikationen bei Entbindungen für ihn aussagte. Er kannte sie seit Jahren, anscheinend gut genug, um sie an einem Freitagabend anzupiepsen und für eine Freundin eine improvisierte Stippvisite zu arrangieren. »Ohio«, sagte er und lächelte mich beruhigend an. »Ja. Ich weiß. Aber.« Aus dem Ton allein und den Worten konnte ich schließen, daß Michael und die Ärztin einmal ein Liebespaar gewesen oder es vielleicht noch waren, auch wenn ihre Beziehung schrecklich spannungsfrei wirkte für Leute, die eine Affäre laufen hatten.

Kein Essen, keinen Sex, ermahnte mich Dr. Sharon Rieff. »Keine anderen Medikamente, klar. Außerdem, da M. D. zweifellos anfragen wird, nichts *Sexähnliches*. Will sagen, wenn Sie Symptome von Galactorrhea haben, gönnen Sie der Brust eine Pause.«

Nachdem das in die Wege geleitet war, war es für Michael und mich an der Zeit, uns zu unterhalten. Woher kamen wir? In welchem College waren wir? Gab es Geschwister? Wie war ich in die medizinische Verkaufsbranche geraten? Wo hatten Ken und ich uns kennengelernt? Was fühlte ich gegenüber jüdischen Männern, und was fühlte Michael gegenüber Schicksen wie mir? Warum hatte er nie wieder geheiratet? Ging er mit einer ernsthaft? Wie alt waren wir beim ersten Mal? Wie oft zusammengerechnet hatten wir's in unserem Leben? Wie oft verheiratet?

Erstaunlich die Anzahl von Einzelheiten, die man wissen muß, um auch nur ein oberflächliches Kurzporträt zu liefern. Leichter für mich zu glauben, ich wüßte etwas ohne das alles, indem ich nur die Nachdenklichkeit registrierte, mit der er die Reste aus Garnelenschwänzen und Sojasprossen in Schnörkeln auf seinem Teller drapierte. Die ganze Persönlichkeit in der einen Geste kodiert.

Er war zu müde für weitere Nachforschungen, obwohl ich ihm entlocken konnte, daß er und Dr. Rieff »einmal was miteinander hatten«. Sie war nicht das aktuelle Objekt seiner Zuneigung, bei dem er sich zu Recht vorsichtig gab. Ich sah ihm beim Essen zu, dann sah ich ihm beim Schlafen zu. Schwer zu glauben, daß es völlig bedeutungslos war, wie bei Schiffen, die sich in der Nacht passieren; daß wir es hingekriegt hatten, uns für ein Wochenende bei so radikal unterschiedlichen Zeitplänen zusammenzufinden. Ich hatte die Uhr im Auge, sah schlechtes Fernsehen und döste sporadisch. Meine ganze Energie war jetzt auf die glitzernde Nadel konzentriert, die mir Antworten bringen würde.

Wenn Sie je wissen wollen, was Sie als Amerikaner gelten, versuchen Sie Einlaß in ein Krankenhaus zu bekommen, in dessen Computersystem Sie noch nicht gespeichert sind. Ein Abdruck meiner Blue-Cross-Krankenversicherung, eine Kopie meines Führerscheins – ich war Bürgerin. Ein bestätigender Anruf von Dr. Rieff beim Empfangsschalter erlaubte meiner großen, weißen, befugt aussehenden Begleitung, mich direkt zur Kreiß- und Entbindungsstation zu führen, wo die überraschend junge Sharon (»Shar!« rief Michael aus, griff nach ihrem Gesicht und hielt es ruhig, um sie laut auf die Wange zu küssen, ein onkelhafter Kuß nur zur öffentlichen Demonstration) zwischen plaudernden Krankenschwestern und Patienten saß und dabei war, einen Riesenstapel Akten durchzugehen.

Ich hatte nicht mit der Kreiß- und Entbindungsstation gerechnet. Ich hatte eine anonyme Kabine in ihrem Arztzimmer erwartet. Aber Dr. Rieff hatte Dienst und hatte uns gesagt, wir sollten sie am großen Stahltisch treffen, mitten zwischen all den Kabinen, wo sie selbst kaum Raum beanspruchte, den Krankenschwestern aus dem Weg war und sich überhaupt nicht ablenken ließ von dem Geschrei und Gestöhne der Frauen hinter den Türen.

Ich war seit der eigenen Entbindung nicht mehr auf einer Entbindungsstation gewesen. War auch nur ein einziges Mal vorher beim Rundgang durchs Krankenhaus dort gewesen, besessen von der absoluten Notwendigkeit, in eine der zwei geräumigen, pastellfarbenen neuen Geburtssuiten gelegt zu werden, einem Hotelzimmer sehr ähnlich, abgesehen von den hochmodernen medizinischen Geräten. Als es jedoch dringlich wurde, galt: Wer zuerst kommt, mahlt zuerst: Die Geburtssuiten waren belegt, so daß ich aus einer der altersschwachen Minikabinen, wo Kleister oder Gummi unter sich abschälenden Tapeten zu sehen war, zum alten Kreißsaal gerollt wurde. Der Schmerz verdrängte die Enttäuschung. Wer hat das Märchen erfunden, daß Frauen den Geburtsschmerz vergessen? »Mit was sind Wehen vergleichbar?« hatten wir alle in den Vorbereitungskursen gefragt. Als höbe King Kong einen in seiner Faust hoch und drücke fest zu, so ist man im Banne des Schmerzes und merkwürdigerweise gleichzeitig draußen, sich selbst beobachtend, winzig und fern in der Handfläche des Schmerzes. Die Sache ist, daß er, anders als Schmerz normalerweise, nicht anhält. Keine Nachwirkungen. Die Wehen hören einfach auf, als hätte es gerade über vierzig Zentimeter geschneit und als wäre mit der plötzlichen Sonne auch der Schnee geschmolzen, nicht mal eine Salzspur auf dem Zement.

Dr. Sharon Rieff stand auf und streckte mir die Hand entgegen. Klein, wie mein Gynäkologe. Riesengroßer Hochzeitsklunker. Sie fragte eine Krankenschwester, ob es eine freie Kabine gebe, und sagte zu Michael, er könne Kaffee trinken und in zwanzig Minuten wiederkommen. »Habt ihr was zum Anziehen für sie?« fragte sie die Krankenschwester, und bevor es mir klar war, baumelten meine Beine schon über den Rand einer fahrbaren Bahre (fluoreszierendes Licht im Krankenhaus läßt selbst kürzlich rasierte Beine stoppelig, blau und leblos aussehen, die Glieder einer nicht identifizierten Leiche, die vom Fluß angeschwemmt ist), und die kleine Dame drückte meine Brustwarzen. Fest.

»Da haben wir's«, sagte sie. »Und das seit wann?«

Ich war sehr hungrig. Die tiefgefrorene Waffel muß wohl das letzte gewesen sein, was ich gegessen hatte, und das am Morgen zuvor. Durch die Kabinenwand neben mir stieß die Frau im Frühstadium der Wehen ein Probewimmern aus. Eine männliche Stimme murmelte Ermunterndes, während Dr. Rieff meine Drüsen abtastete, weitere Fragen stellte, mich mich wieder hinlegen ließ, das kalte Spekulum einführte, in mich hineingriff mit dem Gesicht eines Gynäkologen: Sie starren ins Weite, als stellten sie sich dein Inneres auf einem Overhead-Projektor vor.

»Wohl schwanger?« fragte ich.

»Nicht eindeutig. Warum? Fühlen Sie sich schwanger?«

»Müde genug dafür.«

Sie lächelte. »Was wir tun werden«, sagte sie, während sie in Schubladen mit Röhrchen und Fläschchen herumwühlte und den universellen Gesichtsausdruck von Ärzten hatte, die ihren Ärger unterdrücken, wenn sie eine Aufgabe erledigen, die eigentlich von einem Untergebenen gemacht werden sollte, »ist, die Blutuntersuchung machen, Ihnen Bescheid geben, wenn's klar ist, und die Ergebnisse Ihrem Arzt übermitteln in –«

»Ohio. Von was ist denn«, fragte ich, als sie meine Vene dazu brachte, sich zu wölben, »verstärkte Libido ein Symptom?«

In derselben Sekunde, wo die Kanüle zustach, schrie die Frau hinter der Wand auf. Meine Ärztin lachte, entweder wegen der Gleichzeitigkeit oder wegen meiner Frage. Wahrscheinlich letzteres, denn sie sagte: »Michael. Es ist ein Zeichen von Michael. Erhöhte Begierde ist für wenige Krankheiten ein Warnsignal, außer vielleicht für geistige. Tatsächlich genau das Gegenteil, wenn Sie nämlich scharf sind, ist es sehr wahrscheinlich, daß Sie kein Schilddrüsenproblem haben. Ebensowenig das Adenoma.«

Genau wie mein Arzt – dieses *das.*

Als ich hochschaute und nicht mehr zusah, wie mein Blut das Vakuumröhrchen füllte, studierte sie mich gerade mit höchster Neugier. Sie hatte meinen Ehering registriert und meinen Heimatstaat; nun fragte sie sich, was ich mit Michael zu tun hatte. Sie mußte sich nicht allzusehr fragen, denn sie meinte es schon zu wissen. Angenehm überrascht attestierte sie sich selbst die eigene Gleichgültigkeit gegenüber Michaels Liebesaktivitäten. Was immer sie getrieben und wann immer, es war ›passé‹, nicht unharmonisch schrill, sondern ganz langsam zu Ende gegangen. Während mein Blut herauslief, überprüfte sie die Sicherheit ihrer eigenen Ehe, ihres eigenen Lebens – verstohlen, so wie man den Badeanzug zurechtrückt, wenn man dem Pool entsteigt. Sie war wohl der anständige Typ (Frauenärzte sind das oft), und ich wußte, ich könnte einen oder zwei Sätze über meinen Sohn sagen, ihr Mitgefühl erringen, was vielleicht tröstlich für den Augenblick wäre; könnte mich auch ihrer Kooperation und Eile bei der bevorstehenden Aufgabe vergewissern. Aber ich würde das nicht tun. Hatte mit Kramer reichlich über die Art und Weise gesprochen, wie ich am Schmerz ›festhielt‹, aber diejenigen, die dafür plädierten, daß man den Schmerz ›herausläßt‹, begriffen nicht das Wesentliche des Trauerns: Schmerz ist das genaue Gegenteil von einer Wehe. Nicht klar umrissen und zeitweilig, sondern andauernd. Das Beste, was man sich erhoffen kann, ist Schmerzverwaltung. Oder Ablenkung. Mit dem oder jenem schlafen.

Dr. Sharon Rieff war mit der Blutabnahme fertig, und ich bemerkte jetzt, daß sie ihren Daumen auf meinem Handgelenk hatte und den Puls prüfte. »Alles in Ordnung?« fragte sie. »Sie sehen wirklich –«

Ich war blaß und atmete schwer in der Kreiß- und Entbindungsstation, fror in dem blauen Kittel, während ich den Schmerzensschrei einer Frau durch die Wand hörte. Ich nickte mit dem Kopf: ja, alles okay. Und dann klopfte Michael an die Tür und trat ein mit demonstrativ schüchterner Selbstbeherrschung, wie es Ärzte tun, nachdem sie einem Zeit zum Ausziehen gelassen haben. Die Ärztin und ich schauten beide zu ihm auf, der groß und strahlend im Türrahmen stand. Ich war lächerlich glücklich, ihn zu sehen. Hatte tatsächlich das Gefühl, ich wäre in einem der Filme, wo die Frau Wehen bekommt, während ihr Mann irgendwo unterwegs ist, aber zurückeilt und gerade rechtzeitig ankommt. Sein Gesicht war so voll Zärtlichkeit und Respekt, während er mich prüfend anblickte, daß man hätte meinen können, er wäre mein Mann, selbst wenn er keine Ahnung hatte, wer ich war oder was er mit mir zu tun hatte – was ihn vermutlich den meisten Ehemännern ähnlich machte. Michael gegenüber fühlte ich – und fühle es noch immer – tiefe Dankbarkeit, eine völlig unspöttische Anerkennung für die Freundlichkeit eines Fremden.

»Michael«, sagte ich. »*Füttere mich.*«

Er tat es. Danach durften wir miteinander schlafen. Brauchbar. Träge, mit Biß – meine Erinnerung an diesen Sex zerfällt in Bruchstücke. Er war darauf bedacht, daß ich mich öffnete, aufplatzte wie eine Tulpe im Zeitraffer. Aber dieses Zusammensein wirkte, als wäre es auf das Original gelegt worden, ein besserer Druck, nicht mehr. Ich konnte mich, wie von weit her, an die Bedeutung seiner ersten Berührung der Stellen, die er jetzt berührte, erinnern. Es war die Erinnerung an den verlorenen Garten Eden, an Verlust. Unser Sex war berauschend und heftig gewesen, wie Action painting oder wie eine flambierte Sauce. All dies hier – all dies hier war bloß *Herumgefummel.*

Ich hätte entweder gehen oder doch arrangieren sollen, länger zu bleiben. Aber dieses Wochenende der Liebe, ein Hausboot mit gelichtetem Anker, war mißlich.

Am Samstag, vor dem Essen, kam mir mein Leben wie ein über der Klippe hängendes Auto in einem Actionfilm vor. Nahaufnahme von den sich drehenden Rädern im Schlamm. Nahaufnahme vom Baumstamm, auf dem das Gewicht des Autos ruht, langsam zusammenkrachend.

Er mußte zum Lebensmittelladen. Er würde selbst kochen, sagte er, wenn ich mit etwas Einfachem einverstanden wäre. Wollte ich mitkommen oder dableiben und mich ausruhen? Ich wählte zaghaft letzteres, was natürlich eine Entscheidung von gewisser Tragweite war. Denn ich hätte neben ihm im Auto sitzen und ihn dann wegen seiner Kaufentscheidungen im Geschäft necken können. Für Michael – einen Mann, der so zurückhaltend war, daß daneben mein Mann wie Heathcliff wirkte – bedeutete sogar seine Frage, ob ich ihn begleiten wollte, etwas, implizierte, daß ich bleiben oder zumindest, wenn mir danach war, mit dem Gedanken zu bleiben spielen konnte. Daß wir, so unwahrscheinlich das auch wäre, eine gemeinsame Zukunft hätten.

Und darum kam mir ein plattes Nein ungut vor. Hatte das Gefühl, ihm sagen zu müssen: »Du weißt doch, daß manche Leute Angst haben, nach einem Autounfall wieder zu fahren? Bei mir sind es seither die Lebensmittelgeschäfte. *Hasse* sie. Muß mich richtig zwingen. Familienleben in all seiner Pracht. Gänge mit Windeln, Wackelpeter, gezuckerten Cornflakes. Die plärrenden Kinder in den Einkaufswagen.«

Er lächelte. »Das ist allerdings ein eleganteres Warenhaus. Extravagante Salatmischungen, Gourmet-Essen zum Mitnehmen – gefüllte Wachteln, lauter kleine Sachen.«

»Richtig«, sagte ich. »Babyzartes Gemüse. Baby-Kürbis, Baby-Zucchini, Baby-Haferbrei. Baby, Baby, Baby. Babyzarte Farnspitzen ...«

Bevor er ging, brachte er mir ein Glas Weißwein. Ich rührte mich nicht aus dem Bett, solange er weg war, ging nicht einmal ins Bad. Setzte mich nur so weit auf, daß ich am Weinglas, kühl auf dem Bauch ruhend, nippen konnte. Daß ich Sex gehabt hatte – daß ich jemals *etwas* gemacht hatte –, erstaunte mich. Aber Michael würde mit weiterem Essen zurückkommen (seine Aufgabe im Leben war es anscheinend, mich aufzubauen) und ich würde das Wochenende überstehen und am Montag von Dr. Rieff einen Hinweis erhalten, ob ich leben oder direkt von der Klippe springen sollte.

Kaffee, Bagels, die *New York Times* vom Sonntag. Michael hat den Wirtschaftsteil. Ich studiere die Hochzeitsanzeigen wie jede Woche, überfliege den Schmu journalistischer Objektivität – Tochter von, Sohn von, Alma mater, Beruf –, um herauszufinden, welche Verwerfungslinien höchstwahrscheinlich das Glück verschlucken werden. Wahrlich, die Ehe ist ein Glashaus auf einer Malibu-Klippe mit Aussicht, aber ohne Erdbebenversicherung. Immer gibt es da Geschichten, die die schöne dramatische Spannung (Pa und Ma beide wieder verheiratet, Pa mit einem Flittchen, Ma mit einem Geistlichen, der die Zeremonie durchführen wird) durch gesundes-und-dennoch-erfolgreiches Jungvolk aus stabilen Familien beeinträchtigen (Jill wird im Kindergarten arbeiten, wohingegen Jack sagt: »Natürlich will ich Sozius werden, was aber zählt, ist die Familie.«). Wer weiß, vielleicht meint er es sogar. Oder denkt, er meint es.

In manchen Wochen ist, scheint's, jeder Ehekandidat Vermögensberater.

Dann die Herzblattgeschichten, worin Leute mit ungewöhnlichen Berufen (Herstellerin von ausgefallenen Hüten, Goldverzierer illuminierter Manuskripte) sich kennenlernen und nett finden und vorsichtig mit dem Werben beginnen, nicht ahnend, was all ihren interessanten Freunden längst klar ist, daß sie ›füreinander bestimmt‹ sind. Sie lachen über die Witze des anderen, kleine Aufmunterungen für Obdachlose.

Michael möchte mir einen Artikel über die Finanzpolitik der neurobiologischen Forschung zusammenfassen. Während wir unseren Kaffee schlürfen, spielt irgendein subventionierter Laborfritze mit Neuropeptid Y herum, dem Neurotransmitter von sowohl Hunger als auch Fortpflanzung. Eines Tages kannst du eine Pille nehmen, schwanger werden, ohne gleich Sechslinge zu bekommen. Zwanzig oder dreißig Pfund verlieren, wenn man gepolt ist. Dann gibt es Oxytocin, die Chemikalie für Treue. Die Untreuen haben anscheinend nicht genug davon. Nimm etwas zur Ergänzung und rette deine Ehe.

»Natürlich läuft's darauf hinaus«, sagt Michael, »daß das Y und das Oxytocin sich nicht allzu gut miteinander vertragen. Wie Alkohol und Tylenol – Leute mit, sagen wir, hohem Blutdruck werden wie die Fliegen sterben.«

»Und da kommt dein Auftritt«, schlage ich vor.

Er nickt, fast schmunzelnd. »Frau, begierig, schwanger zu werden, um ihre Ehe zu retten, kippt beim Fahren übers Lenkrad, tötet Jungmami mit Baby beim Spaziergang, als sie gerade die Straße überquert. Wer kommt für den leidtragenden Papi auf?«

Ich starre ihn an – liebevoll, dachte ich. Er trägt einen Frotteebademantel haargenau wie der meines Mannes und womöglich aller Männer, ein viel zu breiter Gürtel, um einen richtigen Knoten zu schlingen, mit Ärmeln, die sich blödsinnig auf dem Unterarm aufbauschen, so daß sie ins Essen zu hängen oder die Kaffeetasse umzustoßen drohen. Wer hat sich so etwas ausgedacht? Ist es eine Art grausamer Witz über die Samuraitracht? Eine unglückselige Fehlkombination von Stoff und Schnitt, wie etwa Pelzwindeln. Und warum überhaupt im August einen Frotteemantel? Um sich wohl zu fühlen, muß die Klimaanlage stark eingestellt sein.

»Mein Gott, tut mir leid«, sagte er.

Ich brauchte einen Augenblick, bis mir klar wurde, warum er sich entschuldigte. Michael in seinem Bademantel, ich in meiner neu gekauften Unterwäsche und einem seiner T-Shirts, gewaschen und gefaltet offensichtlich von einer chinesischen Wascherei, denn tiefe Knicke liefen vom V-Ausschnitt hinunter wie bei einem gebügelten Frackhemd: Das unterschiedliche Ausmaß unserer Bedeckung hatte mich erschaudern lassen. Er aber hatte meine Selbstumarmung für Restkummer gehalten, hervorgerufen durch seine taktlose Bemerkung. Da saßen wir und machten es uns über der Sonntagszeitung gemütlich – gaben vor, daß die Welt eine bekannte Größe sei, ein Land, das wir ansteuern konnten, wir zudem als Liebende und/oder Freunde miteinander vertraut seien –, während wir einander tatsächlich meist mißverstanden. Vor allem Geheimnisse. Nicht, daß wir es nicht ziemlich gut hinkriegten für Leute, die sich erst vor kurzem kennengelernt hatten. Aber jede mißglückte Verständigung, wie gerade eben, konnte das Trampolin wegziehen, die ganze Illusion von heiterem Behagen zerstören. Bequemlichkeit und Gefahr: verdammt schwierig, die richtige Ausgewogenheit zu finden. Es ist ja nicht so, als würde ich meinen Mann wirklich kennen. Vielmehr kannte ich ihn so gut, daß ich ihn nicht mehr sehen konnte. Ich kannte ihn so, wie ich mich kenne. All unsere gemeinsamen Jahre – sie waren kein Geld auf der Bank. Sie waren Bargeld in einer Matratze, die brennen konnte. Unsere gemeinsamen Jahre waren das Alter, das Alter selbst: etwas Empörendes.

Keine Möglichkeit, dies für Michael oder auch nur für mich zusammenzufassen. Schon vorbei. Ich schüttelte bloß den Kopf.

»Das Problem ist«, sagte er, »du kriegst es so gut hin. Dir ist das nicht einmal bewußt. Ich habe Klienten, die – wie du gestern gesagt hast – nie wieder fahren konnten. Nie sich hinters Steuer eines Autos setzen. Eine Frau z. B., ihre Abfindung umfaßte einen Fahrer und eine Limousine. Auf ewig. Mit der Limousine konnte sie überall hin, auch zum Lebensmittelgeschäft.«

Ich nickte mitfühlend.

»Wie viele Kinder sind in deinem Bundesstaat in dem Jahr damals gestorben?« fragte er. »Weißt du das?«

Ich wußte es. Sagte es ihm. »Achtundzwanzig.«

»Hast du dir deine Chancen ausgerechnet?«

»Ja. Und die Chancen mit ALMCA.«

»Mit was?«

Abnormale linke Hauptkranzarterie. Eine angeborene Herzerkrankung, die bei einem von 300 000 Kindern vorkommt. Zirka jedem dritten Kind in einer Million. Die Symptome sind ähnlich denen – aber nicht identisch – der Myokarditis oder der erweiterten Kardiomyopathie. Die Symptome zeigen sich im allgemeinen vor dem zweiten Lebensjahr, was meinen Sohn direkt hinter den Scheitelpunkt der Gauß-Verteilung plazierte, anders als, sagen wir, jenen siebzehn- oder achtzehnjährigen Jungathleten, der genau am Ende eines Slam dunk in einem Basketballspiel umkippte. Man glaubte, es seien Drogen wie beim letzten, aber nein, kaputtes Herz. Man stelle sich die Chancen für diesen Sohn einer Mutter vor – gerade erst vom Nationalen Basketballverband als Spieler ausgewählt, fällt er tot auf dem Spielfeld um. Oder die Chancen, daß die ALMCA während eines Autounfalls zuschlägt, dieses unschönen Lebensdiebs – Autounfälle, wie ich zufällig wußte, machen siebenunddreißig Prozent der Sterbensrate von Kindern unter neunzehn Jahren aus, gefolgt nur von Schußwaffen.

Ich umriß Michael grob die Ursache des Todes. Blieb dann still. Er hatte einen Gesichtsausdruck, der mich ermunterte, meine Gedanken zu offenbaren.

Ich erinnerte mich jetzt daran, wie ich mich, als mein Sohn ganz klein war, jeden Abend in sein Zimmer schlich, um ihn atmen zu sehen. Zum Einschlafen machte er einen Buckel und legte die Hände flach unter sein Becken – wie ein Schwimmer am Beckenrand, als tauchte er ein in Bewußtlosigkeit –, und immer fand ich ihn in dieser Stellung. Sein Mund war zum Luftholen seitwärts gewandt. Im

Schlaf noch lag er ausgestreckt in all seiner geringen Länge da, so daß ich seine Augenwimpern und seine Fußsohlen studieren konnte. Sein Rücken glatt wie bei einem Delphin. Es gab eine überraschende kleine Rundung, wo sein Rükken auf die Achselhöhlen traf (›Achselhöhlen‹ scheint eine unzutreffende Bezeichnung zu sein für ein solches Persönchen), und jedesmal, wenn ich das sah, lächelte ich, als träfe mein Mund in Nachahmung der Muskulatur auf diese Rundung.

In diesen Minuten verschlang ich ihn mit den Augen. Und jeden Abend dachte ich (wenn man das Denken nennen kann, denn mit einem Baby spielt sich alles in atemlosen Bytes ab), wie tief, fast schon sündig diese Freude der abendlichen Wallfahrt zum Bett hin ist. Man weiß es während des Betrachtens. Und obwohl die Freude rein ist, ist sie auch seltsam befangen. Nach diesem intensiven Schauen denkt man, ich bin hier, betrachte das schlafende Baby und befürchte, daß ich mich nicht mehr an dieses Wohlbehagen erinnern kann.

Und es stimmt. Man tut es nicht. Selbst wenn das Kind am Leben bleibt, was ja fast immer der Fall ist, kann man das Baby nicht zurückbekommen. Man hat bloß diese wenigen glückseligen Jahre und eine Menge Dinge, zu geringfügig, um sich an sie zu erinnern: die Art, den Säugling auf dem Unterarm zu halten, sein Köpfchen in der Handfläche, seinen Popo in der Armbeuge, voller Staunen, daß man so unbeschwert mit einem dermaßen zerbrechlichen Geschöpf sein kann.

Man schleicht sich hinein, lauscht dem Atem des Babys. Kann es kaum fassen, daß es ohne deine Wachsamkeit atmet. Aber dann ist man darüber hinweg. Die Kinder fahren mit dem Fahrrad zum Schwimmbad, nehmen dein Auto zum Schülerball. Die meisten enden nicht so, daß sie sich um einen Baum wickeln.

Ironischerweise waren ich und die Unfallverursacherin Volvo gefahren. Das war noch, bevor es die seitlichen Airbags gab. Angesichts von ALMCA war es überhaupt nicht sicher, daß seitliche Airbags etwas genutzt hätten. Wider alle Vernunft, aber verständlicherweise glaube ich, ich werde nie wieder einen Volvo fahren. Ich übernahm Kens Acura, und er durfte sich einen Mercedes kaufen, für einen Chirurgen ein angemessenes Auto.

Das Ganze dauerte länger, als ich ertragen konnte, dazu noch das Nachdenken über Autos. Ich preßte die Augen zu, um die Bilder zu verscheuchen.

»Wenn man Glück hat«, faßte ich für Michael zusammen, »hat man in naher Zukunft ein Enkelkind. Hält wieder ein Baby im Arm.«

»Ich habe Babys nie richtig gemocht. Wahrscheinlich werde ich sie noch weniger mögen, wenn sie einem beweisen, daß ich alt genug bin, um Großvater zu sein.«

Bild von Ken, der sagenhaft mit Babys war, ein Bündel taufrischen Enkelkinds auf dem Arm, dann der Erinnerungsflash, daß *das Ding zwischen* ihm und dem Enkelkind weg war. Nicht gerecht, dies auch nur ›Flash‹ zu nennen. Sicher nicht *Flashback*. Früher war der Schmerz riesenhaft gewesen, jetzt aber war er meist gar nicht vorhanden. Der Mangel auf einer fast molekularen Stufe. Unendliche Abwesenheit, denn gemäß Zenons Paradox, wenn man ›es‹ halbiert, dann wieder halbiert und wieder, ist es immer noch – vorhanden. Vorhanden als Abwesenheit.

»Hast du jemals eine dieser Gruppen für Trauerarbeit

ausprobiert?« fragte Michael. »Die haben meinen Klienten viel geholfen. Sollte eigentlich nicht funktionieren, aber tut es. Elend liebt Gesellschaft – wie die AA.«

Als er den Satz sagte, passierte etwas Interessantes. Ken, das Baby im Arm – das Bild verschmolz mit der Zeile aus der Erinnerung von neulich, *ein sehr, wenn nicht kreisförmiger, dann zumindest konvexer Streit*, so daß ich auf Ken schaute in, sagen wir, einer Seifenblase, die in der Ferne trieb. Aber plötzlich wollte ich ihn ganz sehen, in Fleisch und Blut. Wollte scharf eingestellt seine Hände um das Baby haben, und es war nicht das Baby, das ich betrachtete, sondern die Hände an sich: die Finger, knochig mit großen Knöcheln, bleich vom übermäßigen Abschrubben, von all der Zeit, die sie in Gummihandschuhen gesteckt hatten.

Plötzlich vermißte ich ihn heftig.

»Viele Todesfälle«, sagte Michael gerade, »sind so *dumm*. Hast du von dem Teenager vor ein paar Jahren gehört? Sie kriegten sie nicht vom Boden des Whirlpools los. Konnten den Schalter nicht finden, um ihn abzustellen. Ein Freund von mir hat sich bei einer Sammelklage richtiggehend engagiert, und jetzt kommen die Whirlpools mit allen möglichen Warnungen daher, und jeder lacht. Aber sie ist in nicht einmal 1 Meter Tiefe in einem Whirlpool ertrunken. *Dumm*.«

»Hör zu«, sagte ich zu Michael, »ich muß dein Telefon benutzen.«

Und er nickte auf eine Weise, die auf mich wissend wirkte, fast stolz, als hätte er die Wiedervereinigung zustande gebracht. Was er in gewissem Sinn, glaube ich, ja auch hatte.

Aber Ken war nicht zu Hause. Meine eigene Stimme auf dem Anrufbeantworter forderte mich auf, eine Nachricht zu hinterlassen. Piepste ihn an, aber als ich gebeten wurde, die Telefonnummer anzugeben, merkte ich, daß ich wieder mal keine auf dem schnurlosen Telefon im Schlafzimmer hatte. Mußte abbrechen, ins andere Zimmer hineinrufen und Michael danach fragen, von neuem wählen. War im Begriff, die Nummer einzugeben, als mir einfiel, daß es keine sonderlich gute Idee war, meinem Mann Michaels Telefonnummer zu hinterlassen.

Elf Uhr Sonntag vormittag: Tennis mit einem Spezi? Zeitung lesen bei einem Cappuccino und einem Stück Kuchen im Barnes and Noble, wobei er gelegentlich über die Brille schaut, um die Frauen, nun Freiwild für ihn, zu sondieren? Nein. Nicht im Museum, nicht mit einem ›Freund‹. Keine Vergiß-deine-Probleme-Zwiesprache mit dem Tennisrasen. Dafür bezahlen wir Leute: Wahrscheinlich hatte er Bereitschaftsdienst.

Wie weit mußte ich aus meinem Leben katapultiert werden, bis ich nicht mehr auf die voraussagbare Umlaufbahn zurückgeholt werden konnte? Die Sonntagszeitung im feuchten Gras. Kens lässige Hand auf dem Steuerrad, ein Haarbüschel unterhalb der Knöchel. Das Ächzen der hochschwingenden Garagentür.

Kens Lächeln. Einem Fremden mag es sarkastisch vorkommen. Die oberen Zähne stehen an einer Seite über, wo der Kieferorthopäde Murks gemacht hat, und er lächelt immer noch teenagerhaft, um das, oder früher eventuell die Zahnspange, zu verbergen; während er lächelt, krümmt er sich auch, die schüchterne Zurückhaltung eines großen

Mannes, als müßte man sich in jedes Glück hineinknien. Wie weit aus meinem Leben, bevor der Gedanke an diese überstehenden Zähne sich meiner Sprache bediente?

Genau so weit. Wie ein Kind wollte ich ihn jetzt, in dieser Sekunde.

Es ist nicht so, als hätte Ken eine handliche Krankenschwester gefunden, die ihm im Besenschrank einen blies! Er hatte eine erwachsene verheiratete Ärztin gewählt, vom College her bekannt, mit der er seine verworrenen Schuldgefühle über den Tod seines Sohnes besprochen hatte. Hatte ihr vielleicht sogar seine Wut über seine leer blikkende Zombie-Braut gestanden. Zweifellos hatte ich alles bloß mechanisch getan. Wer durfte mich tadeln? Ja doch, Ken. Dafür ist die Gattin da.

Und Hillary – sie hatte sich in ihn verliebt. Warum auch nicht? Denn er war *nett*, besonders für einen Dr. med. Wahrscheinlich netter als ihr Mann. Zärtlichkeit fehlte in ihrem Leben, obwohl der Dichter auf den Geigensaiten ihrer Familienmomente ein Crescendo fiedelte. Ken war ein Rauhbein, aber das machte die Zärtlichkeit um so anrührender. Sie hatte ihn aufgeschnitten wie ein gegrilltes Steak und das Blut abtropfen lassen.

Keine besonders produktive Art der Selbstbefragung. Von Hillary konnte ich bis in alle Ewigkeit eine schlechte Meinung haben, aber ich schwor mir, meinem Mann den Dienst zu erweisen, ihn nicht zu sehr zu vereinfachen. Ihn nicht transparent zu machen, das Modell eines Mannes im Anatomieunterricht. Eine Frau war so hinter ihm hergewesen, daß es ihr noch immer beim Gedanken an ihn die Sprache verschlug. Anders als der Tod ist das Begehren kompliziert. Wie ich am eigenen Leib erfahren hatte. Aus dem

Haus mit gläserner Decke und gläsernem Fußboden, worin ich gerade barfuß auf Zehenspitzen lief, würde ich keine Steine werfen.

Denn wenn Ken wissen wollte, was ich hier mit Michael tat, könnte ich das nicht sagen. Es mißfiele mir, wenn meine Motivation auf ein Es-ihm-Heimzahlen reduziert würde, da ich es selbst doch nicht sagen konnte.

Ich saß auf Michael Davidoffs Bettkante, die Hände so ans Gesicht gelegt, daß sie es ganz bedeckten, wie die Schutzmaske eines Eishockeyspielers. Durch meine Finger erlaubte ich mir genau das anzublinzeln und zuzulassen, was mir gefiel. Was ich brauchte, wenn ich wieder im Hotel wäre, war, dort meinen Mann zu sehen, vorgebeugt auf einer Couch in der Empfangshalle sitzend, seine dunklen Augen verlangend und versöhnlich. Die Adern pulsten in seinen Händen und auf der Stirn. Ich wünschte mir die Art von Sex, die man mit dem Ehemann nur in Hotels erleben kann. Ich wünschte mir, daß er am Montag in der Frauenarztpraxis meine Hand leicht hielte, während wir die Behandlung des Mikroadenomas besprachen. Dann wollte ich, daß er mich nach Hause nähme. Im Flugzeug würden sich unsere Ellbogen die Armlehne teilen, Ken in seinem himmelblauen Arbeitshemd, das er nie zur Arbeit anzieht, so daß es nicht nach Krankenhaus riecht. Nur sauberer, purer Ken-Geruch.

Schließlich kam Michael ins Zimmer und lehnte sich gegen den Türpfosten. »Alles in Ordnung?«

Durch meine Finger gesehen, ging er in seinen Sohn am Swimmingpool über, der verkündete, seine Mutter habe uns beinah ertappt. Einen unheilvollen Augenblick lang spielte ich mit dem Gedanken, Michael von Zachary zu erzählen, entschied dann: nicht meine Aufgabe, und sowieso, was sollte ich sagen? Diese Episode mußte abgeschrieben werden. Hillary Katzenbach und der andere Michael ebenso, wie auch all jene kichernden Paare im Hotel, die *ohne* Kummer und lebensbedrohliche Krankheit mit ähnlichen Aktivitäten zugange waren. Es war nur Sex.

Später hätte ich vielleicht Zeit, mich schuldig zu fühlen, daß es mir egal war, wie Michael sich bei meiner Ankündigung fühlte, ich müsse sofort zum Hotel zurück. Er bot sich an, mich zu begleiten. Ich lehnte ab. Wir unterhielten uns kurz, wie lange ich in der Stadt bleiben würde, wann ich wohl zurückkehrte, wie und wann ich mich mit Dr. Sharon Rieff in Verbindung setzen würde oder sie sich mit mir.

Mir fiel auf, daß ich Michael Davidoff keinerlei Gefallen getan hatte. Dieses Wochenende würde ihm nicht helfen, sich für seine Anwältin zu erwärmen. Er würde sie noch weitere neun Monate, ein Jahr vielleicht, sehen, wobei sie immer häufiger – sagen wir nach dem Koitus und einen nicht zu dringlichen Ton anschlagend – den Spielplan ihrer gemeinsamen Zukunft durchging. Als frühe bis mittlere Dreißigerin war sie sich nicht einmal sicher, ob sie Sozius sein oder aufhören und die Kinder großziehen wollte, die zu haben Michael, wie ich wußte, niemals einwilligen würde. Jede Frau mit einem Funken Verstand konnte das sehen. Er war schlicht nicht daran interessiert! Das letztendlich war wahrscheinlich der Grund, weshalb er zugestimmt hatte, mit mir zu schlafen. Denn jetzt konnte er es der Anwältin gestehen, und bald würde es ihr wie Sharon Rieff ergehen, die es zu ihrem eigenen Ärger nach ihm verlangte. Mit Glück würde es ihnen schließlich gelingen, Freunde zu bleiben.

Das vernünftigste für Michael wäre natürlich, eine unabhängige Geschiedene etwa in meinem Alter zu finden, am liebsten mit eigener gesicherter Karriere, erwachsenen Kindern, die aus dem Haus waren. Aber das würde er nicht tun. Nicht nach Mar. Sie hatte ihn todsicher zum Krüppel gemacht, so wie er sie verkrüppelt hatte. Er würde bei kessen Zweiunddreißigerinnen bleiben. Wenn man ihn deshalb zur Rede stellte, nähme er mich als Beweis, daß er durchaus eine Ebenbürtige *in Betracht zöge*, sollte sich die Richtige präsentieren.

Der Hausgast mit dem Gespür, daß man die Gastfreundschaft nicht überstrapazieren darf.

Ich ertappte mich, wie ich ihn abschrieb. In den Sekunden, in denen dieses Gedankenspiel abrollte, hatte ich es fertiggebracht, ihn sogar häßlich zu finden. Sein Hautton war nicht hellbraun, sondern ein sattes Saufkopf-Rot. Seine Haltung wichtigtuerisch – Selbstzufriedenheit strahlte von ihm aus, fast eine *Ausdünstung*. Aufdringlich wie eine Kokosnuß-Bräunungsmilch. Jetzt mal halblang, schimpfte ich mit mir, alles konnte ihm zustoßen. Bei der Menge Arbeit würde er seine Midlife-crisis vielleicht hinauszögern, seine Konfrontation mit der kosmischen Leere, aber landen würde er dort schließlich. Und wenn Gesundheitsprobleme ihn dorthin zwingen mußten. Und *dann* hätte er eine richtige Beziehung. Aber nein: Mit dreiundfünfzig würde er kapitulieren und schließlich eine der Dreißigjährigen heiraten. Nichtssagend, fröhlich, unkompliziert – eine Zahnarzthelferin. Und für niemanden wäre es eine Überraschung, denn diese Geschichte ist wohl genauso banal wie jede andere, er würde Kinder haben, an denen er sich in seiner Senilität sogar erfreuen mochte. Zacharys Sohn nannte den

Sohn seines Opas Onkel, während sie im Garten zusammen nach Würmern buddelten.

Wollte ausgerechnet ich leugnen, daß er genau für diese Ehe bestimmt war? Daß alles andere – mich eingeschlossen – ihn bloß dorthin geleitete?

Michael Davidoff nahm mein Gesicht in beide Hände und plazierte einen Kuß darauf mit allem Drum und Dran echten Gefühls, würdig eines Filmstars. Ich vermißte meinen Mann viel zu sehr, um auf den Kuß einzugehen. Aber ich wußte, ich würde mich an ihn erinnern, sogar in Erinnerung darin schwelgen. So wie Braut und Bräutigam immer abwesend sind bei der eigenen Hochzeit, aber es später aus den Bildern rekonstruieren.

Mein Rückweg zum Hotel war ein Spießrutenlaufen durch all die Obdachlosen. Sie zuckten, schrien einen an mit ihrem Tourette-Syndrom und fluchten, Nebenfiguren aus einem Bosch-Gemälde. Sie behaupteten nur ihre jeweiligen Bettelplätze und waren nicht als Warnung an mich dahin gesetzt, wenn auch eine erstaunlich große Zahl von ihnen weiblich war, mit verfilztem Haar und Zahnproblemen. *Früher einmal war ich eine sehr erfolgreiche Karrierefrau. Und mein Mann war Chirurg ...*

In meinem vergangenen Leben hatte ich mein Kleingeld immer in der Vordertasche meines Portemonnaies und verteilte es nach und nach an die Unglücklichen auf meinem Weg. Aber jetzt war mir ja nur das Kleingeld geblieben. Es war Tage her seit dem Versuch, meinen Vermögensstand festzustellen. Michael hatte mich wie ein Kind versorgt.

Ich hatte seit dem Einkaufstag im Victoria's Secret nicht probiert, weiteres Bargeld von einem Bankautomaten abzuheben. Ich hatte instinktiv Angst davor gehabt: Wollte keinen Groll gegen meinen Mann empfinden müssen, falls er mir den Zugriff aufs eigene Geld noch mehr erschwert hatte; kannte nicht den Stand unserer gemeinsamen Konten; hatte keine Ahnung, ob Ken es geschafft hatte, die Rechnungen zu bezahlen, was meine Aufgabe in der ehelichen Arbeitsverteilung war (wie das meiste, das sich nicht direkt aufs Aufschlitzen von Menschen bezog, und de facto machten das sogar die Assistenzärzte für ihn, ergebene kleine Unterlinge); hatte noch keinen Quicktest durchgeführt oder irgendwelche Online-Bankgeschäfte getätigt; und lebte haargenau wie diese Obdachlosen von den vorhandenen Mitteln, wenn auch mit einem viel bequemeren Sicherheitsnetz.

Beim Betreten des Hotels wurde mir allerdings klar, daß ich es nicht einmal herausgekriegt hatte, wie mir mein Zimmer nach der Anfangsschwierigkeit schließlich doch erhalten geblieben war. Denn das war es eindeutig. Der Zimmerservice war zu mir gekommen und ein Hausarzt. Dennoch, ich beschloß, alle potentiellen Probleme sogleich in Angriff zu nehmen, und stellte mich vor der Rezeption an.

Zu meinen Füßen, auf seine Mutter wartend, die vor mir ihre Rechnung beglich, war ein Kind etwa in Evans Alter. Der Junge hatte eine Handvoll Münzen auf dem Teppich verstreut und sich in Positur gesetzt, um die Geldstücke lauthals und vergnügt zusammenzuzählen. Er war hingerissen von seiner Herrschaft über diese Fülle und so zuversichtlich, daß sie sich noch vermehren würde! Erwachsene können diese Freude am Geld nicht fühlen, selbst die tricksenden Häufigflieger bei ihren hochmanipulierten Meilen. Einen Augenblick lang sinnierte ich über seine Hände, ihre natürliche Sinnlichkeit. Aber nun drängte ihn seine Mutter. »Los! Du kannst im Taxi zählen.« *»Aber ich bin fast fertig!«* Die Münzen, sorgfältig nach Größe sortiert, wurden aufgesammelt. Kind empört.

Diese Szene gab mir einen Stich, ähnlich frisch gesetzten Nähten. Ich konnte mich gerade noch beherrschen, als meine Augen sich trübten und die Geldstücke wäßrig glitzerten, wie durchs Wasser eines Wunschbrunnens.

»Ma'am?«

Mutter und Kind stürmten davon in einer ausgefransten kubistischen Wolke von Sachen – Messinggurte auf ihrem eleganten Gepäck; sein durchsichtiger Gameboy, die elektronischen Eingeweide aufregend anzusehen. Ich war nun dran an der Rezeption. Meine Datei wurde abgerufen.

Der Angestellte warf einen kurzen Blick auf die ereignisreiche Dateigeschichte. Er schaute sogar auf, um mich abzuschätzen, mißtrauisch wie ein Beamter der Einwanderungsbehörde. »Sie haben hier Kosten für den Hausarzt«, informierte er mich.

»Richtig.«

»Anscheinend wurde die erste Nacht«, berichtete der Angestellte, »bar bezahlt, und dann hatten wir keinen Kreditkartenabdruck, und es gab – und dann bekamen wir einen.«

»Von wem?«

»Von Ihnen vermutlich.«

»Leider nicht.«

Er prüfte weiter, verkündete dann die Nachricht: »Der Manager hat sich einverstanden erklärt, telefonisch eine Kartennummer zu akzeptieren.«

»Von wem?«

»Das geht nicht unbedingt daraus hervor. Warten Sie. Hier – Dr. Daniel Kramer.«

Mein freundlicher, tüchtiger Therapeut hatte seine persönliche Kreditkartennummer angegeben, um mir einen ungestörten Aufenthalt zu gewährleisten. Unglaublich. Besonders angesichts der Rechnungshöhe – das Four Seasons ist kaum billig zu nennen.

Geldverschwendung, obwohl vermutlich die Unterbringung in einer privaten Heilanstalt weit kostspieliger ist.

Dieser Angestellte, erheblich angenehmer als der letzte, sagte, es sei kein Problem, die Zahlung nun auf meine eigene Kreditkarte zu übertragen. Sie brauchten dazu keine Kreditkarte; die Nummer allein und das Gültigkeitsdatum würden ihnen den Zugangscode geben.

Keine einzige Nachricht erwartete mich auf dem Zimmer. Nicht von Ken. Nicht einmal ein Lockruf von Kramer, ob ich noch unter den Lebenden weilte.

Ich schloß meinen Computer an, begierig. Keine E-Mail. Keine persönliche, keine berufliche Post – rein gar nichts. Aber es war Wochenende.

Ich zählte mein Geld. Fast hundert Dollar. Genug, um zum Flughafen zu kommen, wenn auch nicht genug für einen Flugschein nach Hause.

Wenn ich denn so sterben sollte – einfach zusammenschrumpfen, verschwinden –, wäre es würdiger und bestimmt aufregender gewesen, es als Roadmovie zu bringen. Wenn ich schon dabei war, mit Fremden zu vögeln, konnte ich ebensogut den Hintergrund variieren (der Golden Arch von St. Louis, die Golden Gate Bridge), statt nur mein graugrünes Kostüm abzustreifen (auch nicht eben ein Kostümfilm) auf demselben alten Bett, im selben alten Badezimmer.

Ich saß genau auf der Stelle des Bettes, wo ich bei Michael gesessen hatte, und haßte mich und rief Ken nochmals an.

»Mea culpa, okay?« sagte ich und haßte den nasalen Klang meiner Stimme. Dann die Trumpfkarte: »Sollte bis morgen die Untersuchungsergebnisse von dem pituitären Mikroadenoma haben. Wenn ich mich nicht melde, bin ich am Pool.«

Plötzlich fühlte ich mich so voller Schwung und Energie wie ein eingesperrtes Meerschweinchen.

Es sind diese Räume! dachte ich erschrocken, so wie man auf halber Strecke eines Langstreckenflugs plötzlich bemerkt, daß es furchtbar stickig im Flugzeug ist. Man legt die Handfläche hoffnungsvoll auf die Luftdüse über sich – nichts. *Ab nach Hause*, hatte Ignacia in Pittsburgh befohlen. *Luft nicht gut hier*. Sie hatte recht, selbst wenn ich dazu – wieviel? einen Monat? – gebraucht hatte, um den Komfort eines Heims herbeizusehnen, wo die Fenster wirklich aufgingen.

Erst da wurde mir bewußt, daß ich seit fast einer Woche keinen Swimmingpool gesehen hatte. Hatte mich nicht einmal ans Schwimmen *erinnert*. In meiner Hast, zum Hotel zurückzukommen, um Kens Anruf entgegenzunehmen, hatte ich überhaupt nicht daran gedacht, Michael zu fragen, ob er einem Fitness-Club angehörte. Aber natürlich! Er ging bestimmt dreimal die Woche für Trost und Seelenverwandtschaft dorthin, wie früher die Menschen zur Kirche! War wahrscheinlich genau in dieser Sekunde dort.

Mein Badeanzug hing an einem Träger über dem Duschkopf, wo ich ihn hingehängt hatte, steif und verkrustet, trotz Waschens mit so stechendem Chlorgeruch, daß man sich zwangsläufig vorstellte, wie der Stoff gerade wieder in Moleküle zerlegt wurde.

Während ich im Four-Seasons-Pool unter den Augen derselben gelangweilten Aufsicht und inmitten kreischender und spritzender Kinder meine Schwimmversuche machte, hatte ich das Gefühl, mein Leben sei aufs Absurde reduziert. Streng mit Taucherbrille und Badekappe bewaffnet, war ich Tiefseetaucherin in einem von Regenwasser aufgefüllten Schlagloch. Die einzige Möglichkeit, das hier halbwegs als Swimmingpool durchgehen zu lassen, war die Menge an Chlor – auch gut, wenn Wickelkinder da hineinstrullten. Echter Pool, echtes Leben: Konnte den Gedanken nicht aus dem Kopf kriegen, daß ich keins von beiden hatte. Mit jeder Runde phantasierte ich, daß, wenn ich noch eine Runde schwämme und die Zeit des Fernbleibens vom Zimmer ausdehnte, das Nachrichtenlämpchen bei meiner Rückkehr blinken mußte. Lichtabstrahlend wie ein Ohrring im Nabel einer Bauchtänzerin.

Jede Runde: ein Wegdrücken: *Ken*!

Aber er hatte nicht angerufen.

Darauf warten, vom Arzt zu hören, dann auf den Arzt warten. Darauf warten, daß das Telefon klingelt. Darauf warten, daß die Periode kommt, und umgekehrt, auf die Schwangerschaft warten. Frauen warten. Warten auf Anrufe von Männern oder Kindern, Frauen haben Bereitschaftsdienst wie Ärzte. Das rote Auge des Nachrichtenlämpchens, die weibliche Röte, wenn der Schwangerschaftstest positiv ist. Mein ganzes Leben hatte ich wie eine Versuchstaube an der Erwartung gepickt.

Was für eine Wahl hatte ich eigentlich? Eine Zeitlang nach Evans Tod hatte ich ein Zen-Buch mit mir herumgetragen. Es war das einzige, das mich tröstete und mir sinnvoll erschien. Aber dann kam ich zu der Überzeugung, daß ich nicht genug Kraft hatte für diese Art friedlicher Passivität, daß es einfach zuviel war, sie mir abzuverlangen, und ich ließ mich zurückfallen in unruhiges Sehnen, in Enttäuschung.

Wieder auf meinem Zimmer, schaltete ich auf CNN zu der bizarren Nachrichtenmoderatorin – warum war ihr Haar so lang? Etwa College-Studentin im zweiten Jahr? Und warum dieses ständige Grinsen? Warum sah sie immer so aus, als müßte sie, sobald die Kamera nicht mehr auf ihr Gesicht gerichtet war, in Gelächter ausbrechen? Verstand sie nicht, daß Nachrichten eine ernste Sache waren?

»Eine achtundzwanzigjährige Frau ist heute durch einen Stromschlag getötet worden«, sagte sie – das war in Baltimore in einem Hotel, keineswegs einer Absteige, sondern einer angesehenen Hotelkette, in der ich selbst oft übernachtet hatte –, »als sie die Schlüsselkarte benutzte, um auf ihr Zimmer zu gelangen. Sie kam gerade vom Hotel-Swimmingpool.« Es hatte sonst keine elektrischen Probleme gegeben, und alles war noch unklar.

Man ermittelte.

Ich hörte das, als ich im Badeanzug mit feuchtem Haar auf dem Bett saß, die Schlüsselkarte noch in der Hand.

Ein Stromstoß, stark genug, um zu töten, war durch die Wand gedrungen und durch ein harmloses Plastikrechteck in eine feuchte Hand geflossen. Es klang fast unmöglich, auch wenn das Gesicht der Moderatorin die übliche Halbbelustigung zeigte, nicht mehr und nicht weniger. Ihre Augen zuckten manchmal unruhig (»Wo bin ich?«). Der Sender brachte kein Bild der Toten. Ich ertrug einen weiteren Nachrichtenblock aus Dritter-Welt-Unfrieden und Sex-Skandal, um es nach einer Viertelstunde wieder zu hören, wobei der Blick der Moderatorin den meinen herauszufordern schien: »Es wird Ihnen schwerfallen, das Folgende nicht als Botschaft zu nehmen, obwohl die Botschaft schrecklich dumm ist. ›Überall lauern Gefahren. Leben Sie jeden Augenblick, als wäre es Ihr letzter.‹«

Keine neue Information. Dieselben drei, vier Sätze, so unbefriedigend wie eine Schwimmrunde durch den Hotelpool. Ich versuchte es mit der richtigen CNN-Show zur vollen Stunde, um zu sehen, ob die Tötung durch Stromschlag im Hotel dort detaillierter aufgearbeitet war, aber sie wurde nicht einmal erwähnt.

Damit verbrachte ich fast eine Stunde und dachte bloß zwanzig- oder dreißigmal, daß Ken noch nicht angerufen hatte. Stellte mir nur ein gutes Dutzend verschiedene Szenarien vor, wie ich den Hörer abheben, was ich sagen und was er sagen würde, und was hatte es überhaupt zu bedeuten, da wir ja das Ehe-Spiel immer noch in realer Zeit zu Ende bringen mußten, nicht in CNN-Zeit oder in der Zeit, wie sie in solchen Romanen existiert, wo Ereignisse das Schicksal bestimmen.

Nicht, daß es da kein Schicksal gäbe. Aber das brachte nur Tod. Und Tod war keine Geschichte. Nur das Ende einer Geschichte. Der Rest von uns wartet einfach – die verflossenen Größen und die Möchtegerns, wie der Hippiestar Tiny Tim im Hotelzimmer in Minneapolis, der sich die Haare färbt und an seinem Comeback arbeitet.

Inzwischen waren Badeanzug und Haare trocken. Ich starrte das Telefon an wie ein Kind, das durch Willenskraft dessen Klingeln erreichen will, und es geschah.

»Ken?«

Ken: »He.«

»He.«

Dann die imaginierte elektrische Stille. Ein Strom, in dem wir uns jeweils den Partner lebend in der Jetztzeit am anderen Ende vorstellen konnten. In meinem Kopf war sein vorsichtiges *He* eine Aufzugtür, die sich im entscheidenden Augenblick öffnete, eine alte Episode aus *Star Trek*: zuerst nichts, dann Kens DNA, sich wieder verbindend, so daß er als Ganzes erschien, die Arme vor sich verschränkt im sauberen grünen OP-Kittel, oder nein, da dies mein Kopf war, warum nicht nackt, das dunkle Brusthaar in einem Wirbel wie die Sternenspirale in einem van-Gogh-Himmel. In Gedanken schmiegte ich einfach den Kopf an seine Brust, wortlos.

Ken ließ mir Zeit dazu. Dann sagte er: »Liebes.«

Als wenn *Liebste* zuviel wäre, was es auch gewesen wäre, er hatte völlig recht.

Er wartete ab. Dann fragte er: »Soll ich kommen?«

Ich sagte: »Komm zu mir.«

Fügte hinzu: »*Bitte.*«

Ich war mir bewußt, ich war kurz vor den erlösenden Tränen, denen ich mich überlassen würde – kurz davor, wie eine Frau vor dem Orgasmus, die merkt, daß die Befriedigung sich in verläßlichen Ringen auf sie zu bewegt, gleich jenen, die ein auf dem Wasser hüpfender Stein ausgelöst hat –, und ich wünschte mir, seinen Namen zu sagen, und tat es. Und in *Ken* hörte ich *Evan*, das gleiche sanfte e; ich war mir auch des langen Vokals in *Liebes* und *mir* bewußt als einer Art Gegensatz, dramatisch wie Yin und Yang, aus dem Frieden entstünde. Nicht der Anfang der Dinge oder das Ende, sondern die schöne, volle Mitte.

IV

Mit mir war alles in Ordnung.

Es gab wohl doch etwas. Aber nichts Schlimmes.

Ich hatte wie ein Baby geschlafen. Dr. Sharon Rieff meldete sich gleich am Morgen, forsch und munter, bevor ich noch Zeit hatte, mich zu fragen, wie lange ich weiterleben könnte, ohne von ihr zu hören. Die Schilddrüsenfunktionen im normalen Bereich. Die Prolaktinwerte waren nur etwas schlechter. Sie zählte die Zahlen auf, als wüßte ich genau, was sie bedeuteten, aber ich wußte es nicht – nur, daß die beiden Zahlenreihen etwas aus dem Gleichgewicht waren.

Nichts Alarmierendes. Nicht mal eine Behandlung wäre erforderlich. Sie persönlich würde es dabei belassen. Sie würde die Untersuchungsergebnisse an meinen Arzt in Cleveland zur Auswertung schicken, aber wahrscheinlich würde er die Sache bloß im Auge behalten wollen.

Zuerst fühlte ich keine Erleichterung, vielmehr Enttäuschung. Das pituitäre Mikroadenoma wäre eine Erklärung gewesen. Mikro war die richtige Größe, und zudem war es nicht in meinem Kopf. Eine Erbse für eine Prinzessin. Ist ja schon ein direktes, überschaubares Mittel gegen Fruchtbarkeitsprobleme und was immer mich noch schmerzen mochte, sobald ich die Freude, dem Leben wiedergegeben zu sein, ausgekostet hatte.

»Finden Sie nicht«, fragte ich Dr. Rieff, »es wäre eine gute Idee, eine Dosis Dostinex zu probieren?«

Es gebe wirklich keinerlei Anzeichen für Mikroadenoma aus diesen Zahlen, sagte sie, nicht mal genügend, um auch nur eine MRT-Untersuchung zu rechtfertigen, aber ich könne ja mit meinem Arzt einmal über eine Behandlung reden. Die Galactorrhea – hänge womöglich mit dem erhöhten Prolaktin zusammen, müsse aber nicht.

»Könnte ohne weiteres durch Streß ausgelöst sein«, sagte sie. »Oder wenn es einen dramatischen Wechsel in Ihrem Sexualleben gegeben hat – will sagen, in der Art, wie Ihre Brüste berührt werden ...«

Ein möglicher Anknüpfungspunkt für mich, um die Geschichte mit Michael Davidoff loszuwerden, von Frau zu Frau. Vor dem Morgenkaffee, noch bevor ich mir die Zähne geputzt hatte. Aber abgesehen von der Dankbarkeit für ihre ausgezeichneten Dienste, hatte ich das Gefühl, meinen wöchentlichen Beitrag, mit Ärztinnen geteilte Männer zu sezieren, bereits geleistet zu haben. Am Abend zuvor hatte ich gepackt, die Kleidung für den Tag zurechtgelegt, das graue Kostüm, das ich nach der Rückkehr nie wieder würde tragen können, dabei hatte ich den Gedichtband von dem anderen Michael durchgeblättert, bevor ich ihn in das Bordcase legte; zwei Seiten hingen noch zusammen, vielmehr waren sie nach dem Druck nicht richtig getrennt worden, und als ich sie sorgsam mit dem Fingernagel aufritzte, erschien ein Gedicht übers – Schwimmen. Am Poolrand beobachtete Michael seine vorpubertäre Tochter beim Schwimmen. Blütenfrische Brustwarzen in einem Speedo-Badeanzug. Das Mädchen mit der Badekappe glatt und freundlich wie eine Robbe etc. Nichts Ungewöhnliches, aber die Parallele, besonders nach der elektrisch hingerichteten Schwimmerin von Baltimore, ließ sich nicht beiseite schieben. Vom Bett aus, den Hörer ans Ohr gepreßt, konnte ich das Glitzern des wasserblauen Buchumschlags auf dem offenen Bordcase sehen, und die beiden Michaels drängten sich im Geiste zusammen, ihre Linien verwischten sich, genau wie bei den forschen Ärztinnen, und schließlich ergab sich der Eindruck einer – Brustwarze. Alles lief auf dieses eine Bedürfnis hinaus. Selbst ohne einen dieser übertriebenen konischen Madonna-BHs eine Brust wie ein natürliches Ausrufezeichen, und die Warze krönt die eigene Verdatterung über das ganze leidige Zeug.

Genau bei dieser Art von Gedanken war ich mir vor Tagen richtig irre vorgekommen. Jetzt registrierte ich bloß, wie der Gedankengang rasch wieder verschwand. Nur wenige Augenblicke dauerte. Interessant, wie kurz ein Schweigen sein darf gegenüber einer, die man nicht kennt.

»Nein«, sagte ich. »Um mit der Wahrheit herauszurükken, ich wünschte mir, Ihre Antwort gliche mehr einer Antwort. Wäre etwas – handfester.«

Sie lachte. »He, wenn Sie die Fachliteratur lesen, da können sich die Ärzte nicht einmal darauf einigen, wie man am besten eine *Hefepilzinfektion* behandelt.«

»Das klingt ermutigend«, sagte ich.

»Ist eine optimistische Denkweise. Anscheinend stehen Sie, wie es heißt, ›in Verbindung zu Ihrem Körper‹. Sie können alle Zeichen lesen und ihre Wechselwirkung. Sie würden staunen, wie wenig Patienten – Sie jedenfalls versuchen sogar ein klares Bild Ihrer *Symptome* zu bekommen.«

Ich kenne diese Art von Klage von meinem Mann. Die meisten seiner Patienten können nicht einmal das Herz vom Magen unterscheiden.

»Sie aber hatten intuitiv ein Gespür«, fuhr sie fort, »wie alles zusammengekommen ist. Ich kann darum nur sagen: Vertrauen Sie dem. Hören Sie genau auf die Motorgeräusche. Ich weiß, das klingt nicht sehr wissenschaftlich.

Aber – manchmal hat man eine Frau, die Monate vor der bösen Mammographie Kaffee verschmäht und massenhaft Tofu gefuttert hat. Als *wüßte* ihr Körper *Bescheid.* Oder Schokolade – bei der hat man tatsächlich antidepressive Eigenschaften nachgewiesen. Setzt dieselben Endorphine frei wie anstrengende körperliche Bewegung.«

Mein Psychotherapeut hatte es mit Diät. Diese Frauenärztin schien auch Diätistin zu sein. »Und wie kriegt man die alte Karre wieder in Schwung?« fragte ich.

Sie lachte wieder. »Sex hilft immer«, sagte sie. »Wirbeln Sie die alte Betsy doch mal so richtig durcheinander, geben Sie Gas.«

Ein weiterer Anknüpfungspunkt. Aber ich weigerte mich, den Köder zu schlucken. Sagte ihr, ich wisse ihre Hilfe zu würdigen.

»Sie wohnen also bei Michael«, fragte sie, »oder im Hotel?«

Hartnäckig!

Dankte ihr nochmals und sagte, wohin sie die Untersuchungsergebnisse schicken sollte. Würde sie gleich noch mal anrufen und die Faxnummer durchgeben.

Nachdem Dr. Rieff und ich miteinander fertig waren, nahm ich Michaels Buch aus meinem Gepäck. Es schlug bei dem Schwimmgedicht auf, das geheim und versteckt gewesen war; aber jetzt konnte ich den Band anscheinend nicht durchblättern, ohne auf dieses Gedicht zu stoßen. Ich ging es sorgfältig auf Hinweise durch, als wäre es die Bibel oder das *I-Ching*. Und ich fühlte: rein gar nichts. Ich neigte mich ihm zu, als wäre es die Schwingung einer Stimmgabel und hörte: nichts.

Nackte Schiefertafel! Der Mann war mir fremd!

Und da, einfach so, war meine Münze aus der TV-Serie *Unheimliche Geschichten* wieder auf der Kante gelandet. Einfach so, wieder zurück in normale Unwissenheit.

In einem hatte ich allerdings recht. Mein Mann hatte tatsächlich Bereitschaftsdienst am Sonntag morgen gehabt. Er mußte auch diesen Vormittag im Krankenhaus arbeiten, aber dann käme er mich holen, selbst wenn das eigentlich keinen Sinn ergab, vielleicht doch, denn wie ich ohne Kreditkarte ein Flugticket kaufen und nach Hause kommen sollte, war unklar.

Diesbezüglich gute Nachrichten: Ken war kein so stur kontrollierender Ehemann gewesen, daß er versucht hatte, mich durch Sperren meiner Kreditkarte in die Enge zu treiben. Die Betrugsabteilung hatte beharrlich bei mir zu Hause angerufen, um sich zu vergewissern, daß einige vor kurzem aufgetretene Abbuchungen auch von mir stammten – in der Frühzeit meines Abtauchens hatte ich selbst für einige Flugtickets bezahlt, anstatt sie wie üblich bei besserer Planung übers Firmen-Reisebüro laufen zu lassen, und verrückt hohe Reisekosten lösen anscheinend Alarm aus. Ken hatte besorgt zurückgerufen und gesagt, er wisse nicht, wie oder wann ich zu erreichen sei. Als die Bearbeiter mit ihm nicht sprechen wollten, da er nicht der Karteninhaber war, hatte er seine Sekretärin mit meinem Geburtstagsdatum und dem Mädchennamen meiner Mutter versorgt, was ja meine Vermutung war, und so hatten sie während der wilden Nachrichtenphase meine Aufenthaltsorte herausgefunden – zumindest so lange, bis auf Anraten der Betrugsleute die Kreditkartennummer geändert und die neue Karte ausgestellt wurde. Ken nahm an, daß ich andere Karten zur Hand hatte. Und würde mir liebend gern alle wichtigen Einzelheiten gegeben oder die neue Kreditkarte über Federal Express übermittelt haben, wenn ich mich herabgelassen hätte, mit ihm zu reden. Warum sie mich nicht bei der Arbeit angerufen hatten, bleibt ein Geheimnis – ich hätte die Voicemail bekommen. War nicht der Fall, wahrscheinlich weil Kens Mädchen so schnell gearbeitet hatte.

Ich hätte Ken an dieser Stelle fast von den Hoteltricksereien erzählt. Entschied aber, es zu lassen. Bei diesem ersten romantischen Telefonanruf war schon genug von Buchhalterischem die Rede.

Logistisch gesehen blieb uns nur die Frage, ob ich das Hotelzimmer bis zu Kens Eintreffen behalten sollte oder nicht. Oder ein anderes Zimmer nehmen. Letzteres war mir gerade eingefallen. Ich war mit dem Packen fertig und abreisebereit. Ich hatte mich in dieser verzwickten Sache etwas verhakt. Bei dem geringen Nutzen, den ich bisher aus dem Hotelzimmer gezogen hatte (wie lange parkte der Mietwagen schon in der Garage des Kinderkrankenhauses?), war es wirklich keine Tragödie, das Zimmer für einen weiteren Tag zu behalten und zu sehen, zu was es taugte. Auch das keine große Angelegenheit – außer der Peinlichkeit –, sich abzumelden, mein Bordcase, die Aktenmappe und den Computer dem Portier zu übergeben, und wieder einzuchecken, falls es nötig wäre.

Ich hatte keine Ahnung, was Ken vorhatte. Würde er glauben, wenn er mich schon abholen mußte, daß ich eine schwache, fragile Frances Farmer war, am Ellbogen zu lenken, statt des Flittchens, das nur allzu bereit für wilden ehebejahenden Wiedervereinigungssex war, dem sich ein netter Restaurantbesuch anschloß (oder vorausgegangen war) und ein Spaziergang zum Rodin-Museum zu den bronzenen Nackten?

Er könnte wütend sein.

Ich mußte mich an diese Möglichkeit erinnern, sogar an die Wahrscheinlichkeit. Ich war einen Monat auf Achse gewesen. Bald wäre der August vorbei. Von Freunden mit lebenden Kindern wußte ich, wie endlos die letzten Tage im August vor dem Schulbeginn waren, so schlimm, wie auf Wehen zu warten. Tag der Wehen, Tag der Arbeit: Er war nie am rechten Platz im Kalender, dieser 1. Montag im September. Immer schien eine ungünstige Anzahl von Tagen vor dem Augustende zu kommen oder viel zu weit in den September hineinzuragen. So überdrüssig man des Sommers ist, kribbelig, daß es Herbst werden möge, kommt es einem doch vor wie: *schon?* Mit Wehmut unterhalten sich die Eltern, während ihre Sprößlinge Richtung College abschwirren.

Zu Hause wäre der Rasen gemäht und grün. Ken hätte es geschafft, den Sprenger zu betätigen. Das Mädchen hatte einen Schlüssel; die Küche wäre blitzblank. Ken ist nicht die Sorte Mann, die es nicht über sich bringt, das benutzte Glas in den Geschirrspüler zu stellen. Im Arbeitszimmer – dessen Farbgebung ich persönlich nach langer Unentschiedenheit hinsichtlich eher gelblicher oder eher rötlicher Beigetöne ausgesucht hatte, an welchem Punkt auch immer in meinem Leben ich Wert auf derlei Dinge gelegt hatte – mochte die neueste Ausgabe von *The New England Journal of Medicine* noch aufgeschlagen an seinem Lesesessel liegen.

Ich versuchte ihn mir als Single in einer Junggesellenbude vorzustellen. Es klappte nicht. Die Phantasie versagte. Natürlich mußte er sich keine Mühe geben, ›Frauen zu treffen‹. Sie würden auf den Krankenhausfluren praktisch mit ihm karambolieren. Wir würden das Haus verkaufen müssen. Ging mir auch nicht in den Kopf, obwohl ich keine besondere Beziehung dazu hatte.

Am Haus lag es nicht. Klar, da war natürlich die Sache mit Evans Zimmer. Eltern von toten Kindern wissen, daß es keinen Weg gibt, dem Problem mit dem Zimmer als Denkmal auszuweichen. Läßt man die Stofftiere auf dem Regal, errichtet man ein makabres Heiligtum. Verpackt man das Spielzeug in Schachteln und funktioniert das Zimmer zeitweise in ein ›Studierzimmer‹ oder ›Gästezimmer‹ um, tut man nur so, als begrübe man die Vergangenheit. So oder so, das Zimmer bleibt da, stur, viereckig, ein Kasten nur. Der Kasten bleibt im Boden. Selbst ein neues Haus zu kaufen ist keine Lösung, weil das neue Haus dann einfach *jenes* Zimmer nicht hat, darauf fällt man doch nicht rein. Und nicht in einem Haus wohnen? In einem Apartment im Ausland, wo man keine Beziehungen hat, keine eigenen Sachen? Ich hatte es überlegt. Kens Arbeit machte das unmöglich (er konnte vielleicht einen Monat außerhalb des genauen Zeitplans, der ihn gesund hielt, aushalten, und wie durfte ich ihm das übelnehmen?), aber ich stellte mir eine Villa in der Toskana vor, ein Raum nach dem anderen mit hoher Decke und Rissen im Stuck, unbewohnt, die Möbel verhüllt mit staubigen Laken. Wilder, hügliger Garten zum Herumlungern.

Die bockige Zeile *Darauf hast du Anspruch* kam mir manchmal in den Sinn. Warum hatte Ken das nicht vorgeschlagen? Ist die große Ferienreise nicht der naheliegende Balsam? Aber dann machte ich selbst immer einen Rückzieher. Es hätte nicht geholfen. Na ja, die tropische Pflanzenwelt von Puerto Vallarta hatte Ken geholfen. Machte ihn gleich gesprächiger. Doch vor Bitterkeit wollte ich mich hüten: Keine Landschaft würde uns jetzt helfen. Entscheidender war die *Vorstellung* vieler Räume lebendig zu halten, so wie die Vorstellung, mit einem Fremden zu schlafen – man konnte es, noch war es einem gegeben –, sich als weit befriedigender herausgestellt hatte als der Akt an sich. Es war die Zeit *vor* dem Sex, der Entschluß an sich, den ich nicht vergessen würde. Sex war Sex, wie ein Raum ein Raum war. Beides im Gehirnkasten versenkt, was schließlich alles ist, womit man verheiratet ist und wofür man die Hypothek abzahlt.

In absehbarer Zukunft wäre ich nicht geschieden und nicht tot. Im ordentlichen Bett, im ordentlichen Zimmer hatte ich das Gefühl, wenn nicht gerade in Ordnung gebracht, zumindest aber nicht verrückt zu sein.

Auch nicht schwanger. Das entdeckte ich im Badezimmer. Der Blutfleck war diskret, von der Größe eines Zehncentstücks. Das Zittern vor Enttäuschung, das Gefühl der Leere folgten augenblicklich. Vielleicht nur eine Schmierblutung, äußerte sich mein Wunschdenken, bevor ich mich zur Ordnung rief. Dieser Tupfen, buchstäblich schwarz auf der neuen weißen Unterwäsche, war unmißverständlich, und offensichtlich war es besser so. Ein richtiger Punkt, der welchen Satz auch immer beendete, den ich gesagt hatte. Zuviel klebriges Zeugs hatte sich an den Wänden des Geistes abgesetzt. Mein außerehelicher Sex hatte wie eine glatte Curettage funktioniert und reinen Tisch gemacht. Wenn mein Mann und ich uns nun liebten, könnten wir es zum ersten Mal seit langer Zeit frei tun, ohne Hintergedanken an Fortpflanzung. Liebe kommt immer mit der Möglichkeit des Verlusts. Zumindest konnte das, was ich fast verloren hatte, von nun an der Mann selbst sein. Das stand ihm gewiß zu.

Wenn wir miteinander schliefen, hatte ich, auch wenn es mir nur dunkel bewußt war, nie seinen Schock und sein nachfolgendes Lächeln vergessen, als ich am Tag nach der Entbindung aufstand, um zum Bad zu gehen, und das Blut aus mir nur so herausschoß. *Mein Gott*, sagte er, vor der Badezimmertür stehend, *hier sieht es aus, als hättest du eine Robbe zu Tode geknüppelt.* Dabei hatte er die medizinische Fakultät hinter sich. Aber dennoch war er überrascht und erschrocken, denn es war mein Blut. Es macht nichts, daß das Kind tot ist. Er hatte zugesehen, wie das Kind aus mir herauskam. Sex ist anders danach. Selbst wenn von uns jetzt verlangt wäre, den Geburtskanal frei von Geburt zu halten – jenen Raum nicht mehr als das Baby-Zimmer anzusehen –, bliebe immer noch das Gespenst. Die quälende kleine Erinnerung. Nicht zu vergessen die anderen, die ihre Fingerabdrücke auf den Wänden hinterlassen hatten – Hillary, die Davidoff-Burschen.

Aber das waren wir nun einmal. Und das war an sich in Ordnung. Denn es hieß, wir kannten einander und wußten auch, was uns quälte. Als Ken während des Telefonats im Konversationston, mit liebenswerter Nervosität von einer Fernsehshow erzählte, die er am Abend zuvor gesehen und die seinen Schlaf gestört hatte – ein Flugzeugabsturz über dem Amazonas, ein siebzehnjähriges Mädchen, das mutterseelenallein neun Tage überlebte und mit verbogenem Verlobungsring die Maden aus seinen Wunden herauspickte –, konnte ich sagen: »Na, *die* versteht, was hinter uns liegt«, und er konnte lachen, verstand genau, was ich meinte. Und als ich ihm meinerseits von der durch Stromschlag getöteten Schwimmerin erzählte, hatte die Geschichte Biß, Festigkeit. Wie wenn man ein Auto von der sprichwörtlichen alten kleinen Dame aus Pasadena kauft, die einem sorgfältige Reparaturberichte überreicht. Hier war, um Sharon Rieffs Metapher aufzugreifen, unser eheliches In-Schwung-Bringen, unser Schmiermittel mitsamt neuen Filtern.

Ich hatte keine Tampax. Ich müßte welche in dem überteuerten Hotelladen kaufen. Ertappte mich bei der Frage, wieviel das Frühstück im Speisesaal des Hotels kostete, ob ich mir Tampax und Essen leisten sollte, veranschlagte mein Geld, so wie man sich überlegt, die restlichen Devisen bis auf den letzten seltsam überdimensionierten Penny in einem fremden Flughafen loszuwerden. Aber dann erinnerte ich mich, daß ich das Frühstück auf die Zimmerrechnung setzen lassen konnte, und geriet ganz aus dem Häuschen. Ein herzhaftes Frühstück – die *üppige Fülle*! Und was ich alles essen könnte! Und dazu Ken, der jede Minute auftauchen konnte.

Geduld. Was für einen Sinn hat mittleres Alter, wenn man nicht zu warten gelernt hat?

Nach dem Frühstück und den Zeitungen (die *Times* bestätigte die Nachricht von der durch Strom getöteten Frau in Baltimore, lieferte aber keine neuen Informationen; für einen genaueren Bericht mußte ich wohl die *Baltimore Sun* auftreiben) hinterließ ich eine Nachricht an der Rezeption und spazierte zum Park auf der gegenüberliegenden

Seite, setzte mich auf eine Bank, nahe genug am Springbrunnen, daß eine Brise – im Sommer immer ein Geschenk – mein Gesicht mit Wasser benetzte und den Geruch frischen Mulchs auf dem Geranienbeet heranwehte, hinter dem ein Pärchen auf dem Rasen knutschte.

Es waren Erwachsene, keine Jugendlichen, in voller Werktagskluft, er geschniegelt und gebügelt, sie eingezwängt in die Pelle der Strumpfhose. Ihnen war das egal. Sie würden wegen dieses Kusses mit Grasflecken zur Arbeit zurückkehren. Ihre spitzen Pumps waren nicht fortgeschleudert worden, sondern ordentlich aufgestellt neben dem unsichtbaren Zauberteppich des Kusses, der sie umhüllte, sie entführte. Sie trug rosa Leinen. Die Sonne glitzerte auf den Falten im Kleid. Welche Närrin trägt helles Leinen, um vor dem Mittagessen im Gras zu vögeln, dachte ich, aber mir wurde gleich bewußt, wie schön es war, sie zu sehen, sich an Küsse zu erinnern, die genau in dem Augenblick sein mußten. Nichts auf der Welt zählt als die glatte Feuchtigkeit der Lippen. Die Zeit selbst aufgehoben. Dies war keine flüchtige Beziehung; die beiden würden heiraten, aber sie waren sich dessen noch nicht sicher, und das eben machte es herrlich. Seine Hand schwebte über ihrem Rükken, als wenn sie zu berühren schon übermäßiges Empfinden auslöste.

Ich bemerkte, daß ich sie anstarrte. Es war großartig. Leg deine Hand nicht drauf, dachte ich. Warte. Wenn diese Hand auf ihrem Rücken landet, ist sie soweit, beim leisesten Druck auf dem Leinen zu kommen. Dieser Kuß wird als Erinnerung tief in ihrem Innern eingepflanzt sein, Jahr für Jahr wieder erblühend, sobald sie Sommererde riecht.

Und in diesem Augenblick gehorchten sie mir. Sie trennten sich, blickten einander bloß an, und ich spürte, wie mir ein Lächeln übers Gesicht huschte, als ich dachte: Wenn ich mich getreulich nach dem verhielt, was ich predigte, konnte ich selbst kommen, bei der bloßen Vorstellung von Geduld! Zurückhaltung! Beinah mußte ich laut über mich selbst lachen, eine geile Frau mittleren Alters von zweifelhafter geistiger Gesundheit, ohne Geld, allein in einer Stadt.

Ich hatte meinen *Merck* zusammen mit der Bibel in der Schublade vom Couchtisch zurückgelassen. Ich empfand das als angenehm zeremoniell, wenn auch als Geste de facto unbedeutend (mußte mir sowieso in etwa einem Monat ein neues Handbuch kaufen).

»Zachary!« ertönte es, und ich drehte mich abrupt um.

»Zachary, du bleibst da jetzt stehen. Zach!«

Nicht Zach Davidoff. Ein Kind, etwa zwei Jahre alt, stürmte auf den Springbrunnen zu. Die Mutter hinterher, erhitzt, böse, beladen mit Sportwagen und der mit Windeln und Wegwerftüchern vollgestopften Tasche, der Flasche und der Plastiktüte von Cheerios, einem Extraschnuller und dem enormen Gewicht der Mutterschaft – »Junger Mann, du bleibst auf der Stelle stehen! Ich hab gesagt nein! Du bleibst *sofort* stehen!«

Das Gewicht der Windeltasche brachte den Sportwagen mit seinen unzulänglichen Plastikreifen zum Kippen, als sie den Jungen einzuholen versuchte. Auch ich kam auf die Beine, rannte los. Ich erreichte die beiden, als der Junge sich über den Rand des Springbrunnens warf, lachend, da seine Mutter nur dastand und schrie, die Hände vom Körper abspreizend, zitternd – genau die Haltung, genau der Schrei aus dem berühmten Vietnam-Foto, das von Napalmbomben bedrohte nackte Kind, vor dem Chaos fliehend.

Als hätte man nicht genügend Sorgen, warnen sie einen ständig, daß Babys schon in wenigen Zentimetern Wasser ertrinken können. Aber dem Kind ging's gut. Es war begeistert. Ich stand am Springbrunnen und fischte den Jungen heraus, während die Mutter schrie. Kleidung, Schuhe naß, sein Lachen aber glucksend, als ich ihn packte, zur schreienden Mutter hievte und sie ihn in Empfang nahm, seinen Namen scharf hervorstoßend.

In den Sekunden, in denen das durchnäßte Kind aus meinen Armen sich zu ihren wand, verwischte sich der Hintergrund zu einem Meer von Grundfarben, Rot herrschte vor, vergleichbar den jubelnden Zuschauern auf den Tribünen beim Stierkampf, aber während sie das Kind entgegennahm, wurde das Bild schärfer, so daß ich die Liebenden hinter den Geranien sich jetzt aufrichten sah, aufmerksam, uns beobachtend. Sie genossen das Theater, das glückliche Ende. Lächelnd, wie selbstverständlich verbanden sich ihre Hände. Ich fühlte den Bogen meiner nassen Arme und erkannte, daß ich das Bindeglied zwischen dem Liebespaar und der Mutter war, zwischen Sex und Elternschaft; mit einer kräftigen Portion Stolz und Vertrauen sah ich, daß ich etwas Grundlegendes verstand, auf dessen Humus ich nie gestoßen wäre, wenn nicht gezwungenermaßen. Aber hier war es, und es war nicht zerbrechlich, nicht mumifiziert, mußte nicht sorgfältig eingewickelt und unter besonderem Licht konserviert werden. Es konnte hochgehalten werden wie das lachende Kleinkind, es vertrug Sonne und eine Brise, es war stark.

»Mein Gott«, sagte die Frau. »Wie konnte er bloß so *schnell* sein?«

»Die *sind* schnell«, sagte ich.

»Vielen Dank«, sagte sie, und mit dem Kind zwischen uns – das sich nach dem Springbrunnen streckte und sein unstillbares Bedürfnis herausheulte, die Szene zu wiederholen – umarmte sie mich. »Danke!«

Wir waren aneinandergedrückt, das Kind zwischen uns, grinsten dann, als wir auseinanderfuhren, und sie machte beim Anblick meines naß gewordenen T-Shirts eine entschuldigende Grimasse.

»Sie müssen ihn da wieder reinlassen«, sagte ich, »sonst wird er keine Ruhe geben.«

Sie seufzte zustimmend. »Wer weiß, was in dem Wasser ist.«

»Er wird es schon nicht kübelweise trinken.«

»Ich war gerade heute vormittag im Museum und habe mir die Mumien angesehen«, sagte sie. Daß wir beide zufällig Mumien im Kopf hatten, entging mir nicht. »Wissen Sie, woran die meisten von ihnen im alten Ägypten gestorben sind?« Ich schüttelte lächelnd den Kopf. »Magenwürmer«, teilte sie mir mit. »Die haben einen Full-time-Job, wie die GIs.«

»Antibiotika«, sagte ich. »Man denkt nicht daran.«

»Richtig. Vergiß das Rad. Vergiß die Elektrizität. Penizillin ist der Eckstein unserer Zivilisation. Ganz herzlichen Dank. Ich –«

»Ich weiß«, sagte ich.

Das Kleinkind schrie, traktierte sie, zerrte an ihr. Sie rollte mit den Augen.

»Ich weiß, es ist mühsam«, sagte ich, »aber versuchen Sie es zu genießen.«

»Jaja. Es wird bald vorbei sein, sagen mir alle ständig. Aber wenn man mittendrin steckt, hat man das Gefühl –«

»Ja, aber wenn Sie das Gefühl haben, in der Falle zu sitzen, können Sie immer tief einatmen, die Augen schließen, das Gesicht zur Sonne strecken. So was wie aussteigen, sich orientieren.«

Sie lachte lauthals. »Und wer genau sind Sie, der Dalai Lama?«

»Nur eine, die in der Falle saß und es so gemacht hat.«

Während dieses Wortwechsels hatte sie dem Sportwagen mit dem Knie Halt gegeben, versucht, die Beine des Jungen gerade und ruhig zu halten und seine Schuhe auszuziehen, Augen und Kopf in schneller Bewegung, um seinen Schlägen und Knüffen zu entgehen und mir über seinem Protestgeheul zuzuhören. Ich erinnerte mich (wie ich es nie vermutet hätte) an das überwältigende Gefühl, gefesselt zu sein. Aber ich erinnerte mich auch – während ich zusah, wie sie einen Miniatur-Basketballschuh umdrehte, das Wasser auslaufen ließ, Niedergeschlagenheit im Gesicht, instinktiv, unbewußt auf einmal den blassen Fuß liebevoll drückend –, wie sexy Kleinkinder sind.

»Wann ist es bei Ihnen soweit?« fragte ich.

Ihre Überraschung war so stark, daß sie es fast heraussprudelte. »Ich hasse den Gedanken, daß man es mir ansieht. Ich bin vielleicht in der zweiten Woche schwanger, höchstens.«

Ich hatte wirklich keine Ahnung, warum ich gefragt hatte. Schwangerschaft muß tatsächlich den ihr zugeschriebenen Nimbus verleihen, eine Art Zauberstaub, der um Busen und Hüften herum schimmert für jede, die wie ich darauf geeicht war. Ich hatte so viele Jahre begierig nach Anzeichen bei mir gelauert. Mir war jetzt, als wüchse in mir die Möglichkeit an sich. Hoffnung.

Die Frau starrte mich neugierig an. »Was ist mit Ihnen?« fragte sie. »Wie alt sind Ihre?«

Ich wollte schon mit der bequemen Lüge vom Jungen auf dem College aufwarten, Brown-Erstsemester und in der Tennis- oder Schwimmannschaft, mir so vertraut, daß er hätte real sein können. Mit der Lüge war es, erkannte ich, vorbei. Unmöglich, sie wieder zu verwenden. Aber ›tot‹ schien gleichfalls unpassend für eine schwangere Fremde, es hatte fast etwas Feindseliges. Dennoch mußte ich etwas sagen. Noch einmal die Unausweichlichkeit des leeren Schlafzimmers.

Auf einmal fiel mir das Richtige ein. Ich hielt Daumen und Zeigefinger hoch wie eine Hindu-Gottheit, um das pollengroße Körnchen zu drücken, das meine Zukunft bedeutete, und sie wandte sich mir zu mit dem stummen Glückwunsch ihres großzügigen Lächelns.

Auch das war eine Lüge. Aber eine bessere.

»Ich bin offensichtlich zu alt für all das«, sagte sie, als sie den Jungen an seinen Achselhöhlen auf dem Luftweg in den Springbrunnen zurückbeförderte. »Nicht überm Berg. Ich kann den Berg von hier nicht mal sehen. Ich bin *so müde*«, sagte *sie*. »He, haben Sie Hunger? Ich fände einen Hot dog ganz prima jetzt. Genau das empfohlene Essen für eine Schwangere.«

Da ihr Sohn nicht im geringsten bereit war, den Springbrunnen zu verlassen, bot ich mich an, ihr den Hot dog von einem Verkaufsstand auf der Straße gegenüber zu holen. Sie war sehr dankbar. Wir unterhielten uns etwa eine halbe Stunde über Dinge, die Frauen halt bereden. Tauschten Geschichten über Wehen und Entbindung aus; diskutierten die schlimmen Folgen, die Kinder für Ehe und Karriere haben. (Sie war noch so eine Rechtsanwältin, was ich, sonst so besessen von Synchronien, diesmal nicht ausschlachtete.) Die Unterhaltung hätte mich daheim vielleicht irritiert. Ich hatte wenig Geduld für häuslichen Kleinkram, hatte es nie fertiggebracht, mir viel aus Spielplatzbekanntschaften zu machen. Aber da wir uns nicht wiedersehen würden und es wußten, berührte mich die einfache Alltäglichkeit unseres Gesprächs.

Als sie aufbrach, bemerkte ich, daß das Liebespaar ebenfalls verschwunden war, während ich nicht aufgepaßt hatte. Ich starrte wie fixiert auf das Gras, wo sie gesessen hatten, und erwartete eine Art Denkmal, wie schräg einfallendes Nachmittagslicht. Sah es nicht. Dennoch, ich hatte das Gefühl, als hätte ich etwas abgeschlossen.

Ken würde bald bei mir sein, und ich konnte es kaum aushalten. Einen Augenblick lang hatte ich das Gefühl, als verließe mich die neugefundene Ruhe. Wo sollte ich bei seiner Ankunft sein? Ich hatte schließlich doch schon ausgecheckt und dabei meinem Therapeuten die Ausgaben erstattet. In der Eingangshalle zu sitzen kam mir schrecklich vor. Ich wollte hier am Springbrunnen warten. Wollte mich wohl fühlen und irgendwann in Richtung Hotel schauen und ihn auf mich zukommen sehen. Alles eine Frage des Timings. Es war blödsinnig romantisch, bedeutungslos wie gemeinsamer Orgasmus oder das Beinehochwerfen der Rockettes oder das synchronisierte Schwimmen in Busby-Berkley-Filmen, aber genau das war mein Wunsch. Ich hatte an der Rezeption hinterlassen, sie sollten, wenn mein Mann auftauchte, ihm sagen, ich sei im Park, aber was wäre, wenn das Personal an der Rezeption gewechselt hatte? Ich wollte nicht, daß Ken in der Eingangshalle herumsitzen und auf mich warten mußte. Ich wollte nicht, daß man ihm sagte, sie hat sich vom Hotel abgemeldet. Das würde ihm überhaupt nicht gefallen. Das wäre unfair. Ich hätte eine schriftliche Nachricht hinterlegen sollen, dachte ich, versuchte mich dann zu beruhigen, indem ich an die Frau im rosa Leinenkleid dachte, an die Hand, die über ihrem Rücken schwebte. Es gab schließlich *keine Spannung* mehr. Er kam. Er würde bald hier sein.

Dennoch tönte es in meinem Kopf. *Geh zurück, bleib hier.*

Konnte mich nicht entscheiden. *Geh zurück, bleib hier.*

Eine Weile saß ich da, den Blick aufs Hotel gerichtet, aber dann zwang ich mich, wegzuschauen. Geduld, dachte ich.

Als ich mir das nächste Mal erlaubte hinzusehen, war er da, so wie ich es erhofft hatte. Er hatte mich entdeckt. Nichts als erleichtertes Willkommenheißen in seinem Lächeln. Und das vorausgesehene kräftig blaue Hemd, die Ärmel aufgerollt, die Arme schwingend, als er mit seinen langen lässigen Schritten auf mich zukam, aber auch die Anspannung seines Wartens, sein Zögern. Erst als er nahe vor mir stand, sagte er, leicht atemlos von der Reise und der Hitze, einfach wegen der Genugtuung, mich genau dort zu finden, wo ich hingehörte, *Claire.*

Danksagung

Die Autorin möchte folgenden Menschen für ihre kühne Hilfe als Diagnostiker des Imaginären danken: Dr. med. Ellen Feld; Dr. phil. Signe Lundberg; Dr. med. Allen Oseroff und Dr. med. Victor Zachian. Dank auch den Angestellten des Sicherheitsdienstes im Four Seasons in Philadelphia und dem Westin William Penn Hotel in Pittsburgh, die gebeten haben, anonym zu bleiben. Schließlich möchte ich auch Jeanne Tift und Daniel Menaker von Random House danken.